帝國末日

The End of the Empire

目錄

目錄

楔子

一九三七年年末，台灣海峽（俗稱「黑水溝」）的兩岸是截然不同的兩個世界，台灣這邊是一片歌舞昇平，另一邊是鬼哭神嚎，殺戮遍地。

有一個人從台灣去對岸的南京中山陵弔祭一位十三年前過世的知交，適逢南京大屠殺尾聲，親眼見到人命如螻蟻般任日本人宰割。日本人視殺人為樂，用極盡殘忍的方式折磨中國人至死，他盡力從日本人手中救人，卻遠遠不及，後來聽說南京一地就有三十萬人被害。

他無法理解為什麼一個民族會對另一個民族做出如此殘忍非人的事，只因中國軍隊的武器文化比較落後，無力保護手無寸鐵的中國老百姓。

他這位故人生前曾介紹一位有力人士給他，外號叫「校長」，是中國當時的領導者，於是他跑去盧山找「校長」，要求給一個解釋。「校長」告訴他敵勢正強，我們只能以空間換取時間，同時也告訴他，有任何需要皆可提供，但他只要求提供情報。

他回台灣之後，連同他的七位徒弟，一起執行「天雷行動」，這是一個沈默、毫不留情、專門針對日本軍官的制裁行動。

自一九三八年三月至一九三八年七月，「天雷行動」共執行了五次，共計殲滅日軍大將二人、大佐八人、少佐九人、其它尉級六十五人，全都是參加南京大屠殺的有功之人，到台灣渡假慶功而不復返。

日本當局怕影響士氣，對此祕而不宣，只是禁止在中國的日軍再來台渡假。

此一無頭公案直到日本戰敗也一直沒有真相。

一九六〇年，一批日軍的機密文件出土，內有記載中日戰爭初期，發生在台灣的日本軍官被屠殺事件，當時世間只有中華民國最高領導人一看就心中瞭然，他為免機密洩漏，卻又不願這可歌可泣的英勇事跡被後世遺忘，於是他把整個故事告訴自己的大兒子，他這個大兒子後來成為繼任的領導者，繼任之後，成為萬民景仰的領袖。

在這批日軍出土的文件裡，尚記載著許多驚人的祕密，如「南京大屠殺」其實是日本一連串有計畫的種族滅絕行動之一，共消滅中國軍民五十萬人，遠比外傳的三十萬人還要多很多，因為有部分的人被日軍送到別的地方，而有些被祕密處決。

另有記載「食物滅絕種族計畫」，但當時未引起注意，因為太匪夷所思。

第一章 續

地點：台灣嘉義太保，北回歸線下。
時間：一九三八年的八月四日天未明時。

他像一隻夜蝠伏在屋頂，一動也不動，仔細聽著下方屋內的動靜。他明知危險，知道那些日本狗子一定在監視屋子，但為了即將臨盆的妻子，他一定要來看看。隨著時間一刻一刻地過去，他不免回憶起一生……。

他一八七八年在唐山出生，從小就很會打拳，二十歲時已經是全唐山的打拳冠軍，自封「打遍唐山無敵手」。二十一歲時他渡海來到台灣，打遍全台灣無人能敵，在台行俠仗義三年後，便到南洋，然後創了一套刀法，從此刀不離身。

此後走遍南洋各地，到處打抱不平，除暴安良。麻六甲海盜、菲律賓的山賊、印尼的土匪都吃過他的苦頭，所以他在南洋也創下了名氣。

一九〇二年他在麻六甲時，從海盜手上救了林氏一族，林氏一族為了表示感謝，送他族裡的傳家之寶——一個「四季屏風」，那是明朝皇宮之物，當年由三寶太監帶到南洋。

一九〇五年，他在新加坡的渡輪上遇見一位醫生，兩人一見如故，他尤其佩服對方關於五族共和及廢除不平等條約的論述，便捐出十萬兩，對方遂在四季屏風上題字「孫文」以示感謝（他本來要把屏風送給孫文，為孫文婉拒）。

一九一三年，中國國民政府剛成立不久，卻又陷入內戰。他選擇台灣為自己的故鄉，遂回台在嘉義定居，開武館收弟子。武館的門聯右邊是「拳打南山猛虎」，左邊是「腳踢北海蛟龍」，中間為「除暴安良」。

他後來經由媒人介紹娶了美麗的新娘，年僅十六，妻子三從四德，在家從夫，雖然目不識丁，但丈夫說什麼就照著做，默默地在背後支持他，使他無後顧之憂。

他私下支持抗日運動，日方雖略有所聞，卻因他在民間的聲望而忍讓。

到了一九三七年，中日戰爭爆發，日方就通緝他，他從此名正言順地公開與日本人為敵。日方多次圍捕，徒勞無功，成為日本人最大的心腹之患。

一聲嬰兒的哭聲把他拉回現實，他的妻子生了。他低頭取下數片屋瓦，如此便可看見屋內的一舉一動。他往內一看，內心湧起一陣柔情，他的妻子總算又渡過一關。這時埋伏的日本兵發現他，「該走了。」他心想，準備兩個翻身就要離開，忽然一陣猶豫，心中一陣酸苦，想起妻子這幾年來的孤苦，便想再看妻子和新生的嬰兒一眼，突然一顆子彈擊中他的足踝，於是他向外的地面一躍，落地時又是一陣劇痛，他一跛一跛地跑向外面小路，日本兵在後面追趕，最後被日本兵一湧而上，在一陣亂槍之下，一代宗師就此殞命在北回歸線下。

日本人趁機搶奪他家裡的所有財物，其中一項是他妻子的霞披鳳冠，另一項是價值連城的四季屏風。

這兩項東西後來在日本東京的國立博物館展示，一直到一九九五年才不敢再公開展出，因為在一九九四年被後代子孫發現，提出歸還要求，但被日本政府拒絕。

這兩項掠奪而來的東西是多年後日本亡國滅種的起點。

因為抗日而被日本殘殺的宗師名字是「善」，他是台灣抗日史上最重要的人物，他的妻子名「仙」，而那個剛出生的嬰兒，他和妻子早就約定好了，不論男女都取名為「續」。後來「仙」把孩子養大，她遵守「善」的吩咐——「家人不可出名，後代子孫不可習武。」——不讓下一代捲入上一代的恩怨。沒想到她七十歲時，又為了「續」的下一代而被捲入新一輪的白色恐怖，受苦五年，但這又是另一個故事了。「仙」的壽命很長，她活到一九九四年，以九十四歲高齡過世，她是台灣的母親，也是大地之母。

隨著「善」的死，「天雷行動」也隨之歸於黃土，成為世紀懸案，直到一九六〇年。

一九四五年，日軍戰敗，於是日軍在最後幾日將從南洋搜括而來的財寶埋在金瓜石；在中國搜括的財寶則埋在吉林、長春，想待日後再入侵中國時再取出。其數量之龐大，令人瞠目結舌，難以置信，單是黃金、白金就有數仟萬兩，古董字畫價值不計其數。

一九六〇年代，當時台灣的國防部長自他父親處得知「善」的事跡，並被交待要照顧「善」的後人。他查到「善」的後人都是平凡的老百姓，「仙」仍生活在過世丈夫所遺留的老家，部長心想已無須擔心了。接下來的十五年，國家正逢多事之秋，使他無暇顧及，沒想到一九七三年開始，「續」的年幼女兒寄養在外婆家，竟遭受慘無人道的持續虐待達數年之久，一老一幼過著非人的日子，直到一九七六年美國和教廷同時抗議，台北有一高中生也寫信請願，部長一查之下才發現受害者的身分，而加害人竟是自己的手下。

最後他把一老一幼救出後，把老人家繼續安養在老家，並派人保護，小女孩則送回台北父母家，一九八三年時再隨「王將軍」赴南美。

第二章　終極武器

地點：馬達加斯加西南偏南一千公里海面。

時間：一九七三年八月。

「王將軍」拿起望遠鏡看著遠方海面，問副官一切都備便了嗎。

副官回答將軍：「好了。」

「王將軍」說：「可以開始了。」

副官轉頭下了命令，於是大家戴上護目鏡，一分鐘後擴音器傳來：「十、九、八、七、六、五、四、三、二、一、引爆！」過了幾十秒鐘，從遠方的海面傳來一聲悶響，接著海面升起一團火球，直徑約三百公尺。

這是二點五萬噸級，海水隱藏了它的部分威力，所以美國的衛星只能測到小型地震。

「我們也有原子武器了。」「王將軍」滿足地放下望遠鏡，然後走向通訊室。

三天後，第六六九敦睦艦隊載著一顆完成品及四十顆份的原料（台灣最初的核子原料是鈾），從南非的德班啟航回台灣，「王將軍」趕著要向實際最高領導者報告。

多年來國際間一直傳說台灣向以色列購買核子武器，其實台灣早就有能力自己製造了，缺的只是核原料。一九七〇年代初期中華民國曾向以色列購買加百列系列飛彈（Gabriel Missile），之後以此為基礎發展出了第一代海對海「雄風飛彈」及地對地「青蜂飛彈」兩系列，成為中華民國飛彈技術的鼻祖。

第二年南非又運來了另外七十顆份的原料，但之後南非發生革命，遂停止交易。台灣的處境非常艱辛，靠人不如靠自己，要對付一個潛在的核子大國，只有一個方法，而這只是第一步。

一九五〇年代，由麥克阿瑟交給台灣的「反共基金」共二仟億美金，存在布魯塞爾、阿姆斯特丹、吉隆坡、蘇黎士等地的銀行，所以資金上絕無問題。

一九六〇年九月國民政府在金瓜石挖出日本人所埋藏的寶藏，內有日軍機密文件（包含其它機密事項）、黃金、白金、飾金共四仟多萬兩及其它不計其數的寶物。最高當局運走寶藏後，在原地放入鉛塊重新掩埋，所以到了一九八〇年代，日本人透過日本的人造衛星還以為寶藏仍在，今日此一祕密在五十五年後公開於世。

由於一九六〇年代當時已有「反共基金」，所以這一批出土寶藏先變現，再交付給未來的繼承者用於國家建設，並成立「反侵略基金」，支援投資國內私人新企業。

到了一九七三年，「反侵略基金」已累積到了三佰億美金，新任行政院長決定把這一筆錢拿到日本投資，範圍擴及股市、電子、建築、電力等業。

第三章　新生代

地點：台灣南部。
時間：一九七三年。

他是一個小學六年級的男生，為農家子弟，家境富裕，但父母生性簡樸。小男生天性好動，十一歲未滿時已全身傷疤，每天抓魚打鳥、設陷阱捕蛙，不亦樂乎。

在小男生成長的過程中，有一位重要的女性，就是他小學五年級時新上任的女老師。女老師勤奮教學而且特別疼愛小男生，使小男生每天在學校時都如沐春風。多年後小男生長大成人時仍記得溫柔的女老師，如月亮般美，是小男生長大後進入波濤萬丈人生的啟蒙老師。

在小學六年級的某一天，小男生把興趣轉移到了他爸爸的那隻獵槍，那時政府已禁賣火藥，所以子彈已難以製造，於是小男生就拆鞭炮取其中的黑火藥以代之。從此小男生開始進入火藥的應用領域，製造一些初級炸彈，同時身上又多了一些傷疤。

小男生到了國二時，已從書中學會自製黑火藥[1]，並懂得加入催化劑以增加威力。到了國三時，他的興趣換成了火箭，此時，他已設計了多種產品，其中的代表作是三二穿甲火箭，十五點五㎜的三十六管蜂巢散彈槍。

小男生的家很大，有二個大房間沒人使用，還有一個空置的大倉庫，庭後是一個大池塘，所以小男生搞得天翻地覆也無人知道，池塘更是最好的靶場。

小男生是本書的中心人物，但因涉及機密要保密到二〇一八年才能部分解密，所以姑且稱小男生為「虎」。

一九六七年，小男生有一表兄剛自師專畢業，考上中央警官學校，但因為家貧，經濟狀況不好，遂收了村裡中學校長的伍仟元訂金，打算放棄讀警校的機會，而去中學教書。小男生的父親很重視後代子女的教育，於是替表兄退還了中學校長的伍仟元訂金，並買了夜車票送表兄北上到泰山報到。表兄後來成為改變台灣歷史的其中一人，只是最後被自己貪圖榮華富貴的親手足出賣，但表兄求仁得仁，死得有價值，留下的是一縷忠膽魂。

小男生的表兄其實也是本故事的主要人物之一，但因機密要保密到二〇一八年，所以在書中只能提到一部分他的事跡。

「虎」考上台北一所市立高中，位於復興崗旁，大屯山下，風景優美。

「虎」第一年住校，但台北畢竟不比鄉下，無法隨心所欲地做試驗，他只好多看書，於是圖書館裡只要是關於軍武與化學的書都被他翻遍了。在學校宿舍中他只能研磨試配新的火藥，只有在連續假期時再回鄉下做試驗。

第一年後段「虎」已經接觸到硝化物，遂在宿舍中混合硝酸、甲苯、安定劑、固形劑，但卻在期末被教官發現，決定在第二年時把他趕出宿舍，他只好在學校附近租房子，不過也因此擁有更多自由。其時他正在研究裝藥分段燃燒及分層壓炸法，前者是用來製造新式火箭的動力，後者則是製造聲波爆震彈[2]。

在星期天他會帶著一應器材，外加一個迷你瓦斯爐、一個鍋子及調味料，到學校後面的大屯山腳下，於人跡罕至的地方做試驗，那些運氣不好的鳥兒們最後都成了鍋中物。由於聲波爆震彈在大屯山腳下一再試驗，已改良至近乎完美。

同一時期他在高職電子科的教科書中無意間讀到ＣｄＳ光敏子的特性，遂在心中產生了新念頭。一年後他以新式動力的火箭（多層裝藥爆炸噴出）加上ＣｄＳ的精進型以及數學觀念（矩陣被動感應，直接驅動）製成了動能式手提防空追熱飛彈[3]（用動能，無彈頭，造價台幣伍仟元，最貴的是飛彈殼）。後來再加上環境模擬系統（環境比對干擾消去法）並加強火箭動力，把它變成可實用的全天候單兵武器，總造價台幣九仟元，射程二千五百公尺。

另外他也在研究「超音速飛行爐管（衝壓發動機）」，因為他有一個特殊構想——「分流混合噴射方式」，但這在鄉下的試驗場也只能做初步的模擬試驗，不能完全模擬高空高速的環境。後來他在一九八〇年遇到一個貴人，終於幫他完成心願，接下來的設計由國家的祕密機構接手，製造出台灣最重要的戰略巡航武器。之後再加上兩項「虎」的王牌設計構想，遂成了超高空、高倍音速、匿踪SLBM（潛射彈道飛彈），這是台灣的最高機密，自二〇〇×年起一直保衛著中華民國，並一直改良中。

「虎」在台北的求學期間，不斷吸收知識，但在實驗上卻綁手綁腳，於是高中二年級結束之後，他就轉學回鄉下一家以棒球聞名的私立高中就讀。

從高三開始接觸「高中物理」，其中包括「行星理論」、「馬克斯威爾定律」、「普朗克定律」、「白努利定律」、「法拉第定律」、「帕斯卡原理」、「都卜勒效應」、「廣義相對論」、「喀卜勒定律」、「牛頓定律」、「伽利略定律」、「動能動量交互關係」等大師理論，有的增加了自己的知識，有的驗證了自己的想法，使自己從「土法煉鋼」進步到「量子化」、「設計化」。而他高三的楊姓物理老師既詼諧又有問必答，使他的物理課更是如魚得水。

高三畢業後，他考上了一所台北的私立大學物理系。

在大學聯考完畢等待放榜的期間，他閒來無事，就在《青年戰士報》上投稿，沒想到就此改變他的一生。

他因從小好動，全身傷痕累累，其中他的左右手已有殘缺，一看就知道不用服兵役。一天，成功嶺的役前身體檢查通知來了，他到兵役課去身體檢查，被告知不用當兵，但十幾天後卻收到了徵召令，於是他如期前往位於台中大肚的成功嶺，經過全身健康檢查，又被判定退訓。當晚住在成功嶺，準備第二天一早回家，心中忐忑不安，心想事情絕對沒有這麼簡單，果不其然，晚上八點時被叫出去坐上一輛黑色轎車，一路無言，在車上兩人的陪同之下直驅林口。到了林口，進了一棟磚瓦建築，內有二人正在等著他。為首的一人自稱「李少校」，非常客氣，首先致歉，然後進入正題，談論關於「虎」所投稿〈如何發現匪諜〉一文中的諸多細節。兩人交談半個多小時，結束後，另一名在旁一直不發一語的先生，自我介紹為「黃上校」，並說自己是政戰人員，「黃上校」說：「非常感謝，你還有什麼意見？」

「虎」鼓起勇氣說：「請單獨談話。」

接著兩人關室密談，「虎」提供「黃上校」一個提議：「如何使匪諜現形。」「黃上校」聽完後拍案叫絕，直呼感謝，並說會立即向上級報告。

接下來「黃上校」與「虎」閒話家常，並提到「虎」在高一時寄信給院長請願後，就受到特別「關心」，包括他假日上大屯山炸鳥的事跡都被掌握。

「虎」說：「我有幾種設計請幫我做最後的測試，我明天把設計圖寄來。」接著他大致說明是哪些設計。

「黃上校」聽完，沈思了一下，說：「我必須向主任請示，不過你先寄過來吧。」

會話結束，他們又用原車載「虎」回成功嶺，剛好天亮。當天「虎」就退訓回鄉下。

「虎」回家後畫了六個設計圖寄到政戰學校。

過了三週，「黃上校」通知「虎」，因為他的提議而破獲了有史以來的最大共諜案，並交代一定要守密，以策安全，還問「虎」可願保送政戰學校，但被「虎」婉拒。

又過了一個月，「虎」照常去大學報到，成為新鮮人。

「虎」從大一開始便迫不及待去請教物理教授（時任系主任）那些在他心中存了數月的疑問，得到解答後，被告知在二年級的「量子力學」教科書中可以得到驗證。

「虎」花了二個月從書上融會貫通了他所要的東西，而他其實只是要尋找簡化測定同位素讀數的方法，因為有了這個儀器，他就可以做初期的濃縮提煉，自零點零一ＰＰＭ提煉成百分之零點八，但接下來需要用到離心機，而那可不是他的能力所及。

這一個簡單的濃縮過程，卻可能是人類史上最重大的發明之一，「虎」心想：「保密將是最重要的課題。」

「虎」寒假回鄉下三天後，「黃上校」派專人送來一封信。信中說他所寄來的六個設計圖，現已有初步的報告，其中第一項是化合，已完成，但無法點燃。第二、三、四、五項皆已試驗完成，效果不錯，而第六項則是「防空追熱飛彈」，預計四週後試射。

於是「虎」又畫了一個設計圖寄給「黃上校」，那是於彈體上加裝的一對加速翼，可調整三到五馬赫的飛速。

另外，在「虎」心中，一直無法決定要透過什麼安全的方式，將初步濃縮成功（其實只是整個所需過程完成了百分之零點五）的祕密送給國家。

在當年的寒假結束後，他寫了一封信給「黃上校」，謂有緊急事情相商。然後持續他冗長永無止境的濃縮工作（一天超過十二小時）。

一九八一年二月底，這天一早，「虎」正準備去學校上課的路上，當他要進入上學必經的有名陡坡時，發覺有一輛黑色轎車在後面按喇叭叫他，他走近一看，從前座搖下的車窗看到車子裡面有兩個人，一是坐在前座的「黃上校」，一是坐在後座的似曾相識之人。「黃上校」打招呼要「虎」上車坐在後座，上車後向「虎」介紹車上另一人為「王將軍」。

「王將軍」說：「很感謝你對國家的貢獻，飛彈昨天已試射，二發全部命中靶機，但速度只有一點八馬赫。」

「虎」說：「可有裝上加速翼？」

「王將軍」說：「來不及了。」

「虎」說：「裝上就可達到三至六馬赫。」接著又說：「今天『王將軍』親自前來，剛好可以解決我心中最大的困難，現在我已在濃縮方面取得了初步成果。」

「王將軍」驚訝地說：「你如何取得鈾？」

「不是鈾，是『X金屬』[4]，不是用來分裂，而是融合。」「虎」說，「威力大上五百倍又無放射線。」

「王將軍」半信半疑，於是關上後座的隔音窗，「虎」便在車中對「王將軍」詳細說明，「王將軍」聽完說明後說：「天下竟有這麼簡單的事。」

「虎」說：「所以我覺得事態嚴重，我有把握一定能融合成功，但需要國家力量協助。」

「X金屬」是普通人每天在家中可以看到的東西。它有零點零一PPM的同位素，每一個原子多五個中子，在百分之五十以上的濃度時，在適當環境（超高溫），或受極大量的中子連續撞擊（理論上這種環境很難以人為方式產生），即會融合成另一重金屬，並釋放大量中子及能量，使其質子重新排列組合。新產生的重金屬，它在週期表上的位階比「X金屬」高一倍。而在原子內的粒子重組時會失去少許質量，這就是「$E = MC^2$」的能量來源。

接著「虎」就帶「王將軍」到自己的住處，將濃縮半成品、濃縮器及同位素測定器交由「王將軍」帶走。

「虎」說：「接下來就看你們了，我不知道你們有沒有離心機，可能需要數萬台，但我知道你會設法的。」

「王將軍」就此回去，四天後派來一男一女，以同學身分與「虎」同住，以便就近保護及監視。男的每天花二小時給「虎」上政戰課，家務則由女的負責。

「王將軍」回去後請教中科院的核專家，被告知這將是史上最大的突破，關鍵在於第一階段的濃縮，竟然有人這麼簡單就做到了，實在令人難以置信。

接下來一個月，「王將軍」曾二次派人來接「虎」到林口某基地，詳細詢問許多問題細節，在這之後就暫無連絡。

七月暑假，「虎」在台北停留了一個月，因為當時他已在設計新的東西，直到九月中才回鄉下，九月末受傷住院，消息回報到「王將軍」，「王將軍」勃然大怒，立刻把「虎」從鄉下的醫院轉到國防醫學院附設研習院，二週後，「虎」傷癒出院，學校又要開學了。

在這學期的期間，「虎」曾兩次寫信給「王將軍」，請他找專家幫「虎」解決問題。到十一月，「王將軍」又來找「虎」，說濃縮進展良好，一切都很順利在進行中，預定十二月底將進行試爆，要「虎」一起參加，過程需要五十天。

十二月二十五日，「虎」坐上「王將軍」派來的車直奔左營軍港。當晚乘軍艦往目的地出發，有二船同行，開船之後才被告知目的地是「南印度洋」。

在船上「虎」向「王將軍」說明了最近的新構想，而「王將軍」也向「虎」介紹了艦上最新銳的祕密武器──「大天使飛彈」，由加百列飛彈發展而來，可搭載戰術核彈頭，二萬八千噸級，射程二百八十公里，是加百列飛彈的國產改良型。

不知在船上過了幾天（最少十五天），「虎」被告知「到了」，船上各員一陣忙碌。過了六小時後，擴音器傳來：「備便，各船退離到安全距離外。」

「張艦長」下令：「本艦後退二十海浬，僚艦後退二十五海浬。」

二小時後各艦就定位，「張艦長」再令：「全艦以艦尾對準爆心地。」

跟著確認各艦備便後，擴音器響起「倒數三分鐘……二分鐘……一分鐘……五、四、三、二、一」，忽然艦尾四十公里處升起一個巨大的火球，二分多鐘後傳來雷鳴般的巨響。火球越來越大，好像要把本艦吞掉，幸好船身只是輕微搖晃幾下。

「成功了！」「王將軍」大呼，跟著他即轉身往通訊室走去，「張艦長」則忙著四處下令收集記錄各種數據。

「虎」忽然間想到「匹夫無罪，懷璧其罪」，越想越害怕，所以心中又浮現了一個念頭。

測得數據是六十五萬噸，因這次是中懸在三百公尺的海面下引爆，所以火球威力被減低一半，若在海面上引爆，就算退到四十五公里也不算安全距離。

試爆完成後，艦隊往東北方向前進。

又過了十數天，到達太平島，在艦上執行精進型單兵防空飛彈的試射，這次是實戰測試，由海軍陸戰隊執行。

彈體上已加裝了漂亮尖削流線型的加速翼，感應器也換上了「虎」見所未見的新型CdS，及換上新型環境模擬器系統。

試射開始，先由太平島向艦隊方向發射靶機，以一百五十節的速度掠過艦隊上空一百公尺高度，「敵機判明，飛彈攻擊！」一名陸戰隊員抬起飛彈發射器，對著靶機的飛行方向自後方發射。一聲尖銳的呼嘯聲，四秒後擊中靶機，只聽見一聲金屬撕裂聲，靶機被擊落墜入海中，過程中沒有爆炸聲，因為飛彈沒有彈頭。

第二台靶機以二百五十節的速度，三百公尺的高度前來，第二發飛彈呼嘯而出，六秒鐘後，靶機又被擊中落入海中。

第三發測試迎擊模式，自太平島發射靶機。艦上擴音器傳出「敵機來襲，七點鐘方向，高度二百五十，進入射程」，接著飛彈朝七點鐘方向射出，距離七公里，飛彈直射而去，隔了幾秒鐘，卻渺無音訊，只見靶機毫髮無傷地自艦隊上空通過。

失敗了。

後來檢視紅外線遠程錄影機的記錄，發現飛彈自靶機下方二公尺處擦身而過。

演習結束。三枚飛彈的終端速度都大致是三點三馬赫，妥善率百分之百。

「速度上需要加強，發動機火箭的壓力需改進，至於正面迎擊的缺陷，只有裝上近發引信彈頭了。」「虎」在心中如此想著，十六年後，終於開發成功適用的彈頭。

「王將軍」要「虎」參加在艦上舉行的「演習檢討會」，並介紹陸戰隊的「何中校」給他認識。

跟著艦隊返航，「王將軍」在艦上告訴「虎」，已幫他安插進入政戰學校二年級，「虎」知道自己再也不能回去過普通大學生的生活了，只好答應。「王將軍」又說，將來畢業後掛上尉參謀，直接加入陸戰隊，直屬「何中校」。以後就直接加入「國家保防一級人員」，從此會派一名助理給「虎」，一言一行都要特別注意。

從此「虎」每日經由助理教授四小時政戰課，同時加強自己的英文能力。

「王將軍」、「何中校」與「虎」三人祕密會談，「何中校」要「虎」每月一號到左營光榮營區找他，做三天的訓練。

「虎」回到台北已是二月十日，沒有趕上大學的期末考，遂被大學退學。

「虎」這時正忙著做一件大計畫——「戰術改變戰略」，以軟體彌補硬體之不足。

二月二十五日，「王將軍」派人通知「虎」，二月二十八日要見某人。當日，「王將軍」親自前來，「虎」搭他的座車一起前往，一路直達台北市郊的一排建物。

原來是要去見領袖。

在車中被告知後，「虎」告訴「王將軍」，有一個大計畫不知可否向領袖建議？跟著把「戰術改變戰略」的內容大致告訴他，「王將軍」整個人嚇呆，說：「太前進了！」並說：「你如果報告了，可能你會有不測，但事關重大，我也無權叫你不要報告，所以只能你自己判斷了。」

見了領袖，領袖夾著極重的口音（與「王將軍」相同，但更濃厚），以慈祥又親切的語氣關心「虎」的生活細節，又問及現在農村的眾人生活及對政府的期待，如此般地說了二十多分鐘。

結果「虎」一時衝動，就把「戰術改變戰略」向領袖報告，並說這是在我們擁有有效載具之前，「相互保證毀滅」的保命方法。

領袖聽了之後，不發一語，至此結束會面，接著把「王將軍」叫進去，領袖說：「這個就是四年前直言請願，差點被我手下拉去槍斃的人嗎？這個人再來不知又會有何驚人之舉。」

「王將軍」說：「今天他敢對您說這一番話，足見他正符合『勇者無懼』，我想，找一個長遠的重大任務交給他，他一定會盡力去完成的。」

「把『扶桑百合』給他看吧。」

兩人會談大約三十分鐘後，「虎」及「王將軍」才一起離開。領袖數天前才見了一個小女孩，今日見了「虎」，才知「長江後浪推前浪，一代新人換舊人」，從此改變他對台灣人的想法。

第二天，「王將軍」派了陸戰隊特戰營的一個班來保護「虎」。

過了二週，「王將軍」派車接「虎」到北投某地。到了一處戒備森嚴的建物，經過重重關卡，「王將軍」已在內等候，拿了一大疊文件，要「虎」慢慢看。「虎」單獨一人被留在房內，花了一日夜才看完所有文件，看完後冷汗直冒。文件有三大項，兩項是數十年前已發生的事，一項是正要發生的事。其中有部分是日文翻譯成中文的文件。

「虎」真是大開眼界，心想：「世上竟有如此泯滅人性的野心家，絕不能讓他們繼續存在於世。」

「王將軍」用車送「虎」回去，路上要「虎」回去後把看到的資料好好消化，並特別交代，今後對於「虎」的外語能力，切記一定要保密。

當時的「虎」只是一個十九歲的年青人，滿腦子盡是武器的製造改良，不知有比武器更毒辣的東西。所以資料有提到「日本為深化台灣內部的統獨矛盾，遂於一九七九年策劃了台灣台北的『×宅血案』。」「虎」當時無法理解這件事的嚴重性，亦不知它會給台灣帶來三十多年的撕裂，所以「虎」當下並沒有把它放在心上。

第四章　帝國的陰謀

一九四五年美國在廣島、長崎投下兩枚原子彈，逼使日本宣布無條件投降，厭戰的盟國遂留一條活路給日本，使其免於遭受亡國滅種之禍。而日本戰敗後，國內一片殘垣敗壁，但戰爭最大的受害者中國，採取「以德報怨」，並放棄向日本求償，於是日本依靠美國占領軍的救濟，慢慢在一片廢墟中爬起來。

一九五〇年代，因韓戰的緣故，日本的地位又重要起來，美國把它建設成亞洲最重要的基地，並大力支援日本的經濟。二次世界大戰中，東西方兩個罪魁禍首：「德國」與「日本」，「德國」在戰後負擔賠償責任，並虛心對二戰的受害國道歉；反觀「日本」，因為中國採取「以德報怨」，未求償一毛錢，並送回數百萬關東軍及戰敗的占領軍。到了一九六〇年代，又因國際局勢使然，經濟迅速復甦，隱然又有大國之態，故日本鷹派自以為做什麼事都不會受到懲罰。

一九六五年日本自己的經濟也開始起飛，於是惡魔漸漸復活，一直潛伏在暗處，蠢蠢欲動。

一九七二年中田首相上台，這時日本猶如十九世紀的英國工業革命，資金、技術已滿滿瀕臨爆發，只有向外發展一途。所謂向外發展，其實標的就是中國。中田內閣在機密的籌劃下，結論還是「南進」，但日本這次不會正面用武，因為他們受過教訓，改挾自身的優勢來長期痲痺敵人，耐心等待時機，再予以最致命一擊，反正他們從來就是不宣而戰。那一片廣大的遼東半島，自一百年前就被日本合法占領，加上中國的東北，其土地大於日本本土，還有台灣也一樣。何況這兩地尚有三個大寶藏等待挖掘，所以日本人天真地以為，這兩地的人民一定會熱烈歡迎他們。

另外，日本又在敵人（中國）的鄰境結一同盟，表面上與之勢同水火，以掩國際耳目，事實上兩國狼狽為奸。

因此，一九七二年由中田首相宣布與中國建交，並親自前往中國大陸訪問。

另外，自一九七〇年代後期，日本新潟縣陸續有數十名少女及五名男子失踪，謠傳被北朝鮮綁架，於是日本舉國譁然，至於北朝鮮則一概否認。

事實上自一九七〇年代後期開始，日本早已成為北朝鮮最大的金主，只是這一切都在祕密中進行。

一九七〇年日本發現北朝鮮有一樣稀世珍寶——「鈾」，於是日本的工程人員便幫助北朝鮮挖掘，以將其全部供日本使用，藉此換得日本源源不絕的柴油、重油及美金。日本則用「鈾」做成核子發電的燃料棒，然後再從中取得「鈽」，所以日本的核電廠特別多，而且大多是可以生產「鈽」的。

北朝鮮原有兩個盟友，蘇聯和中共，但自一九七〇年起蘇聯已逐漸減少軍援與經濟援助，中共則自一九八〇年開始也逐漸減少對北朝鮮的一切援助。所以有了日本這新盟友，自然一拍即合，因此一九八〇年代後期，北朝鮮已成為世界上唯一的死硬派共產國家，不斷向第三世界輸出革命及恐怖主義，且時時刻刻不忘統一南北韓。

一九八〇年日本祕密成立「對支那工作小組」。

而中共則受日本經濟侵略，而漸漸依賴日本，但反之亦如是。北朝鮮也在日本的暗中支援下成為世界上最危險的恐怖主義國家。表面上日本與北朝鮮勢同水火，但兩國實際上，一是張牙舞爪的惡狼，一是穿著西裝的禽獸。一九八五年起，日本暗地在北朝鮮的新義州建築兩個世界最大的機場，並在靠鴨綠江鐵橋五公里處建設一個大型地下基地，可一次容下五個機械師。這些工程都在暗地裡進行，全部於一九九〇年完成。

一九九〇年代，北朝鮮又被日本技術人員發現蘊藏豐富的「稀土」，其數量到現在仍是機密。於是日本就和北朝鮮合作祕密開採，北朝鮮自此又多了一項重大經濟來源，但人民依然生活在世界最貧窮線之下。

在一九八八年，日本內閣在東京虎之門祕密成立「對華作戰參謀本部」。至此，日本研究出一套自以為天才、慘無人道的侵略計畫。

在一九九五年以後，中國逐漸成為超級強國，遠超出日本的計算，所以舊的計畫已不是當初的「完美南進計畫」，於是日本內閣在一九九八年又擬定了一個更毒、更令人匪夷所思的計畫。

這兩個他們視為最高機密的計畫，其實都在台灣情報單位的掌握中，因為台灣在日本有「扶桑百合」。

第五章　天罡計畫

「虎」從北投某地看完文件回家之後，又過了二十八天，由陸戰隊把「虎」帶到關渡一處堡壘，領袖已經在那等他。

領袖一見面就問「虎」對於在北投所看的文件有何看法，有什麼想法儘管說。

「虎」說：「狼子野心，我們唯有在關鍵時刻先制攻擊，一舉摧滅他們的心臟，不能有一絲遲疑不忍。」

兩人密談了一個多小時後，領袖最後交付一件重大的任務，這是一個單純、宏偉又冗長（可能要花三十年時光）的任務，「虎」毫不遲疑地接受了。

之後由海軍陸戰隊「何中校」及「楊少校」負責簡報，日後海軍陸戰隊是「虎」的家，也是唯一可調動及信任的部隊，直到二〇二〇年。此時「王將軍」已改任聯訓部司令，有更重大的任務，就要離開台灣。

「虎」當晚與「王將軍」長談，「王將軍」教他如何在今後的環境生存下去，能信任的只有三個人，一個是「何中校」，一個是「楊少校」，第三個是「歐陽少尉」（可以代表「王將軍」）。

第二天一早，「虎」與「歐陽少尉」一起到高雄左營（由陸戰隊員陪同）報到，從此經過四個月的隔離生活，並開始由「歐陽少尉」教授成為情報人員的訣竅，以及西班牙文與俄文。

四個月後，「虎」已接受了陸戰隊的基本訓練和所有的武器操作訓練，以及陸戰隊員初期的精神磨練，接下來就要實行第一步計畫。

另一方面，因為「虎」在鄉下的父母並不知道他被大學退學，所以「虎」先回鄉下向父母說明，同時準備要插班考試，若沒考上就不讀大學了，接著就搭火車回台北。

在高雄換車時，「虎」要先辦一件上級指示的事，他有一異姓叔叔住在高雄，他的交友廣闊，包括情治單位的高層。上級在對「虎」進行身家調查時，對此點有疑慮，所以要對他測試以防萬一。

於是「虎」在高雄火車站用公共電話打給叔叔，說：「我錢包掉了，沒有錢回台北。」結果他叔叔穿短褲，著拖鞋，騎八十cc的機車飛奔而來，拿了一張伍百元過來給「虎」，整個過程都在監視中，叔叔也未打電話連絡任何人，證明叔叔是局外人。

「叔叔，對不起。」「虎」在心中說。

「虎」到台北做了一些準備工作，三週後又回鄉下，向父親說自己不想讀大學了，現在打算開電腦公司，遂向父親借了二萬元支票到台北打天下。接下來的一年十個月，就從事電腦行業，同時又增學了荷語與法語，並趁機學電腦，這是一門剛萌芽的新知識。

其實這一切都是奉命而行。

當時的台海局勢很微妙，中國大陸方面已擁有三百多顆熱核彈頭，而我方雖然只有近五十顆戰術二萬噸級的原子彈頭，卻可用軍艦突襲，或用F－104以高空高速突襲上海、南京、杭州等地，雖不致命卻有嚇阻作用，於是雙方維持巧妙的平衡，彼此互相默默地牽制著。

但如果對岸知道我方已有毀滅性核子武器，則必發動先制核攻擊，所以在新式載具尚未完成及部署之前（需十年以上），我方處境非常危險。

所以領袖下令：

第一，進行有史以來最嚴厲的保防行動。

第二，執行「天罡計畫」（這是人類有史以來最龐大的祕密軍事工程）。

一年十個月與電腦為伍，「虎」還有一個任務，就是學習日本的人文科學，有一位

「李大師」每次（其實共三次）都與「虎」長談，使「虎」獲益良多，這全在上層的計劃中，唯一的意外是「虎」要結婚了，他一個交往過的小學同學說自己懷孕了，並聲稱是「虎」的孩子，逼得「虎」只好結婚，上層在幾經考核之下，勉強准許。「虎」也是被他的小學同學逼得趕鴨子上架，所以這是一段沒有愛情的表面婚姻。

一年十個月的任務完成後，奉命結束公司，開始進行「天罡計畫」的實行階段，所有參與的人員，都將進行一級保防行動，完全與外界隔絕。

「虎」寫了一封信給鄉下的父親，謂「生意失敗，要去坐牢」，接著回鄉下見妻子一面後，就去服刑。

又是另一個一年十個月，「虎」全生活在地下，在林口某基地從未外出。家人總共來「探監」八次，大部分是「虎」的哥哥，每次「虎」都要從基地搭直升機前往監獄的會面室，還好他們不常來探監。

在基地中，「虎」每天接受各種軍事訓練，期間又設計了四個新東西交給中科院。

另外，「虎」也接到他太太寄來的信，謂「難耐寂寞，請求離婚」。「虎」回信答應離婚，因為一開始就是為了一個莫名其妙的小孩而被迫結婚。

後來離婚的事，為了面子問題，硬被「虎」的父母擋下，「虎」當時正忙著，也就隨父母的意思。

一九八六年七月某日，領袖到基地來視察，那時領袖已需要乘坐輪椅。視察完畢，單獨召見「虎」，將他連升三級，並又花了三十多分鐘交待「虎」一些重要的事，更再一次改變「虎」的國家觀，重排敵人的順序。

這是「虎」最後一次看到領袖，領袖答應保護「虎」最親近的五名家人三十年，於是「虎」選擇了父母兄姊及戶籍上的女兒。

同時為免有後顧之憂，「虎」進行了結紮手術。

一九八六年八月底，「虎」回到鄉下，「歐陽上尉」去了南美，「虎」每週都要去左營報到二次。

過了一年多，是時候給對岸送出消息了，於是安排中科院的一個高階院士，帶著我國的「核」機密投奔美國，透美國幫我們傳話，讓中國知道我們有核武的能力。這件事一直是三國間的最高機密，在中國最多只有三人知道，在台灣則只有五人知道，「虎」是其中一人。

「虎」依指示先往日本，坐的是國營航空的飛機，在機上有一個空姐送來一張便條紙。到了東京後，依便條紙上所指示，到了希爾頓飯店，進了指定的房間，裡面已有一位日本女性等著，年紀約三十五歲。

她用中文說：「我是『上野香津子』，請多多指教。」接著對「虎」說了一些在日本的生活細節，然後留下一個大信封袋及連絡電話就離開了。

「虎」打開信封後，內有一本護照及機票和美金、日幣，護照上已蓋了昨日入境日本的入境章，是巴拿馬籍的護照。

「天罡計畫」為期十五年，設置的工程十分浩大，但是設置的人員，實在難以想像十五年後還要把它拆回來，那可不是僅僅「浩大」兩字可以形容，但它對往後二十幾年台海兩岸的脫胎換骨，功不可沒。

第六章　泡沫經濟

一九七三年，當時的行政院長（後來成為領袖）派了一位心腹，也是台灣的經濟大師，前往日本總攬「反侵略基金」的運作，一年回台三次，人稱「李大師」，從此「反侵略基金」如脫韁野馬，一躍千里。

一九八〇年初「反侵略基金」已有一仟八佰億美元之規模，其中大部分投資在不動產，領袖特別在一九八三年斥資三仟萬美金購入大手町兩棟大樓及銀座中心的一棟大樓，其中大手町的兩棟大樓在二〇〇八年出售，其中一棟即是「中國國際商業銀行」所在的大樓，當時兩棟大樓的市值為一億九仟萬美金。

由於日本的經濟已到泡沫頂端，所以基金操作者開始從事一些一本萬利的投機性買賣，最主要是炒日圓，大部分是做多，偶而也做空，一九九〇年有一新加入的基金成員，發明一套「槓桿平衡」的反向操作原理。日圓在十年內震盪起伏，自一美元對三佰日圓，到一美元對七十八日圓，然後日圓又跌到一美元對一佰四十五日圓，從此一直維持百分之五漲跌到二〇〇九年。

基金在一九八二年至一九九五年間，單炒作日圓就獲利至少三仟億美金。至於其它的投資也獲利不少，其中的代表作是，一九九一年日本有一家新上市的公司，無重要資產，以網路為主題，一上市就炒到日幣二仟圓，操作者買了二千張（二十萬股），等炒到日幣二萬伍仟圓，又加碼四千張，到了一張瘋到日幣一億伍佰萬時再換「新力」的股票。到一九九九年出清，獲利了結，從日幣一佰伍十億增值到八仟伍佰億。

自一九九八年開始逐漸將部分資產轉到美國。

二〇〇四年出清手中一萬八千張「東電」的股票，當年年底又出脫了大手町的十四棟商業大樓，也出脫了手中所有「國鐵」的股票；二〇一〇年有二佰億美金被用來炒日圓至二〇一一年十二月，共賺四佰伍十億美金，並全數轉往印尼投資不動產。至此，留在日本的資產只剩二佰多億美金，大部分是有特殊用途的不動產及兩家銀行和三家不動產建築會社。

那二棟在大手町的大樓，二〇〇八年賣掉後，現金被用來長期炒日圓，二〇一〇年九月已有三點一億美金，再加上銀座那棟大樓拿去融資二點四億美金，共是五點五億美金，然後重新定規則，開始為期一年多的做多，接著休息三個月，交由美國的「××基金」放空日圓，為期也是一年，獲利驚人。這是因為日本政壇交替所必然的過程，「××基金」也靠著這個情報，搭轎而獲利八十億美金，這些錢都是日本政府為籌措資金時被剝削的。

第七章 新領土

「虎」在池袋找好房子，過了五天，就搭飛機到波特蘭，再轉機到巴拿馬城，一年多沒見面的「歐陽上尉」已在機場接機。在巴拿馬城住了一天，又來了一位「楊中校」，三人一齊搭專機往南飛。飛了八小時後，經過一個國際機場，沒有降落，而是降落在二百公里外的小機場，位於一望無際的水稻田中，看起來人煙稀少，只有少數的平房。

「王將軍」親自接機，四年多沒見，難掩心中激動。他老了。

大家一陣寒暄之後，先安頓住處（永久性），每人各有一棟平房，設備豪華而齊全。

第二日開始，「歐陽上尉」陪「虎」到處參觀已完成的建設，並參觀兩座即將完成的「超高音速」及「高音速」風洞實驗室。一連四日「虎」真是大開眼界、心曠神怡，心想，竟能用四年做到，好個「王將軍」。

十二月五日，召開「評鑑委員會」，「評鑑會」設主席一人，下轄委員十七人，「楊中校」與「虎」都是委員，「王將軍」是主席，這十八人掌理中華民國在地球另一端的新領土。「虎」是六個委員會中，「反侵略基金委員會」、「先進發展委員會」及「天罡計畫委員會」三個委員會的委員。「王將軍」交給「虎」三份日本東京市中心的地產，現在出租中，每月約有美金一佰二十萬的收入，這筆錢將交由「虎」自由投資，並可隨時取用。從此，「虎」也算是「反侵略基金委員會」的操作者之一。

一九六〇年代中期，中華民國策劃了「國光計畫」準備反攻大陸，為美國所阻，時中華民國的陸、海、空三軍已排名世界第四，但是要獨力完成這一件歷史大業，仍是力有未逮，而這其實是聯合兩大強權都未必能成之事。當時中華民國的領導人幾經掙扎，最後放棄了這個他一生的目標。當時政府的「反共救國基金」及「反侵略基金」已累積超過五仟億美金，經過「五人小組」的研議，最後在一九七一年一致達成建立「新領土」的方案。時領導人已病重，整個大任就交給大兒子去負責，後來選定在南美。整個計畫將用掉一仟億美金，從一九七八年開始投入工作，一九八二年由領土一萬一千平方公里擴增至二萬六千平方公里，並在一九八三年派新領袖最信任的人，以意見不和為由將他貶到南美，事實上他擔負了中華民國自一九四九年以來最宏偉的任務。至一九八七年已整理完成可供一百五十萬人移居的「準國家」，有八仟億美金存在世界各地投資，其中三仟億美金改為日圓資產。

「新領土」在友邦的東北部，占地兩萬六千餘平方公里，其中一萬五千平方公里是罕無人煙的山區，本有一萬一千平方公里是屬於友邦鄰國的，友邦與鄰國歷來為這塊土地多次兵戎相見，現在好不容易兩國略感和緩，於是由友邦總統代表我方出面交涉，以數十億美金買下，重劃國界，剛好成為兩國的緩衝地。

我國希望在此地建一個水壩及水力發電廠，約要花十五年及一佰億美金（包括山地的整體開發）。

現在「新領土」有人口二十二萬七千人，十年內建設的人力需要及航空、電子、核子、軍事，人員必將達到七十萬人以上，成員將全部來自台灣。

友邦與我國交情深厚，大家只知「王將軍」不會說西班牙語，卻不知友邦的前後任總統皆精通我國國語，與「王將軍」更是莫逆之交，每年的雙十國慶都來台，「王將軍」與執政、反對兩者皆為好友。

十二月七日，拜別「王將軍」後，「虎」搭專機到國際機場，先搭機到里約，之後搭協和機到巴黎轉機，飛到莫斯科又再轉機到東京，回到池袋的住處，他開始工作。

十二月二十五日，接到國內傳來的惡耗，領袖病危。「虎」急忙趕回國，本想見領袖最後一面，卻被通知領袖已在彌留狀態，就此沒見到最後一面。

一月中，政府公布領袖辭世的消息。

一月末，「虎」接到領袖的遺訓：「天罡燎中原，泰山重台北，東瀛雙日升，猛虎下山來。」「讓上帝仲裁對錯，命令執行！」這是領袖曾對「虎」交待過的話，全世界只有「虎」一人聽得懂，任務為期二十五年。

「虎」在二月十九日回到日本，按計畫先去大手町勘察地理，並在「中國國際商業銀行」存入日幣伍萬圓。五月十五日去橫濱取回三個大包裹，二個月後，在東京完成代號「紅日」的設置。

自此，「虎」的任務就是管理「紅日」，其位置就在「中國國際商業銀行」的辦公室，位於東京最繁華的地區，「虎」在二年前就被訓練來作此事。

在「紅日」方圓五公里內，有皇居、首相府、國會議事堂、日本銀行，大約八成的日本政經都被網羅一空。

一九八八年七月，「虎」回到鄉下老家，他的太太又將臨盆，但兩人已數年連手都沒牽過，而且「虎」早就結紮了，可是看到父母高興的樣子，「虎」就說不出口，所以生產完的第二天，「虎」就回去日本了。從此之後，生活費就經由父母按月交給太太，自己也經常額外匯錢給太太，從此不再見面，也幾乎不再連絡。

到一九九三年時，「虎」的太太實在做得太難看了，私生活開放，在家鄉艷名遠播，鄰居耳語相傳，「虎」忍無可忍，在當年二月時專程回台灣離婚，但仍未告訴父母。

同年九月，「虎」在日本赤羽車站，被不認識的二人突襲，肚子中了四刀。消息傳到南美，「王將軍」派了五人到日本調查，卻一無所獲。

於是十二月，「王將軍」派來「陳上尉」，指示她要二十四小時保護「虎」。

在日本的五年多，「虎」一直在學習日本的生態，廣交四海（都是日本人），為的是瞭解他們的民族性。五年多來，初步的結論是日本對於教科書中竄改「侵略」中國為「進出」中國，以及強迫婦女為「慰安婦」之事和「南京大屠殺」之事均未覺愧疚，且自視為亞洲最高等的民族。

第八章　扶桑百合

「扶桑百合」，一九二九年滿州國出生的日本人，一九四五年被俄軍所俘虜，本要被送去做軍妓，幸為中國軍隊所救，後來隨關東軍一起遣返日本，之後在政府當一個小公務員。自小她的父母都死在中國滿州，所以她的親華傾向一直無人知曉，也無人知道她與中國有著極密切的關係。

一九六〇年，她轉往政界發展。一九七二年，中田首相上台，看上她在滿州國的經歷，以及精通實用中文，把她延攬入閣，專門研究中國問題。一九八〇年成為「對支那工作小組」的召集人之一，但她事實上一直為中華民國情報局工作，不為什麼，只因她年輕時看過太多戰爭的殘酷，無論是戰敗的一方，還是戰勝的一方。總之她要阻止再次發生戰爭，尤其當她加入「對支那工作小組」之後，已漸漸明瞭當權者的野心，而且以她在日本的所見所聞，她知道絕大部分日本鷹派都是同一想法，全都毫無人性。她還記得童年時在中國滿州，日軍氣焰正盛，她親眼看到從南京等地運來的數十萬中國老百姓，他們都只是活的實驗體，最後都難逃痛苦、悲慘而死。到了一九四五年，俄軍的戰車開進滿州，情勢逆轉，換成日本人被殺，沒有人理會，雖屬報應，卻仍令人慘不忍睹。

一九八一年一月，「扶桑百合」的報告送到「王將軍」手上，「王將軍」看了之後，立刻面呈領袖，並說可信度百分之九十九，內容非常驚人。

在「扶桑百合」的報告裡提到，其時日本已自行研製號稱亞洲第一的「三菱FSX」單引擎聯合戰鬥機，兩年後即可量產，一旦進入戰時，每月可生產一千架，現正開發「FSX-2」，「七四式戰車」也正在開發後繼型。同時日本已有二十枚核彈，以現有的原料可再製造二百枚。

由於當時日本已開發出一種可事先調配，在使用前加入關鍵藥劑即成的「沙林」毒氣，所以鷹派的計畫是，先由日本暗地資助當時不准赴中國大陸投資的台籍人士，讓他們赴中國大陸投資連鎖商店，之後教唆北朝鮮製造緊張態勢，並威脅核攻擊日本，逼得日本動員並修改憲法，再挑撥中國和台灣兩方緊張，接著唆使北朝鮮陳兵百萬在北緯三十八度線，叫囂要統一南北韓。就在此時，當美國的航空母艦停泊在横須賀港時，被自殺炸彈客以核彈攻擊，然後在中國的演習艦隊中用潛艦向台灣發射一枚核彈，並賴在中國頭上，在中國尚不及反應之前，於中國境內八十家台灣人開的商店同時放出大量的沙林毒氣，接著北朝鮮對首爾及仁川各發射一枚核彈，八十萬軍隊也同時越過三十八度線，繞過這兩個受放射線汙染的城市，直指釜山而去。第三天，北京受到核彈攻擊，國際間都會將其視為台灣的報復，但其實這四顆核彈都是日本的。

至此，不管中國對台灣要如何報復，中國與美國勢必會引發衝突，一個月後，日本以保護在中國滿州的日本企業為名，派兵從北朝鮮渡過鴨綠江，以四十個機械師，三千架戰機，一舉攻下中國東北。

而日本對核防護則是：

一、美國將日本納入核子保護傘。

二、到一九九〇年以前日本最新銳的神盾級驅逐艦「金鋼級」將成軍，有六艘，但日本隱藏了真實的數量；另外日本祕密自行開發的「矢吹級」也有六艘下水，可攔截彈道飛彈，而且日本將會公布自己已有數十枚核彈以遏止中國的核攻擊。

這是「扶桑百合」報告的大致內容。

一九八九年台灣方面介紹了「上野香津子」給「扶桑百合」作為後繼的人選，因為「扶桑百合」將於一九九三年退休。

其時「上野香津子」剛剛從政界嶄露頭角，希望「扶桑百合」等機會介紹她進入「對支那工作小組」。

「上野香津子」是關西人，有台灣方面暗地裡資助，加上本身的條件，三年後便當上了日本的國會議員。

一九九三年「扶桑百合」退休，在她的暗助下，「上野香津子」接替成為「對支那工作小組」的一員。

「對華作戰參謀本部」預定計畫發動日（D-DAY）在一九九三年至一九九五年間，日本原定一九九四年要運送兩枚核彈給北朝鮮，已設計好可裝載在蠶式飛彈上，各為十萬噸級與二十五萬噸級，但一九九四年北朝鮮因新繼承者尚未穩固政權，陸軍出現不穩定的情況，最後處決了多名將領，所以延遲交貨，而日本答應北朝鮮的援助總共有五樣：

一、金錢。

二、油料。

三、祕密研發的DR-1短程飛彈二百枚，射程三百五十公里。

四、兩枚核彈。

五、兩百架針對北朝鮮外銷的FSXK空優戰機及開戰後另四百架。

五樣除了核彈之外，其他都已交運。核彈拖了十個月，現在日本方面又有新的問題，在中國要用的「藥物」，其中第四種「關鍵性化合物」，已由日本運去十個月，但這項「關鍵性化合物」的保存期間只有八個月，所以要重新在日本製造。

到了一九九五年初，日本一切都已準備就緒，沒想到卻發生了三月「東京沙林事件」，結果弄得「名揚國際」，因為只有日本有能力製造那種特殊的化合物，所以「對華作戰參謀本部」緊急把行動喊停，重新計劃。

當時北朝鮮的陸空兵力都對南韓具有壓倒性的優勢，南韓只想著不要被統一，但北朝鮮自一九五〇年代以來，連剛出生的小孩都背負著「統一祖國」的神聖使命，雙方的戰鬥意識相差懸殊。

在南韓用來養一個士兵的費用，在北朝鮮可以給二十個士兵用；裝備方面北朝鮮對南韓則是一比三的價格。

在陸軍方面無論兵力、裝備都是四比一，北朝鮮有一百二十萬陸軍，個個士氣高昂，其中更有三十萬人是特戰部隊，受過非人的殘酷嚴格訓練；北朝鮮還有T－54、T－62、T－72戰車，共九千輛，及祕密不公開的74K戰車三千五百輛，火砲戰車約八比一的優勢；其它裝甲車、自走砲、多管火箭約一萬輛，這一些對南韓都有壓倒性的優勢，更有一千枚以上的地對地飛彈。

在空軍方面，南韓的王牌是五百架F－15、F－16，及三百架F－5E與一百架F－4E；北朝鮮有各式戰機二千八百架，有來自中國的二手米格－29M和三百架米格－23及一百五十架Su－24MP、Tu－16四十架；及二百架最新銳的神祕空優戰機；更有一千五百架由蘇聯授權生產的Mi－24雌鹿攻擊運兵直升機。

一架F－15造價三仟萬美金，F－16造價一仟萬美金。反觀性能不相上下的米格－29M，一架只要二佰五十萬美金。而且北朝鮮已成了全世界防空飛彈最嚴密的地區，敵機難越雷池一步。更重要的是，北朝鮮有核彈，且會毫不猶豫地準備使用。

南韓的最大支柱就是美國，但屆時美國將自顧不暇。

南韓自來與日本有歷史的仇恨，近來又在經濟上成為競爭對手，對日本來說是不去不快，不過表面上當然還是要對南韓表示同情，但卻又愛莫能助。

按計畫，中國還搞不清楚美國、台灣之間的恩怨時，自己已蒙受上千萬人的死傷。可預見的是美國及台灣一定會做出報復，屆時日本再從鴨綠江開一個缺口，必可長驅直入。

可惜不如日本所願，臨時喊停，一切都重來。一九九五年中國與台灣果然劍拔弩張，一直到一九九六年美國派兩艘航空母艦到台灣海峽，才漸漸平息。

日本只知失去機先，卻不知「螳螂捕蟬，黃雀在後」，若日本膽敢引爆在橫須賀的核彈，「紅日」將會啟動。

第九章　怒火中燒

「陳上尉」一九七〇年生（戶籍上登記為一九七四年出生），小時候託養在嘉義外婆家，曾受過近五年的凌虐，九歲時被救回台北父母處。十一歲那年，有一天小學放學後，她照常先去兒童樂園父親上班處，四處遊玩等父親下班，忽然間被黑布蓋住頭，拉上車。車子疾駛而去（這種驚嚇從四歲以來就習慣了），經過半個多小時，被帶到一個不知名的地方，蒙著雙眼經過不知多少個轉彎跟門，最後到了一個房間，有人拿掉蒙住她雙眼的布，只見一個老人看著她，是領袖！她在電視上看過他。

領袖的父親曾交代一定要保全「續」的後人。

領袖親切地一個個問候她的家人，她一律回答：「很好。」因為她的怨氣太重，領袖覺得談不下去，後來問她有什麼要求？她說：「只有三點，一是保我父親，二是幫我外婆向日本討回被掠奪的兩樣東西，三是不要再有人再遭受強權欺壓。」領袖沈默不答，而後派人送她回家。後來領袖在一疊文件上簽了「活」，此舉救活了數百位當時的異議人士，這是反對黨能成立的肇因之一，而他們卻永遠不知道自己這條命是撿回來的。

一九八三年領袖命「王將軍」把她一起帶去南美，並交代兩件東西等她長大後給她。

一九九三年年末，「陳上尉」奉「王將軍」之命，到日本保護「虎」。一九九四年六月，「虎」到美國，與「王將軍」約在拉斯維加斯見面，向「王將軍」請求與「陳上尉」結婚獲准。「王將軍」並告訴「虎」關於「陳上尉」先人的事跡，這時「虎」才知道自己跟「陳上尉」早有淵源。

十七年前的台灣，尚在接受「美援」物資，其中麵粉為最大宗。當時「陳上尉」與外婆長期受到凌虐，士兵只能在一旁看，有一排長，當時於心不忍，趁沒人注意時，從連上拿了一袋「美援」物資（麵粉）送給她們。沒想到隔了數天就被那些「施虐者」發現，遂告到營長那裡，營長叫連長帶著排長到現地去調查，排長據實以告。連長說只要拿回麵粉袋證明沒有偷賣即可，結果麵粉還剩一半，袋子卻不在了，原來是外婆把麵粉袋裁成一件小孩子穿的衣服，穿在外孫女的身上。排長向連長報告，連長就拍了好幾張照片帶回去覆命，此事就此不了了之，但照片不知何人把它流出，最後聽說流到美國，而十七年前的「虎」在此事過了二個多月後，有一天，「虎」要到台北的高中做新生報到，坐上平快火車，途經嘉義，上來一個美國人，兩人途中閒聊，美國人說自己是自由專欄作家，給

「虎」看一張照片，這張照片原刊登在美國田納西州的報紙上，並說自己是為它遠渡重洋來到台灣，要寫一篇照片中人的故事，卻沒想到是一段悲慘的故事，手上並有一卷十五分鐘由士兵偷錄的錄影帶，紀錄進行中的殘酷罪行。「虎」聽了熱淚盈眶，美國人說自己與梵帝岡有交情，並與數位美國政壇人士亦有交往，一到台北馬上就要向教廷大使館、美國大使館投訴，回國後也將在報紙上發表。

「虎」心想自己也該做些什麼。

於是「虎」回到台北住進學校宿舍後，立刻寫了一封信，寄給當時國家的實際權力者「院長」。信中寫到：「不提人權、道義那些陳腔濫調，只為國家，如不盡速解決，勢必引發國際的軒然大波。對此事我嚴守祕密，但美國作家手上握有錄影帶，將會對國家造成不可彌補的傷害。」

「虎」不知自己為此已從鬼門關前繞了一圈，多虧「院長」親自爭取，又派人保護「虎」，才有後來的「虎」。

四週後，小女孩被送回台北母親身邊，因為拒絕貪汙而遭到迫害的父親也自黑牢中被放了出來，而「虎」自此被國家監視（保護）。

緣分真是一種奇妙難解的東西，不知是「虎」影響了小女孩的一生，還是小女孩影響了「虎」的一生。到最後竟使兩人湊合在一起，這就是緣分。

從此「虎」的生命起了很大的變化，就此脫離孤獨的感情世界，也知道什麼叫「真實的愛情」。

一九九四年年末，「陳上尉」在東京上野的「東京國立博物館」發現正在展出外婆結婚時的鳳冠，不識貨的日本人竟然把更有價值的霞披給丟了，鳳冠上本有一千顆一樣大小的珍珠，現在只剩九百九十九顆，外婆說那是在外公死的時候突然碎掉的。除了鳳冠之外，還有外公的四季屏風，屏風上有「孫文」的題字。

一九九五年一月，「虎」又約「王將軍」到拉斯維加斯見面，這次「虎」帶著新婚妻子一起前往，向「王將軍」報告鳳冠和四季屏風的事，希望「王將軍」定奪。

「王將軍」認為「虎」及「陳上尉」兩人都不宜出面，所以先由「王將軍」透過管道交涉看看。

過了二個多月，日本不但否認，並停止展示這二件文物，並說從未有過這二件文物。就此，「王將軍」說自己已無能為力，要「虎」自己看著辦，並說這是領袖的遺命，可以不擇手段去達成，自己將會全力支援。

「陳上尉」的外婆已於一年前過世，所以事到如今，把二件文物葬了也好。

一九九六年，「虎」搬到上野住。由於不想用雞鳴狗盜的方式搶回兩件有意義的寶物，他在上野選了一塊地，動用基金的一部，開始建築一棟商業大樓，自己只留次高的一層，其餘皆出售，一九九八年完工。「虎」評估要把此地到上野的博物館一起葬歸黃土，大約需二百五十萬噸以上。

一九九八年六月，從美國運來的五金廢料，一貨櫃一貨櫃地到來，但裡頭其實是實驗器材。

一九九八年年末，「虎」回台灣找「楊上校」，把需要的東西列一張清單，「楊上校」目前已直接指揮海軍陸戰隊的特戰旅，這是一支祕密部隊，是全國軍系之外的編制，經費有另外的管道。這支部隊是領袖遺留下的精銳部隊，也是中華民國最後一支有實戰經驗的部隊，要運作三十年。「楊上校」只對一個人負責——「何少將」。

「楊上校」向「虎」說：「超音速巡弋飛彈已在量產，目前是五馬赫，射程是一千三百公里。」「虎」剛好有一新構想，遂請「楊上校」報告「先進發展委員會」，先行研究它的可行性。

「虎」回日本，將美國來的零件組合，成了「中子產生器」；第二台是「中子測定儀」，還有鈷棒（外面有鉛包覆）；第三台是「電磁加速器」。

「中子測定儀」體積龐大，但是只要用幾次，就可功成身退，變成廢五金，雖然造價八十萬美金，連同其它兩台儀器都是用來試作新雷管用的。

為什麼「虎」會那麼急迫，除了兩件寶物的原因之外，一九九五年東京發生「東京沙林事件」，明眼人一看就知道事實是什麼，當時在日本國內膽敢發言表示異議的人，都被逮捕入獄，「虎」對此深惡痛絕。「虎」的憤怒不是為了憐憫那五千多人的「東京沙林事件」受害者，而是日本為了試驗的目的，竟能毫不遲疑地犧牲日本自己的國民，若為了達到侵略中國的目的，更不知要犧牲多少中國人，這些野心家實在沒有存在於世的理由（同樣的東西在松本已試過一次，也造成數人死傷）。

一九八二年當「虎」第一次看到「扶桑百合」的報告時，心中的憤怒是日本為了侵略中國，竟要拿台灣當砲灰，置台灣一千八百萬人於死地。當年的「虎」對「中國」尚無感情，畢竟他當時只是一個二十歲的道地台灣人，但到今日才知問題是全面的。好戰鷹派一貫的狼心狗肺，泯滅人性的作法，不管犧牲多少中國人（甚至日本人）也無所謂。

當初領袖命「虎」不擇手段阻止，「虎」本以為用「紅日」就夠了，現在知道一定要一舉摧毀他們的心臟，讓他們再也起不來。於是「虎」想定了「旭日計畫」，反正「紅日」在二〇〇八年以前就要轉移。

一九九八年年末，「旭日」的原料已到齊。

二〇〇二年「虎」又決定把「旭日」放大，所以要找新地點，因為原來的商業大樓不夠高，不能發揮「旭日」的威力。於是他在銀座找了另一棟五十八層的大樓，屬於「反侵略基金」的產業，拿下頂樓的一間。

至此「虎」已心如鐵石。

來日本已第二個五年，「虎」走遍日本本土，北起女滿別、札幌，南至福岡、宮崎，足跡更踏遍本州各地。也瞭解這是一個自千年以來對內到對外都一貫用強取豪奪表裡不一的民族。「虎」有一日本朋友，頗有身分地位，有一次與「虎」談到「南京大屠殺」時，他說：「這是本來就會發生的事，誰叫他們支那人要抵抗，這世界本來就是弱肉強食的。」日本人的代表心態，由此可見一斑。

當時的「虎」不死心，決心要到更高階的社會觀察，但五年後澈底失望。

第十章　日換星移

一九九六年年末，由「扶桑百合」（「上野香津子」接任）傳來的情報得知，日本已延後行動至少十年。

雖然「虎」與「上野香津子」已建立不淺的交情，也知道她是「扶桑百合」，但她卻不知「虎」在日本做什麼。「虎」經常在電視上看到她，她的形像越來越好，她一直未婚，是日本政壇的明日之星，也許有朝一日將出任日本首相（後來只差臨門一腳。但也作了內閣大臣）。

一九九八年「扶桑百合」又報告，「對華作戰參謀本部」已擬定新的計畫，並將「對華作戰參謀本部」設在「輕井澤」，行動日暫定於二〇〇九年至二〇一一年。並決定在二〇〇六年運送十七枚核彈至北朝鮮，並與一家台籍的電子工廠及一家台籍的連鎖商店暗中合作，大力在中國各大城市擴增分廠及分店，並出資給台商的食品廠，全力擴展版圖，動機不明。

一九九八年十一月「虎」要「陳上尉」留在日本看守「紅日」，自己則啟程前往「新領土」，這次是受「王將軍」之命而往。

到了之後，「王將軍」說自己已老了，健康也大不如前，並介紹繼任他的人選——「江教授」，然後把「扶桑百合」的最新報告給「虎」看。

「虎」看了報告以後，內心十分憤慨，雖然報告未提及日本的行動細節，但「虎」一看就知道他們想怎麼幹。中國一向自誇，世界上沒有任何國家可以澈底打敗中國，現在看來，這次真的會敗得很澈底，主要是沒有人想到日本竟然不擇手段到那個程度。一九八二年領袖對「虎」說：「國家是有壽命的，只有民族才是永遠的，孰重孰輕，你自己會拿捏。」自此「虎」已知道真正的敵人在哪裡，國家只是口號，民族才是生命的延續。

一九八二年領袖對「虎」說：「無人能自比上帝，但有些事需有極度、常人所無之勇氣去完成，只要有一日能面對上帝。」「虎」到現在才真正完全理解，他知道該怎麼做了。領袖說的三十年，是指用國家的名義，「虎」決定三十年後仍將以「中國人」的身分，永遠地執行下去。

「虎」向「王將軍」要求將濃縮X-5時的副產品X-7、X-13及大量的X-5送到日本，得到的回答是：「X-7、X-13可以，X-5目前已無庫存，需要時間分批供應，大約從二〇〇三年開始送過去。」

「虎」則有一番計畫。

「王將軍」告訴「虎」：「一九九一年曾做好一顆一萬八千噸（用X-7與X-13），在『新領土』的山區進行地下試爆，因為不知竟有如此嚇人的中子放射威力，當時參加試爆的十四人，包括我自己都受曝。」「王將軍」要「虎」考慮清楚，需知自身的後果。「虎」說：「已有成為世界上頭號恐怖分子的覺悟，但我相信十二億人會站在我這一邊。」

X-7和X-13是在濃縮X-5時產生的副產品，一千克的X-5才能生產一百數十公克的X-7和X-13，其中融合所放出的能量尚未知，但已知可放出大量的致命中子。

現在日本有一批人，得用一次爆炸保證全部除掉，又要盡量不傷及太多百姓，只有用X-7和X-13（用來對付「對華作戰參謀本部」那批禽獸）。

過二天，「虎」去參觀「先進發展委員會」的新成果，其中三項最令人難忘，一是「中程巡弋飛彈」，已有六十枚服役，並正生產另外三十六枚，射程一千八百公里，速度五馬赫，最大可搭載一百五十萬噸級核彈；第二項是IDFP攔截機（類似F-18），可作「回飛」動作，隱形（未完成），近戰優異，有紅外線抑制系統，無後燃器，有防熄火裝置及雷射目標瞄準系統；第三項是自行研發的「空中管制機」，類似E-2T，但性能更專一，用來搭配IDFP，採用激光通訊網路。第二項和第三項預定二〇〇三年交付中華民國空軍使用。

「虎」又提供他的最新研究——「主動匿踪」[5]——供眾人一起研究，這是「虎」又一超乎常識的創作。其主要的思維是「電磁波四次元衰滅的可能」，經過多年的空想階段，最近在自己日本的實驗室獲得證實。

在「新領土」的實驗室，就能祕密進行實驗，成功後可干擾各式電磁波，而己方的干擾電磁波卻可在二百公尺內衰退殆盡。這項科技，基本上要能打破三維思考的巢臼，這個研究如果成功，將又是另一項創舉。

拜別了「王將軍」，「虎」這次走另一路線，先坐飛機到布宜諾斯艾利斯，再轉機到雪梨，從東京回到日本。

一九九九年一月二十日，一個天氣晴朗的早晨，「虎」開著車由上野出發，經練馬上了「關越自動車道」，這是一條高速公路，二十分鐘後經過秩父，再走五十分鐘，經過本庄，再走約三十分鐘，從高崎下高速公路，經安東走一個多小時就到了有名的「錐冰道路」，又經「錐冰道路」再走一個多小時，就到了「輕井澤高原」，這是一個以結婚教堂著名的渡假勝地，沿路的樹木都下垂結著冰，有部分道路也結冰。

「虎」到了之後，四處勘察，此地人口不多，地形居高臨下，易守難攻，奇怪的是，這裡竟裝設了四座「愛國者 P 3」防空飛彈。

第二天，「虎」找了二家當地的不動產公司，自己用的是「亞東貿易」的名片。不動產公司極力推薦，並說一年前自衛隊新搬過來新單位，將來要擴增至二萬五千人，本地的物件都上漲了，不像東京的不動產已慘跌好多年了，而且這裡的犯罪率近乎於零。

第三天，「虎」再沿著「錐冰道路」往下開，不久之後，「錐冰道路」結束，換入普通國道，再開二十分鐘，就到了長野縣，這是「輕井澤高原」邊的盆地。「虎」心想這裡的人大部分要被波及了，那是無可奈何的，「虎」只能盡力試著避免過多的死傷。

在「虎」心中，「無辜」的定義不適用於侵略者。一九三七年「南京大屠殺」時，只有極少數的日本人表態反對，理由是「國際名聲不好看」，當時國際流傳流亡人數是三十至四十萬人，後來一九六〇年出土的日軍機密文件載明五十萬人死亡。二次大戰期間，日軍用數十萬的中國人做生體實驗，日本人說：「那是戰爭的附加犧牲。」並說：「他們只是牲畜而已。」到二〇一〇年開始連慰安婦的事，都被日本政府正當化，並說：「全世界各國都有慰安婦。」試問有哪個國家有把數十萬別國的少女擄至自己的軍隊玩弄凌辱至死？而日本到最近的「閣員參拜靖國神社」風波中，反對者的意見是「要顧及國際的觀感」，從沒有人為那些被害者說句話，因為日本人視中國人為次等民族，只不過像是待收割的高粱。

在一九八〇年代，日本公布二次大戰掠奪的文物有一百多萬件，開放給中國、東南亞各國的人認領，但事實上，一件都沒有歸還，有公布的認領全部都是日本自導自演，有印尼的林氏家族出面想討回祖先的遺寶，並提出確切的證明文件，結果林氏家族卻發生滅門血案而全案不了了之，日本難脫其嫌，公道總有一天要還的！

關於「戰爭」之說，以前說是少數統治者所發動的，但事實上是日本人民全體的潛意識貫徹，至少在日本是這樣的（不反對就等於同意，就要承擔後果）。日本人從未真心懺悔過，該給他們一個教訓，而教訓的程度，取決於日本人自己的行為，我們等日本的第一擊再立刻回應。

第三日下午，「虎」開車回東京。

「虎」託人以其他的名義，去「輕井澤」找需要的不動產。另外自己也做了一番設計與計算，計算完之後，他已經知道需要哪些原料。

三月底，「虎」回台灣，到高雄的光榮碼頭找「何少將」及「楊上校」。跟他們說了自己需要的東西，並從兩人口中得知「巡弋飛彈」下個月九十六枚就可全數服役。

回到日本後，就等著「貨」的到來。X-7在台灣，X-13在「新領土」，兩者都還要做最後一次濃縮才能送來。

四月底，「虎」已在「輕井澤」找到兩個物件，又去了一趟「輕井澤」，選了其中一個居高臨下的舊別墅，花錢將它買下，預備打掉重建成新的西班牙風渡假飯店，大概需要二年多的施工時間。

「虎」又向「新領土」特別訂做一個拋物型的東西，是全鉛製的，重八百公斤，分成組合型的三部分，希望能減少一些無辜的傷亡數字。

六月中旬，「新領土」的連絡來了，「虎」的「主動匿踪」經證實可行，現在正準備初步的實驗。「虎」聽了很高興，遂在心中浮出一個新構想：「有一天要做匿踪的巡弋飛彈和真正的隱形戰機。」

一九九九年九月，又接到「新領土」的連絡：「有急事，所有委員九月二十日到新領土開會。」

九月十九日「虎」到了「新領土」，大部分委員也都到了，「天罡計畫委員會」的第一號人物還沒有來，「虎」一直不知道是誰。這次大家來「新領土」，首先要參加「新領土」大水壩的完工典禮和水力發電廠的啟用儀式。耗資六十億美金，歷時九年的工程終於完成了。發電廠的發電容量屬機密，可供全境之用，為此，「新領土」將可分批再接納五十萬的新移民，從此「新領土」不再需要火力發電（僅留著在緊急時之用）。

「虎」最關心的是「主動匿踪」的進展，先去「先進發展委員會」了解一下，「主動匿踪」已經完成初步實驗，證實可行，所以成了這次集會的三個原因之一。另外，「虎」被告知十八年前交給「黃上校」的六個設計中，第一項當時說不能引燃，但後來在專家經數年的研究改良，已於一九九一年成功，合成一種比C4威力大上一倍，安定性更高的炸藥，命名為「HTL」。

這次集會肇因有三：第一，因巡弋飛彈已部署，所以要撤回「天罡計畫」。第二，空軍的「匿踪計畫」要重新修正。第三，明年台灣要總統大選，有兩種可能結果：一、政權交替。二、政權落入親共者手上。事關重大，只好又把「王將軍」請出來主持會議。大家從九月二十日（第二天傳來台灣發生嚴重地震的消息）一直討論到二十五號，三點都有結論，而「天罡計畫委員會」的第一號人物還是沒有現身。

據「王將軍」說，撤回「天罡計畫」的計畫是在十年前開始做準備工作，有一人選（是領袖生前指定的人）將去中國大陸主持全盤工作。「王將軍」說明年他要親自跟中國的領導人交涉，而那個將自身冒險深入敵區的人，就是「天罡計畫」的第一號人物。

「主動匿踪」的成功，使「先進發展委員會」將「匿踪計畫」還有一年多就要交運的四架指揮機及四十八架戰鬥機的計畫喊停，但國內為此而興建中的四座雲霄機場如期進行。

至於政權的問題，最後決定在台灣軍隊中選出精英，組成兩支祕密部隊，由「新領土」直接補給，一是原有的海軍陸戰隊特戰旅，總管九十六枚戰略巡弋飛彈，及其十八個祕密發射站。二是空軍的特戰聯隊，將來接收「匿踪聯隊」。

另外，「新領土」自此結束軍事臨時體制。

最重要的是「新領土」與台灣之間的關係，要作如何的認定。二〇〇〇年一月起兩方簽定新「貿易協定」，並請友邦元首與台灣元首簽下「共同聲明」，界定兩國為永久同盟的關係，現任台灣元首將是「新領土」的末任元首。

在法律方面，當初「新領土」是用「王將軍」的名義簽約，「反共救國基金」、「反侵略基金」皆登記在各委員名下。這次會議增加二位「戰略發展委員會」的委員。「虎」是其二位中的一位，另一位是下個月將從台灣來的「郭教授」，因為增加了不少的事務。

另有一事在會議中提及：「王將軍」在一次外交場合中，由友邦元首介紹認識南美第一強國的元首，大家相談甚歡，一九九〇年代末期，正逢經濟風暴到了南美，強國元首面臨國家經濟破產邊緣，「王將軍」慨然解囊，無息借出一仟億美金，一年之後強國脫離經濟危險，浴火重生，逐漸復甦，日後必能成為南美第一經濟重鎮。一九九九年遂把鄰近友邦的一片土地賣給「王將軍」。這塊土地有六千多平方公里，內中只有二個部落，「王將軍」答應好好照顧這二個部落。這塊土地位於友邦東北方，與「新領土」隔著友邦領土一百多公里，友邦元首答應讓我們修一條公路。使「新領土」的幅員達到三萬三千平方公里。一年多後，此地發現蘊藏「二十一世紀的黑金」，其蘊藏量居世界第二。「新領土」因暫無需要此資源，所以一直保密未開採。

開完會，「虎」又與一些專家研討「主動匿踪」，大家對此都期望很高。另外，有三個隨之而來的新需求產生：

一、新的內裝武器。

二、新的渦輪扇發動機（減少發出紅外線）。

三、新的空用發電機。

第一項已選定用「虎」十八年前的發明──「箭式」單兵防空追熱飛彈，再予改良，加大射程和速度及彈頭的威力。其它二項就交由專家們去煩惱了。

「虎」在回日本之前特別要求開發關於巡弋飛彈延長射程與隱形的課題。

二〇〇〇年五月，果然台灣政權交替，現任領導者把政權交接給新領導者，兩支祕密軍隊及「新領土」並未交接，一直祕密存在著，經費仍是由「新領土」支付。

「王將軍」自一九九八年以來，大部分時間都回到台灣治療當年核試爆的曝傷（先進醫療設備不足，一直是「新領土」的大課題），但其實只是盡人事聽天命而已，因為那種傷害，是單方向性的，永遠不會恢復。

二〇〇〇年「王將軍」抱病與對岸領導者在第三地見面，雙方達成某種協定。於是對方先派來兩組觀察員，一到太平島，一在台灣屏東放入一個銅牌於巡弋飛彈內，讓巡弋飛彈射到太平島，再挖出那個銅牌，全程只花了十幾分鐘，飛彈也準確射到了太平島，證明我方有能力攻擊對岸的大部分城市。

於是對岸的領導者同意我方派人到上海主持「天罡計畫」的撤除行動，我方承諾事成之後送他們兩個禮物。

第二年年底，台灣就派人以「潛逃」名義前往上海，自此開始長達五年多的大規模撤回行動，跨越中國兩任領導者。

「虎」回到日本後，從美國運來一個貨櫃，內有部分零件，其餘就要從台灣運來了。於是「虎」向日本政府申請註冊公司，因為台灣已經政權轉移。半年後，貨櫃開始來了，一個貨櫃只能放一個零件，一年下來，「上帝之拳」已只缺一個「雷管」。因為「雷管」是四千噸級的核分裂裝置，被發現的話非同小可，所以在要裝設的時候，再用較安全的方式運來。

二〇〇二年初，「輕井澤」的「西班牙風飯店」已經完工，是一幢傍山而立的七層樓建築，除了七樓和一樓的餐廳以外，都是飯店的客房。

「虎」將拋物狀的鉛塊放入飯店七樓內，一個預先設計好的空間，拋物面正對著二公里外的「對華作戰參謀本部」，當然中間還有牆壁阻隔。

二〇〇四年八月四日，「虎」終於把「上帝之拳」的「雷管」裝上了，再加上電話遙控網路，「上帝之拳」已處於待命狀態。另外從台灣運來了「虎」已經等了很久的第二批X－5。

二〇〇四年十二月，「虎」又到「新領土」，現在「天罡計畫委員會」第一號人物因為去了大陸，所以已除名，遺缺不補，「虎」就成了新的第一號人物，並接收前任的所有遺留公物，前任只來過一次。「虎」看完了遺留公物之後，才知道事情的真相，才明白什麼是「偉大」。原來這個「第一號人物」就是「虎」的表兄，表兄雖不知「虎」身負何職，卻知有一親戚在他麾下，而他一直因貪汙而身敗名裂，原來一切都是有計劃的。在他的桌上擺著一個座右銘：「名耶，利耶，非吾輩所愛，所在意者，唯一縷忠膽魂。」

「虎」一切都明白了，但表兄至今仍不知「虎」的真正身分，「虎」還接收了表兄遺下的「青天白日勳章」打算在適當時機還給他。

「天罡計畫」第一批撤回的物資已運回台灣，未來還有三十五批。在會議中決定三十六批到時拆除「雷管」，將核心部分逐批送到「虎」所指定的地方。

這三年來「新領土」很忙碌，「主動匿踪」已進入實用階段，只是夠馬力的空用發電機還未縮小到可以搭載在引擎中的尺寸，內掛武器已大致完成，將是十六枚鏈裝發射型的追熱飛彈，近發引信彈頭，預計七點八馬赫，射程十八公里。

至於「巡弋飛彈」方面，反而較簡單，現有較先進的熱電池可讓彈體隱形二十秒、暴露四十秒，如此循環，射程也在改良中，只要升高飛行高度、加大油箱、降低飛速即可，

「虎」向工作人員勉勵一番就回日本去了。

二〇〇五年年末，「虎」又接收了一批貨，加上原來準備的原料，再加上新到的X-5，十二月底再運來「雷管」，至二〇〇六年三月，「虎」已經將「旭日」組裝完成，以原有的二百五十萬噸原料加上「天罡計畫」中運來的第一批，目前是三百五十萬噸，並可無限制加大。

X-5是一種很穩定的東西，半衰期四十七萬年，不論是生銹、燒熔、化合，都不會改變它的基本特性。只是在自然界中它極不易取得，當初「虎」在學生時期，用掉五噸的「X金屬」，用了四個月也才淬取一百公克的半成品，還只是百分之零點八濃度，它在常溫下是固體，只要幾個百分比的濃度以上X-5，把它放在核分裂或核融合的旁邊，它自己就會融合，並放出更大的能量。這個特性是全世界所有核子專家夢寐以求而尚不可得的。它反應時不靠連鎖反應，只要高溫，所以沒有最小與最大反應量，它是未來融合發電的捷徑。舉例來說，重氫（氘或氚）一克的融合，所放出的能量是一克X-5的七十倍，可是換成一公升的氣體重氫對一公升固體的X-5，其能量後者是前者的八百倍，一公升的重水則是一公升X-5的十八倍，優劣立判，X-5唯一的缺點是不能調整威力。

其實核爆並不如一般人想像的那麼難，只要具備高中程度就可以製造、引爆核彈。在二十一世紀的今天，任何人只要取得關鍵原料（鈾或鈽），再加上某些醫療器材，即可自行組裝原子彈。

做一個核彈只有百分之一的心血用來使它爆炸，其餘都用來：（一）取得原料。（二）濃縮原料到可用的濃度。（三）計算威力。（四）必需有百分之百的成功率，如果不能在指定的時間、地點爆炸的話，就是「啞彈」。（五）控制核原件的安全性。（六）核子武器的保存期限最少要四十年，但是核分裂原料本身是有半衰期的，所以很難控制，也就是全部元件要有四十年的安定性。（七）保防。（八）試爆。

核爆成功與否，關鍵在於「臨界點」，如果一過「臨界點」就不可避免核爆，而「臨界點」就是中子撞擊的次數到達不可逆的數值。

有三種方法到達「臨界點」：

一、壓縮體積。

二、增大核分裂物質的量。

三、增加外來中子的量。

以上三項中的任何一項都可產生核爆。

一九四〇年代美國靠「奧本海默」的團隊，製造了兩枚原子彈，提早結束二次大戰。

當時其團隊人數超過十萬人（「奧本海默」自責製造了大規模的殺傷武器，但其實這兩枚原子彈使中、美、日少死了超過一百萬人），到了一九五〇年代，製造二級熱核武器時，其團隊只需數千人就能製造出來；又再過十年，製造多級武器時（威力已超過一百萬噸），只用了約一百人。

一九九〇年代，資訊發達，只要具備高中物理知識，人人都可以理解核彈的製造原理。二十一世紀的今天，透過網路，人們已能搜集到大部分製造核彈的原料，主要是「前人種樹，後人乘涼」。

二〇〇六年一月，「虎」回台北看「王將軍」，他已是癌症末期，他對「虎」說：「你表兄的事你都知道了嗎？」又說：「台灣兩年後又要政黨輪替，到時你表兄就可以回台灣了，又或者是到新領土去，『天罡計畫』再一年多就全部結束，若你表兄想回台灣，就要在大陸多待一年，但他如果選擇回台灣，你千萬不可曝露你的身分，切記、切記。」當初「王將軍」特意錯開「虎」與表兄到「新領土」的時間，所以兩人從沒有在新領土碰過面。

「王將軍」託付「虎」一件畢生的心願及交付「布魯塞爾」、「阿姆斯特丹」、「馬德里」、「蘇黎士」、「巴黎」、「亞松森」的六個戶頭，並說在「新領土」有東西要給「虎」及「陳上尉」。「虎」答應後，就回日本了。「虎」知道這次和「王將軍」將是最後的會面，同一批人今後只剩下三人，「王將軍」的心願一定要替他完成。「王將軍」是「虎」一生中的第一個貴人，也是第一個受領袖之命保護「虎」的人，「王將軍」在台灣褒貶互見，但他自一九八三年開始致力於為中華民國在地球另一邊建立一個「新領土」，其默默耕耘，不求名利，鞠躬盡瘁，死而後已。他的功過不需後人評論，與領袖類似不求蓋棺之論，對國家只求問心無愧。

「王將軍」曾在醫院對「虎」說一件事：「有一位『×將軍』，現在要拜託他幫忙一年半後你表兄的事，是陳上尉家的大仇人，一九八三年領袖因怕他斬草除根，叫我帶當時年僅十三的陳上尉去南美；他也曾在領袖面前吵著要把你斃了，因為你揭了他的瘡疤，現在既然有求於他，你不要去動他。」

「虎」說：「那些陳年舊事，我們早就讓它隨風而逝了。」

後來證明「王將軍」所託非人，表兄為人所害，此人是共謀者之一。

二○○六年年末，從台灣又運來三批貨，「虎」把它組裝完畢，現在「旭日」已有七百八十萬噸了，是「超級城市毀滅者」的規模，可以搆得到上野的博物館而綽綽有餘。

二○○七年「虎」到「中國國際商業銀行」，用三個不同名義開了三個口座，各存了不同數目但有意義的金額，跟著一個月後，半夜去取回「紅日」。（一年後「中國國際商業銀行」就搬到「×田」大樓，現已改名為「××國際商業銀行」。）

「虎」把「紅日」帶回做成「旭日」的後備雷管。

第十一章 膽大包天

二〇〇六年十二月，「扶桑百合」的報告送到「新領土」，第一代「扶桑百合」是為理想而把情報交付「王將軍」，接任的「上野香津子」受過情報收集的訓練，比較專業，同時世代日新月異，到一九九〇年代情報只需放入指定的網址即可，毫無脈絡痕跡可循，所以「上野香津子」的情報較易取得。

「虎」十二月五日（本日為「新領土」的誕辰）到「新領土」，大家為「王將軍」舉行告別式，極盡尊榮。「新領土」現有住民七十八萬多人，五十六萬人參加告別式。

告別式結束後，「虎」從「江教授」手上接過「王將軍」生前交付的東西，是一個大信封及兩塊金屬，接著趕去看「扶桑百合」的報告。

報告中提及日本已將對華行動的日期定在二〇一〇年至二〇一二年，而且二〇〇六年已將十七枚核彈運交北朝鮮了。對中國的陰謀，在這次的報告中有較詳細的說明。原來日本自一九九一年起大力金援台灣人在中國的四家食品廠，利用「色、香、味、利益」的誘因來加入四種不同的毒素（用現在的檢驗方法無法驗出含毒），可使人在長期食用之後不孕及罹患長期疾病（無可救藥），一是在飲料中加入石化原料，二是在烘焙食品中添加特殊人工香精，三是在澱粉中加入化學原料，四是用某種植物種子所榨取的油，混入一般食用油，長期食用可使人不孕，因成本低廉，故可賺取暴利。使很多廠商爭相仿效，大量行銷各地，始作俑者反而被遺忘了。

日本打算在行動發起的一年前，向中國當局檢舉並暗示這是台灣政府所授意的，造成中國與台灣之間的新仇。

再來就換北朝鮮上場了，北朝鮮繼核子試爆後開始威脅以飛彈攻擊日本，日本先通過《安保法》，再在《安保法》的掩護之下，大量生產武器及募集兵員，並順勢修改憲法，開始動員和「製造」核彈。

接下來換生化戰上場了，日本自一九六〇年代中期以來，又重啟了生化武器的開發，一九九五年以後，日本基本上已放棄化學武器，化武只用在前線，改全力發展「炭疽菌」、「SARS」、「禽流感」、「伊波拉病毒」等等現代化的生物戰劑，現已選定用「禽流感」病毒。

到了「D-DAY」前二個月，派人在中國一百多個大城市交叉散布「H5N9X」

和「H7N9X」兩種病毒。兩種都可在人體上一再突變，速度遠高於疫苗的研發（連日本自己都沒有疫苗）。

在二〇〇三年開始，先用較低階的病毒在中國各地散播，以測試中國當局的應變措施及病毒的流行徑路模式與病毒的演化方式、路程，再加以改進。病毒真正散播後，預計在三個月內會爆發無法控制的疫情。屆時中國將有十分之二的人被這個傳染病牽制住，很快中國就無可用之兵，中國人民也沒有鬥志了。

接著西太平洋成為世界最緊張的區域，美國自然會派航空母艦前來，並最少有一艘航空母艦以「橫須賀」為母港。再來北朝鮮陳兵北緯三十八度線，準備統一南北韓。

「D-DAY」一到，首先橫須賀港中的美國航空母艦及其它大小艦隻，一起受到一顆自殺式核彈攻擊，日本一日之內即調查完畢，並宣稱是中國所為。再隔五日從台灣海峽南端，用潛艦向台北及台中各發射一顆核彈，把一切都栽贓在中國頭上。第二日的早上四點整，再由與那國島向上海及南京各發射一枚核彈，飛彈越過台灣，正巧是各國衛星沒有通過台灣上空的空隙。日本並在網路盛傳是中國先攻擊了台灣，台灣再報復中國，同時日本公開宣稱自己已擁有核武。

不管中國有沒有再報復台灣，二天後日本真正最恐怖的行動將展開了。

日本近十多年來，不餘遺力支援兩家在中國的台籍公司，一是連鎖商店，一是電子代工廠，到二〇〇六年已有一百二十家店面及工廠，全座落於仔細考慮過的城市，北自河南的鄭州，西達長安，西南到昆明，中部到長沙及重慶，南到福州、廣州，都在中國的中原地區。

在「D-DAY」（橫須賀核爆）開始第七天，將有一百二十顆一百萬噸級的核彈在一百二十個店面和工廠爆炸。核彈是在前一天至前二天自北京的日本大使館及各地領事館送出，到達時間是一百二十顆核彈同時爆炸的前二小時。這是真正確實的毀滅，不像食物或生物戰只是一個未知。這一百二十顆核彈將奪走三千萬至六千萬中國人的生命，如此又牽制了百分之三十的中國人力。

接著日本再用潛艦以核彈連環攻擊美國在黃海的第二艘航艦，再一次栽贓在中國頭上，這是一石二鳥之計，既可嫁禍中國，又可使北朝鮮發動韓戰的初期更順利。

「D-DAY」第十天，北朝鮮對南韓十個城市發射了十枚核彈，對首爾發射的是一百萬噸級的，並用全世界最密集的砲火及化武一舉摧毀南韓的防線，一百萬北朝鮮陸軍跨越首爾繼續南下，九個護衛首爾的城市（主要是有軍用機場的城市）各被一枚五十萬噸級的核彈攻擊，北朝鮮的空軍遮天蔽日而過，南韓那些殘存的小機場很快就被解決了。

日本給北朝鮮十七枚核彈，其中四枚被拿來試爆，現在再用了十枚，只剩最大三枚核彈，各二百萬噸，裝載在「舞水端」及未來偽裝成火箭的「銀河」飛彈。但北朝鮮並不知道這三枚核彈是「啞彈」，因為裡面的重水是假的。

「扶桑百合」的報告說：「一九七〇年代後期，日本可預見北朝鮮將來必成禍患，尤其看樣子北朝鮮遲早會發展核武，而且可能會成功。所以『對支那工作小組』決定拉攏北朝鮮並提供核武，實際上日本打算在韓戰爆發後二個月一舉併吞南北韓，所以給北朝鮮的核彈數目，都經過慎密的考量，最後三顆最大的核彈實際上只有雷管的數千噸威力而已。日本攻韓的三十二個混裝師，將在韓戰爆發後一個半月，當『日本海運輸船隊』運完攻中部隊後，再返回從氣仙沼運來。」

另一方面，「D-DAY」第十二天，等待已久的「日本海運輸船隊」從新潟開航。目的地是北朝鮮的清津。大約要十二個梯次才能運完三十個機械師的裝備，補給及車輛則在一年前開始陸續分批運到，足可供給六十萬人半年之需，另有三千輛戰車及其它支援車輛已先行運到，隱藏得很好。

「D-DAY」第六十天時就可以一鼓作氣渡過鴨綠江，橋若斷了也沒影響，因為隨行的六個工兵營隨時可以搭浮橋（剩餘的人員則在「D-DAY」第五十天用一百六十架運輸機分批空運過去）。日本人更在清津和新義州間建了一條地下公路，以避開人造衛星的監視。

空軍則早在半年前就開始陸續飛到新義州，已到了六百架FSX（性能與F-16C

相當），暫時藏在新義州的掩體內，尚有大量的油彈補給及六座前進機場的管制用品，另有一千五百架ＦＳＸ及四百架Ｆ－15Ｊ在新潟待命，一千架ＦＳＸ在北海道的旭川及女滿州，四百架ＦＳＸ在高知。

日本二〇一〇年將有神盾艦（伊吉斯）六艘，日製神盾艦（矢吹級）十二艘，更有甚者，韓戰爆發後美國大群海軍、各式船艦雲集，西太平洋、東海、黃海都不再有彈道飛彈能飛越。

「扶桑百合」的報告這次較詳細，尤其更指出一家連鎖商店及另一家電子代工廠的名稱。

事到如今，「虎」認為必須要通知中國了。

「虎」想起二〇〇三年台灣發生ＳＡＲＳ死傷多人，假設早知道這是日本的陰謀，我們有何對策？於是心中升起一個念頭，與「先進發展委員會」的生技專家們研商可行性，大家都認為可行。於是找來相關人員討論，為免在日本的胡作非為下發生無法挽回的遺憾，最後一致決議請「虎」的表兄出面，反正「天罡計畫」撤回行動再一個多月就可全部完成，到時再向中國領導人告知，因為據說表兄頗得中國領導人的信任。

接著看「先進發展委員會」的報告：

一、「主動匿踪」現在已決定先就台灣已有的戰機裡，選出一款來改裝，以作為「全匿踪戰機」服役前的過渡機種。最後選定了ＩＤＦ-4六十架，預計二〇〇九年可交運中華民國空軍。

二、「匿踪巡弋飛彈」方面已有極大的突破，「先進發展委員會」發明了「高速摩擦靜電粒子回饋發電系統」，這是只有在高空、高速飛行時才能啟動，且是消耗單行性的，如此一來可解決匿踪的電力問題，並設法加大射程，如此射程可達二千五百公里，並可自加力器分離後到向目標俯衝前，全程匿踪，預定二〇〇九年可以量產。

「虎」看完報告後，打開「王將軍」所交代的信封，內有信件及一顆貓眼石和一顆鑽石，鑽石名叫「希望之星」，信中說貓眼石和三筆在日本的資產（即一直由「虎」管理的房產）是領袖留給「陳上尉」的嫁妝，「希望之星」則是領袖送給「虎」的。另外二大金屬塊是「鍋巴」，一大一小，用來替「王將軍」完成遺願。

信中又說：「有一件事等我死後才能告訴你，二〇〇三年『陳上尉』因用本名辦了日本的長期簽證，資料上填了『陳上尉』母親的名字，因而被查出是『善』的後代子孫，日本當局怕她來索討二項寶物，所以趁她出境後把她原有的簽證取消，再無限期拖延新的簽證申請。後來在第十二個月時我實在看不下去了，因為再這樣下去，你跟『陳上尉』兩人都要因相思而生病。所以我請『上野香津子』幫忙向東京入國管理局施壓才讓『陳上尉』在離開第十三個月後再踏入日本。你要找東京入國管理局算帳需與大事不相違，切記。還有，『上野香津子』因此已知道『陳上尉』的出身，要小心。」

「鍋巴」是「X金屬」在濃縮時的中期產物，「X金屬」在第一輪濃縮，取走大部分的X-5，剩下的就是「鍋巴」。內有「X金屬」百分之六，X-5約百分之五十三，X-7及X-13約百分之十八，其餘的約百分之二十三是重金屬雜質，基於人道立場，須先將X-7與X-13分離出來，才能使用。由於X-5與X-7很難分離，所以所有的「X金屬」都先取出約百分之八十五的X-5，餘下的就是「鍋巴」，「王將軍」這二塊「鍋巴」約等於九百多萬噸黃色炸藥的威力。一般的核分裂雷管難以引爆它，但在聚合的高溫中很容易就可引燃它。

「虎」回到日本已是十二月二十日，自台灣又運來一批X-5。

日本近幾年來景氣每況愈下，數年前才將消費稅由百分之三改為百分之五，年金又找一些莫名其妙的理由停發，實際上年金早已被政府長期私下挪用，已所剩無幾，政府只好羅列各種新名義增加稅金，政府到處和老百姓搶錢，民怨高漲，於是政府想要把這一股民怨導向中國。

日本超市小攤、百貨公司所賣的食物、衣類、文具、電器、日用品等，有百分之七十是進口，其中又有百分之八十來自中國，於是謠傳說錢都被中國賺走了，更經常製造一些食安問題，以加深一般人對中國的反感。

事實上日本的經濟早已逐漸惡化到無可救藥的地步，更加深了執政當局對華侵略的決心：「人民再忍一忍吧，就快要有好日子了，有一塊『新大陸』正等著我們日本人去收割。」

在此時有一人出來帶領一些不滿人士，正面向中國做激烈的挑釁。這個人叫「猪狩」，生性狡猾，欺善怕惡、逢迎拍馬、獐頭鼠目、貪生怕死，他是自衛隊的幕僚長，因發表偏激言論而下台，他一直自比為「三島由紀夫」，但又認為自己與三島由紀夫有著截然不同的結局。其實他一下台就馬上被「對華作戰參謀本部」所延攬，專門在民間執行煽動的任務，並多方連絡中國的流亡團體，共謀醜化中國，手段極盡卑鄙無恥，在上野等地結合一批中國的流亡異議人士，說中國為了錢，活活取出法輪功人士的臟器，以高價販售，還取出尚未出生的胎兒給有權勢的高官進補。

另一人叫「水野」已做過數任的「防衛大臣」，在二〇〇七年卸任後，扶正成為「對華作戰參謀本部」的主持人。他與時任首相的「三田」都是對中的大鷹派。後來「三田」稱病下台，圖謀後動，但實際上，「水野」和「三田」仍暗地裡掌控日本的軍、政、經大權。

日本謠傳政府有一筆「埋藏金」，有日幣五十兆，應該拿出來解決當前的財政困境，殊不知那是為戰爭而準備的，已有九十兆日圓，其實這也就是今日日本財政困難的主因，日本當局無論老百姓如何窮困，也不可能動用此筆錢。

日本的經濟就在此兩人的操控下，苟延殘喘，一年壞過一年。以外債不斷的循環增加來支撐，預估在二〇一八年外債將達到二十兆美金，即一名剛出生的日本嬰兒，需背負十五萬美金的債務，但是日本人不怕，因為戰爭可以解決所有的問題，所以他們把自己推向唯一的（不歸）路。

第十二章　巨龍覺醒

時間：二〇〇二年某日。
地點：中國北京中南海。

他望向窗外，輕嘆一口氣，「唉！又是陰天，還有十多天就可交棒了，以後就由別人去操心了。」他心想：「從此不用再心煩那無解的難題了。」

他統治著全世界最大的國家，雖然曾有過無數次的驚濤駭浪，總算平平安安地渡過了。這幾年與美國的關係和緩了，自己也親自去訪問過，從中學了不少東西，卻也讓美國人更覺得中國人難以理解，所以更敬畏。很多人把這件事當作他最大的功績，但其實等他把箍在中國頭頂的緊箍咒拿掉（雖然還在進行中），這才是大事。他最大的優點是決斷力，雖然因此有人在背後說他陰狠殘暴，「由它去吧。」他心想。

他剛把這一個大事交接給下任領導人（與自己比起來他算是溫和派），並交代只能再給一人知道，而且這兩人將要把這個祕密永遠封存。以後就換人煩惱了，那個人臉色鐵青地走了。

「虧他們做得出這種事，實在太可怕了。」不過台海多年來的和平，大家在檯面上喊話，事實上什麼都不曾發生，也沒人喜歡發生什麼，這難道不是「天罡計畫」的功勞？再三年就結束了。這幾年來他為了安撫甚至是壓抑那些鷹派的軍頭（自己也曾是他們的一分子），常被罵軟骨頭。他們哪知道要把台灣變成一片焦土不難，但難道台灣就是省油的燈嗎？誰知道他們會不會把我們炸回上個世紀，兩敗俱傷又是誰所樂見的？當年他也曾義正詞嚴地質問上一任領導人，等到他自己掌權後才知道這碗飯不容易捧，更知道這場與台灣的仗永遠沒有勝者。

一年前台灣派來的那個人，削瘦身形，一表人才，滿口台灣國語，談吐從容，雙眉高聳，眼神充滿自信（天啊，他們竟派一個道地的台灣人來），對他作了一些承諾與保證，一陣道謝後即去辦正事了。一年來據報告已拆了十一個。哼！「天罡計畫」不就擺明了數目嗎？

姓王的（指「王將軍」）要我保證那個台灣人的安全，「事成之後，別說安全，就是頒勳章給他也可以。」我們難道很不講理嗎？

二〇〇六年末那個台灣人又來見新領導人，報告已快完成了。領導人一時興起，問他台灣人對中華民族作何感想。「我們很樂於當中國人，也承認我們身上流著中華民族的血統。但我們沒有義務讓中華人民共和國統治，像我們這樣的人全世界有超過一億人。我們對中國的繁榮強大很樂觀其成，並期望文化也跟著成長。我們只希望在另一個角落，安靜平穩地生活下去。我們知道你們的紅線在哪裡，其實那也是我們自己的紅線，沒有人會去碰觸，一旦有人碰觸，必將是玉石俱焚。我們可以盡其所能幫助你們，畢竟大家就像兄弟一樣，『煮豆燃豆萁，豆在釜中泣，本是同根生，相煎何太急？』『玉石俱焚』的字眼，我們比誰都能深切體會，大家都不希望它真的發生。」

直到此刻，領導人才了解原來台灣人並不是如他們所想的那樣，每天祈望他們倒臺。而「天罡計畫」實際上讓兩岸和平發展了近二十年。台灣不再擔心被血洗，軍備也只是象徵性地向外買一些做做場面，難怪那些軍頭們老是懷疑，他們台灣就那麼幾架飛機，還能大聲講話，要換成是我早就投降了，難道雞蛋硬是要碰石頭？中國方面也不再為了一個永遠達不到的目標浪費心力，改而致力於經濟發展。至於表面上大家還是要常演一演戲給一些不明就裡的人看，包括美、俄等列強。

領導人今天大概可以理解台灣人的想法，也第一次佩服起台灣的第二代領導者，從此他跟這個台灣人建立了私人情誼。

「原來台灣已在二十年前就跳出統獨泥沼，自顧自地往上爬，我們現在該全力往已開發國家邁進。」他定下目標，國家的經濟規模，三年內要超越日本，十五年內要趕上美國，成為世界第一。

中國覺醒了！

二〇〇七年五月，那個台灣人又從上海來找他：「報告主席，任務全部完成，特來覆命。」接著台灣人照約定給了兩個大禮，原來是日本人一九四五年埋藏在吉林、長春兩處的寶藏藏寶圖（後來果然挖出大量寶物與機密文件，粗估價值超過二仟億美金，另有數十萬件中國古董文物，價值難以估計）。

「今天主要還有另一件事要向主席報告。」台灣人接著把日本對中國的陰謀告訴領導人，並交付一份文件，其中有提到對付「生物戰」的方法。

領導人聽完與看完文件之後說：「太不可思議了，是真的嗎？」繼而一想，越想越毛骨悚然，搞不好日本鬼子真的會成功。不過話又說回來，會不會是台灣的詭計？所以他說：「知道了，我們討論完再告訴你，謝謝你。」

一個月後，中國根據台灣人所提供的藏寶圖順利挖出寶藏，數量驚人，但隨著寶藏同時出土的機密文件，卻讓中國領導人膽顫心驚。

中國領導人心想，這麼一個喪心病狂無所不用其極的民族，還有什麼做不出來？以古鑑今，難道我們還不能醒悟嗎？那麼那個台灣人所說的要好好仔細考慮一番了。他找來軍委們開了一次祕密會議，會中有委員提議「找那個台灣人來向我們彙報」，於是就此決定，一星期後再開一次會，這次找了那個台灣人來。

「你們從什麼時候知道日本人的陰謀？」

「一九八一年就知道了，當時已有制他之法，如今也有反制之器，我們一直持續密切地注意中，但因為日本人的意圖越來越無法無天，我們怕會造成中國、台灣不必要的傷亡，一旦有什麼閃失，恐怕會造成難以彌補的遺憾。」

一席話震驚了在場的所有委員們，改變了他們對台灣的一向看法。

「難道台灣的人也關心我們？」不知是真是假，心中難免尚有疑問。

主席問：「你們怎麼知道的？」

台灣人答：「這不是我的權責，我只知道這情報可以確信，也知道他們永遠不會成功。」

主席又問：「你還有什麼資料要給我們？」

那個台灣人說：「我這裡有兩份日本上星期的華文報紙，一份是《×公報》，另一份是《××世紀報》。一份說到法輪功會員在中國如何被活活取出臟器高價出售，一份說未出生的胎兒在中國如何被活活地從孕婦肚子裡被剖腹取出，以供給中國高官做營養品食用，說中國是如何野蠻的一個民族。請注意這兩份報紙都沒有標明一份賣多少錢，因為這兩份報紙都是免費贈送的，用來鼓動人心與華為敵，由此可見其居心。另我親眼看到日本的報導，說中國的西北，大家屠狗不一刀殺死，特意讓狗兒們哀嚎數日才死，只為了這樣肉比較好吃。」

大家聽了，面面相覷。

主席說：「謝謝你，我們會再請你過來的，若有什麼需要，儘管開口。」

台灣人離開後，主席說：「各位委員應該都知道這事要絕對保密，大家現在都為明年那件事忙得焦頭爛額，誰也不想節外生枝，這是中國人在世人之前揚眉吐氣的大好機會。還有，連絡外交部長，不計代價，把那艘廢船弄回來。我會從體制外找人負責這件事。我們下個月再開一次會，下次把空軍、海軍、陸軍、二砲的司令員都找來。」

主席祕密成立「東洋研習會」，成員有八千多人，並命解放軍組成一支「國土安全應變部隊」，兵力有六萬六千人，任務包括滲透日本本土及監視大使館和領事館。

另外主席又找來國防部長，詢問他何時才能二十四小時監視日本和北朝鮮的動靜，國防部長回答：「現在只有兩顆衛星在監視，從今日起每五個月發射一枚高解析度的衛星，共再發射六枚為止，到時我們就可完全掌握他們的一舉一動。」

一個月後他們又開了一次會，會中決議由主席統括一切，以後每三個月開一次會檢討進度。據報告那艘船付了船體十倍價錢賄賂土耳其政府，兩天前已經通過了博斯普魯斯海峽，進入地中海，再經過一關就已經可以回程了。

主席問四軍種的司令員們：「我們各軍與日軍相較之下如何？」

二砲：「給我三十分鐘就可以把日本完全毀滅，十年後連美、俄的核武都會被我們趕上。」

陸軍：「一旦交鋒，我們有勝無敗，另外我們打算在瀋陽軍區的『六野』加入兩個騎兵旅，這是中國第一次加入的軍種，需要購買大量的先進直升機，請主席裁決。」

海軍：「在海上我們可以吃掉他們，但若要登陸，則力有未逮。何況可能要同時應付美國海軍，無可諱言，那可是現時無人可與之匹敵的。這也是我們一直衝不出所謂『第二島鏈』的原因。我們好不容易可以穿越『第一島鏈』，那還是因為與台灣取得了共識。」

空軍：「整體上我們贏過日本，但是在區域性的空中對決，則難有勝算，因為我們的第四代戰機太少了。相信海軍也有同樣的問題，那就是需要更換的裝備太多了，受限於經費，只能選擇較緊急的種類先買。」

主席又說：「那關於巡弋飛彈的事，我們可有對策？」

空軍司令說：「在這領域我們一向疏於防範，潛艦發射的巡弋飛彈實在太難攔截了，不過那可留給台灣去傷腦筋，今後要加強低空追踪雷達的能力。還有，巡弋飛彈飛得比飛機慢，且是瞎眼的，不得已時，可用戰機排成死亡柵欄擋阻。另外一定要買到高性能的預警機與Su－47，現時將加速仿製Su－27的數量。殲－12也即將量產。」

海軍司令員說：「我們預計明年開始整備那艘航艦，再三年就可以服役，但一艘是沒有用的，最多只能用來充充場面、嚇嚇鄰近的小國。所以自明年開始，先在大連造船場建造完全相同的一艘，預定二〇一六年完工服役，二年後再建造改良型船艦四艘，預定二〇一八年陸續完工服役。至少要有兩艘航母才能組織一個可以掩護大型登陸作戰的戰鬥群。如果讓我們組成一個有六艘航母的戰鬥群，則可與美國有四艘核子航母的戰鬥群相匹敵。還有，我們一定要買到Su－35 K和加速研製殲－15。同時我們已開始建造『黃帝級』核能動力洲際彈道飛彈潛艦，如果經費許可，我們希望三艘一起建造。」

主席下了結論：「盡快去辦吧，錢的事我會找財政部長談。」

三個月後他們又開會，這次已有初步的情報自日本傳回，證明日本故意在其國內製造反中情緒，動機可疑。

另外也證實了黑海那件事完全是日本人在後面搞鬼，好在船已在二個多月前，與英國交涉完成，順利通過直布羅陀海峽，拖回來了。另外，第一枚新衛星也傳回重要情報，日本新潟有極不尋常的大規模軍用車輛與大量軍機移入。

軍委們一致要求主席下個月向來訪的北朝鮮領導人問個清楚，主席說：「千萬不可打草驚蛇，不過我會探一探他的口風，因為我們尚未決定要阻止還是要全面打擊日本，畢竟阻得了一時，阻不了一世，也許該一次澈底解決問題與數不清的世仇。」

二〇〇八年五月，主席又單獨召見那個台灣人，主席說：「我知道你快回台灣了，現在看起來是六十年來中國與台灣關係最樂觀的時候，希望你回去後能繼續為兩岸關係努力，我會在各方面支持你的。」

台灣人說：「日本的事，有一計畫請參考。」接著向主席說明了計畫內容，主席聽完之後說：「我會與軍委們商議。」

「那就再見了。」

主席又說：「還有你常用來掩護辦事的醫院，快解散吧，以後你也不用在北京就生龍活虎，回上海就裝病洗腎，裝病裝了四年，也真難為你了。醫院那些人你可以放心，我會放過他們的，反正他們對國家也沒有傷害過。」

接著主席給台灣人一個聯絡方式，是加密的通訊網址，並約定暗號為「中國龍」與「台灣虎」，台灣人說：「非常感謝您。」

台灣人回到上海之後，開始作撤回人員的準備工作。這天當他從醫院回到家，發現有一部車停在他家門前，原來是一個他意想不到的人，他激動地叫道：「樂仔！你怎來了？」但他不知死神已降臨。

第十三章　接二連三

二〇〇八年五月，「虎」透過「新領土」，要表兄向中國領導者轉達關於「聯合反侵略作戰計畫」，後來對方回答尚未決定，但「虎」知道不會有問題的，所以對這事便不再多說。

六月，最後一批「天罡計畫」的貨到了。七月，又到了一批X-5，這樣一來「旭日」已可組合成總威力五千四百萬噸加「鍋巴」（威力難以估算），「虎」打算把它改名叫「天雷」。

「虎」打算好好設計「鍋巴」的放置方式，主要是爭取那零點二秒之內不要被炸離二十公尺之外，這可能要在形狀上動腦筋了。

同年九月，「新領土」傳來表兄被殺的消息（對外宣稱是死於腎衰竭），十一月「虎」專程趕去「新領土」，以「天罡計畫」的領導者身分，打開表兄生前所用的所有網址，發現他的死早有徵兆，可能是自己人所為，表兄已有預感，但表兄卻不明說，顯出表兄曾有過一段內心掙扎的歷程。表兄曾於五月十八日接見一個台灣人，雖然那個人用假名字到中國（因為他即將出任台灣政府的高官），但「江博士」已查出他的真實身分，此人為整件事的關鍵人物。

跟著「虎」又看到「中國龍」與「台灣虎」的通信史，裡面提到「中國龍」已同意「聯合反侵略作戰計畫」。

「虎」便以「台灣虎」繼任者的名義，打加密電子郵件給「中國龍」，詢問究竟是怎麼回事，誰該負責。

回答來了：「我們目前還在調查，目前只知可能是台灣方面過來的殺手所為，死因是中毒，我們已採下遺體樣本。我可以保證不是我們做的，遺體已讓他的家人領回了。」

「虎」回答：「我絕對相信，那就請你們多費心了。另外，關於『聯合反侵略作戰計畫』中最後所請求的事，如何？」

「所請照准，預計二〇一二年到二〇一三年間可設置完成兩套 S-400C」。

「虎」又說：「日本這邊有了很大的變化，可能他們的行動日期和方法有大變動。」

「那就請你一有新的情報就通知我們，請多小心。」

之後，「虎」在與「江博士」長談之下，得知表兄在五月十八日所見的台灣人是誰，只有他一定知道發生什麼事。那個人「虎」認識，所以決心自己去查個清楚。

「虎」又聽「先進發展委員會」簡報：「隱形巡弋飛彈即將完成，二〇〇九年開始量產，預計生產三百九十六枚，部分配備特種彈頭。『匿踪戰機』也可在二〇一四年交付台灣，預計生產四十八架。」

「匿踪戰機」搭載「箭四型」飛彈，以鏈裝發射，內藏十六枚，機體固定武裝為在機鼻中線一挺二十七㎜八管蓋特林快速機砲。搭配的E-2T將同時生產六架新機型，採用激光通訊網路，主要有主動掃瞄雷射，每一架E-2T可同時指揮十六架匿踪戰機或三十二架常規戰機。

「匿踪戰機」採全翼式雙發設計，外型有如電影《星際大爭霸》（Battlestar Galactica）中塞隆人（Cylons）的飛艇。用兩具渦輪扇發動機，無後燃器，每具最大推力八十五千牛頓，噴氣口位於機後三分之二處，並有向量噴嘴，所以它可以作「垂直短場起降」（VSTOL），亦可作「回飛」、「包加契夫眼鏡蛇」等動作。可抑制己身的紅外線信號，從自身上方根本無法偵知它的存在。更重要的是，它不會顯示在雷達上，完全匿踪。它還有一個特點就是：因為它獨特的氣動外型，使它能以低空六十節持續飛行，不會失速。也能以一點七馬赫作巡航飛行，極速為一點九馬赫（只能維持十五分鐘）。

「箭四型」空對空紅外線短程飛彈，彈徑一百七十七㎜，只有整流翼，採內置尾翼，配近發引信彈頭，彈頭重三點五公斤，其威力卻高於「連續桿彈頭」，因為彈頭內裝置一點五公斤的ＨＶＴ高爆藥，威力相當於一百公斤黃色炸藥。速度七點九馬赫（低空）至八點八馬赫（高空），飛彈不會發出任何電磁波，所以就算有些幸運的敵機看到火光，已剩不到一秒鐘閃躲。只有在被擊中前二秒剛好做劇烈的躲避動作或拋出干擾絲，才能剛好閃避攻擊。

「先進發展委員會」告訴「虎」，現正在趕工設計「抗ＥＭＰ反彈道飛彈系統」，可無視於ＥＭＰ的存在。

「先進發展委員會」本來對「反彈道飛彈系統」興趣缺缺，因為其實不管多麼精準的「反彈道飛彈系統」，如果碰上在上空先核爆一次，附近所有的雷達、電子儀器全會因ＥＭＰ而失效。因此攻擊的一方只要先在外太空引爆第一枚核彈，跟著而來的核彈便如入無人之地，所以列強研發「反彈道飛彈系統」只是聊備一格而已，純粹是安慰自己罷了。

「先進發展委員會」設計這種不用雷達及本身不需放射電磁波的飛彈本體，只需要在數百公里外探測告知彈道飛彈的大略方位及速度即可（用光纖通訊系統）。飛彈彈體本身有兩型：高高空型STAGE-1（三十至六十公里），一次同時發射三十六枚；和中高空型STAGE-2（五至二十五公里），一次同時發射四十八枚。彈頭全採傘骨節碰撞式，彈體不受核爆影響。但是現在有一個困難，無法做實彈測試，因為沒有東西可模擬彈道飛彈及

EMP，無法測試己方飛彈的準確度及反應能力。而且也沒有那麼大的試驗場所。沒有做實彈測試就無法取得最重要的數據——「飛彈彈頭的仰角差」。

對此「虎」有一大膽的想法，後來在「先進發展委員會」經過一番激辯後，在「江博士」的支持下通過了。

「虎」接著就回到日本，他有事要找「上野香津子」，雖然「王將軍」曾交待，非到萬不得已不可為之，否則雙方都有危險。

「虎」與「上野香津子」直到十二月底才好不容易避開監視的人，可以有機會單獨商談，密談了五小時後，結果使人大出意料，已經大略知道日本的作法。「虎」認為有必要將此事親自告知中國領導人，於是就約了主席在第三地見面，因為「虎」不能去中國。

「虎」用員工旅遊的名義帶公司的人一起到香港，自己在半夜單獨坐噴射船去澳門，依約前往指定的地點，經過重重關卡，終於見到了中國領導人。「虎」將日本人的計畫告訴中國領導人，他正如電視上所見，臉現慈祥，不怒自威，頗具一國元首之相。

原來日本的執政者自一年多前就已開始一套計畫，他們把日本的經濟、內政搞得一塌糊塗了，眼看已無法收拾，就打算把政權交給一批替死鬼暫時替他們背四年黑鍋，自己則退到幕後，暗中繼續活動。在兩年多前，「水野」先離開「第一軍頭」的職位，但其實是轉入更具實際軍權掌控的位置；再來「三田」也辭去首相的職位，但仍實際操控日本的經政大權；接著在去年把執政黨特意分裂成六個小黨，以利選舉之用。

要特別注意的是：

一、對華行動日期會延到二〇一三年以後。

二、一百二十家放置核彈的店面、工廠將減為八十家，代之以更驚人的新計畫（目前尚未有詳細的情報）。

三、日本將資助兩個中國分裂組織，並提供核武。

四、因日本自行研發的「心神」第五代戰機已失敗，決定全盤放棄此事，此事尚屬機密，故轉向美國訂購一百六十架F－35，預定二〇一三年交貨。

五、北朝鮮將進行第三次核試爆，完成後將試驗北朝鮮自製的（實際上是日本製）「銀河」洲際彈道飛彈。北朝鮮的主要連絡窗口是領導人的妹婿，領導人只知日本的資助，不知其真正的目的。

六、用食物毒害中國人的計畫終止了，因為成效不彰，而且中國、台灣業者現在自己競相效尤，不再需要出資支援了，否則會曝露出日人是始作俑者。

七、日本當下的執政黨預定在四年後重新執政時，馬上通過「秘保法」，以利募兵、擴軍、加速製造核武，其中有春潮級潛艦專用與陸上發射的核子巡弋飛彈。

八、日本將拉攏菲律賓、越南、印度做為戰略夥伴以包圍中國，尤其是越南，日本將借用外國公司的名義，支援越南在南海大肆開採石油，並趁機搶奪中國、台灣在南海的島嶼。然後在諒山大舉增兵，以在中國南部邊界對中施壓。

「虎」回到日本後，把第一代「天雷」裝置完成，「鍋巴」也裝設適當。三月中，「虎」回台灣，先去找了「楊少將」，之後匿名寄一包東西給最後見到表兄的那個人（因為他是表兄的至親手足），包裹內有「青天白日勳章」及勳章的證書，另有「江博士」所交付，表兄遺留的「馬華銀行」戶頭資料，裡面有六仟八佰萬美金，是表兄多年的「貪汙所得」。「虎」並約那個人五月十五日在吉隆坡的美麗華飯店見面，一同去解除表兄的銀行戶頭，把錢領出用以證明表兄的清白，那人其實也是「虎」的親戚。

在四月三十日，「虎」打電話給一位自己的至親長輩，這是兩年來第一次，結果「虎」在電話中遭到聲波武器攻擊，掛上電話，已受重傷。五月十四日，「虎」負傷前往吉隆坡，只帶一名隨從。到了吉隆坡又與「江博士」所派的三名人員會合，並依「江博士」的嚴令，五人都穿上最新式的全罩式防彈衣。第二天，五人一起前往約定的飯店一樓咖啡廳。

到了約定地點，一打照面，立即發生槍戰，「虎」胸口先中三槍倒地，接著隨從也中兩槍倒地，三名當地的人員被阻截在廳外槍戰，「虎」在倒地的一剎那，雖然胸口劇痛，卻仍順勢伸手入腰間握住了手槍，敵人兩名走過來，一人用腳把「虎」翻過來準備拍照，這時「虎」右手揚起，連續四槍，把兩名敵人解決，此時倒地的隨從也動了，開槍射殺了另兩名在廳中的敵人，在廳外我方的三人把埋伏的兩人射殺一人，另一人負傷逃走。「虎」傷上加傷（防彈衣雖沒穿透，但仍有嚴重的內傷），幸好敵方因為想拍照好回去認人，所以不開槍打頭部，否則「虎」已沒命，但他們顯然不想留活口，一心要殺人滅口。五人迅速離開現場，第二天，「虎」與隨從兩人帶傷回日本。

在日本經過「陳上尉」的悉心照料，十天後「虎」終於大半康復，可以赴南美了，因為「新領土」已有一位貴客等候多時。「虎」在五月二十八日前往「新領土」，去見了一位慕名已久的人——第一代「扶桑百合」。

原來「扶桑百合」現已年過八十，一年前日本把她從出境管制名單中剔除，今年五月才輾轉經過多個國家，換了四本護照，來到「新領土」。

「江博士」要「虎」跟她聊聊。

「江博士」對於馬來西亞發生的事說：「經過調查已知：一、逃走的一人是國軍的憲兵少校，逃到鄰國的中華民國大使館。二、死亡的五人全是解放軍的特種兵，已取下他們的指紋，以供查證。三、馬華銀行的錢尚未被領走，如果領走就知道黑幕，因為密碼只有『虎』知道，而無密碼則只有一個人（職位）可以親領。」

「虎」與「扶桑百合」相談甚為投緣，互有相見恨晚之感。「扶桑百合」告訴「虎」，多年來心中一直有一塊放不下的大石，在一九八〇年後期「對支那工作小組」曾有一議，待中國的三峽大壩完工後，將是中國最脆弱的致命點，只要一枚核彈就可摧毀大壩，將造成數千萬人以上流離失所，無家可歸。若在核彈頭加上汙染物質，則有三億人的生存空間被毀。此議不知後來如何，有何具體行動的計劃，心中一直掛念，很擔心日本又要做出一大生態浩劫。

「虎」安慰她：「我們不會讓這種事發生的，妳的貢獻已經很偉大，接下來的就留給我們去辦。十八年前答應妳『我們不會對日本做先制攻擊』，這點一定會守諾的。妳明天就要去法國隱居了，我送你到里約。」

第二天，五月三十一日，「虎」用專機送「扶桑百合」到里約，並派「吳上尉」陪同前往巴黎，晚上八點五十分，在里約依依不捨地揮別了。「虎」接著乘專機返回「新領土」，一回到「新領土」，「江博士」便派人來機場接「虎」，謂有急事。到了「江博士」處，「江博士」面色凝重地告訴「虎」：「『扶桑百合』所乘座的飛機剛剛墜毀了。」

「虎」傷心地回到日本，跟「上野香津子」約時間碰面，三日後兩人見面，「虎」告訴她「扶桑百合」已空難去世，她問什麼時候發生的事，「虎」回答是五月三十一日半夜到六月一日凌晨，「上野香津子」一驚，六月一日（日本的六月一日是南美的五月三十一日）

「對支那工作小組」有派人去南美執行任務，並已回報「任務完成」。「虎」聽了已知發生何事：「這些禽獸，只因害怕祕密外洩，為了封口竟然犧牲二百多個無辜之人！」

「虎」要「上野香津子」查看有沒有關於三峽大壩的任何情報，並說這是「扶桑百合」的遺願，「上野香津子」流淚允諾而去。

過了幾日，「上野香津子」回覆三峽大壩的事尚需時間探查，並確定「扶桑百合」確是被「對支那工作小組」所害，請「虎」一定要討此血債。「虎」說：「君子報仇，十年不晚，有一天我一定會跟他們算總帳，但我們仍會遵守『不對日本作先制攻擊』的承諾。」

「上野香津子」又說：「有一件事要特別注意，『對支那工作小組』已邀請中國西藏、新疆兩地的精神領袖來日本訪問，討論對方在關於提供金援及核武之事上意願。」「虎」說：「知道了，請繼續密切注意，這一次將可看出這兩人的真正心意。」

「虎」滿腔憤怒，一定要他們付出千萬倍的代價，心中對日本人不再存有一點憐憫，因為他們沒有資格被稱為人。於是先連絡「新領土」，再飛去高雄左營找「楊少將」，要盡可能多的 X-5 和「鍋巴」，「楊少將」答應在二〇一〇年以前送到，「楊少將」又說：「現在在保防方面出了問題，『何中將』已出事了，現在落個不死不活，東西我會以其它的方式運給你，照目前的情況看來，這可能是最後一次。」

「虎」說：「知道了，請小心。」「虎」感嘆一位人所尊敬的戰鬥英雄，如今卻落得如此下場。

「虎」心情沈重地回到日本，二十五年來從未如此失落過，真是內憂外患，內外交逼。全台灣只剩「楊少將」可以信任了。這是「王將軍」生前千萬叮嚀囑咐的事（歐陽上尉已在二〇〇二年去世），而自己與「陳上尉」在日本只有靠自己了。其實一直都是如此，只是現在更感孤寂了。「陳上尉」一直不知道「虎」在做什麼事，也不想知道。她只知「虎」在做一件他生平的志願，她只要把「虎」照顧好就好了，其它都無關重要。

「上野香津子」又連絡「虎」，兩人最近常見面，不像以前一年平均見不到二次面。她說：「與中國兩個宗教領袖的會面，都不歡而散，因為對方雖然都很需要金援，但一談到核武，出乎日本意料，都一口回絕。」

總算開始有好消息了。

二〇一〇年一月六日，「虎」要的東西終於來了。加上又從「新領土」拿過來的「鍋巴」，共有六百萬噸相當的 X-5 及一千五百萬噸相當的「鍋巴」，還有一小塊 X-13。

「虎」打算把原有的 X-5 加上剛送到的 X-5 及「鍋巴」，連同以前的「鍋巴」加在一起，重新設計，做成一個能產生額外直下型三千萬噸以上威力震波的裝置。關鍵在於「鍋巴」必須在主核爆的中心之下數十公尺，並在「鍋巴」未被汽化逸失之前，用高溫電漿包覆它，且慢於上面最少零點二秒再爆炸。這樣當向下的震波擠壓到地下數百公尺時，因地質受擠壓已無法再往下去，會把全部的力量集合（把時間累積成一點）轉而向四方擴散，如此會造成至少十二級以上的短暫地震，尤其若在海邊則會產生大海嘯。

「虎」想了又想，遂在「天雷」加上一個相互矛盾的裝置，可用可不用。

「虎」經過絞盡腦汁的思考，用了一週的時間，終於設計出一個自認為最完美的方案，改變「鍋巴」的形狀，以爭取那關鍵的零點二秒。再用二十五天把它實行，做成了末代「天雷」。末代「天雷」完成後，「虎」整個人輕鬆了，現在不管發生何事都不會阻止「天雷」的啟動。

末代「天雷」被設定為每六個月循環，若無人在六個月內用加密電話重新設定，那第一百八十天就會被啟動，而會設定的人，全世界只有「虎」一人。末代「天雷」有自備的不斷電系統，又有詭雷保護，三十年不用去維修它也不用擔心它會失效。

「虎」又在五月一日去了一趟輕井澤，把 X-13 加在「上帝之拳」中，從此「上帝之拳」有二十萬噸的爆炸威力及三倍於原先的中子輻射。

六月三日，「上野香津子」的連絡來了，六月五日見了她，她說：「三峽大壩的事，『對華作戰參謀本部』已有完整的計畫，內容驚人。」接著把計畫書的影印交給「虎」，「虎」看了以後心情沈重與憤恨兼有之。

「虎」認為事關重大，必須親自向「中國龍」報告，因為自己無法在中國反制日本人的行動，況且自己的國家自己救。於是「虎」打了電子郵件告訴「中國龍」，謂有大事面呈。「中國龍」回「六月十七日要到珠海視察」，遂約定六月十八日在珠海見面（二〇一〇年一月，已屆「虎」不得赴大陸的期限）。

六月十八日早上七點，「虎」由中方人員帶領，到達澳門國際機場，搭上直升機，到珠海經過重重安檢，見到了領導人。中國領導人剛接受國防部長的簡報，五枚高解析度衛星已在指定的軌道運行，衛星命名為「先鋒」一至五號。

「虎」把日本三峽大壩的行動方略資料影印交給領導人（中國領導人精通日文，是最近幾年才加強的），「虎」說：「我本人對三峽大壩的總體結構不清楚，相信你們會研判找出所謂的致命點，但我知道如日本人的文件所載，在每個彈頭包覆八百公斤的溴化碘，則兩枚炸彈爆炸後整個長江下游，幾百萬平方公里，數億人賴以為生的空間將面臨一大浩劫。」

領導人說：「天啊！這些人還有什麼做不出來，問題是在他們還沒動手之前，我們什麼都不能做，這是與你們約定好的。我們如果一不小心反應不夠快，就會造成無可彌補的損害。」

「虎」說：「關於『聯合反侵略作戰』，我們想在你我兩方都加入一個新武器——『耐EMP反彈道飛彈系統』，可有興趣？你們只要共同測試提供假想目標即可。還有這系統要用到全國雷達的光纖通訊網路，幸好這項工程你們已經在進行了。」

中國領導人說：「請你等一下，我叫一個人一起來談。」跟著叫國防部長。

國防部長說：「你們要什麼代價？只要真的有效，價錢你開吧。」

「我們的代價就是讓你我兩方免受日本的核武威脅，僅此而已。」

「那讓我們出錢吧。最少也讓我們支付必需的經費。」

「有位郭教授會全權負責此事，你再跟他談就好了。」

會談就此結束，「虎」又回去日本了。

七月二十一日，「江教授」以電子郵件通知「虎」：「你表兄的事全查清楚了。」電子郵件附上調查報告，並要「虎」在二〇一六年六月以後才可以實施制裁。「虎」看完調查經過，心情無比沈痛。「江教授」還要所有委員七月三十日到「新領土」開會。

七月二十九日，「虎」到了新領土，先問大家到底是什麼事如此緊急？只知是因「台灣有變，可能會使『新領土』的政策改變。」

七月三十日，大家開了第二十三次評議會，眾人都心情沈重，會議一直開到八月一日，與會的二十一人終於一致達成「新領土」歷來最大的決議——對台灣只剩兩項未完成的承諾。

一、交付四十八架「匿踪戰機」。

二、台灣跟中國同時要接收各兩套「耐EMP反彈道飛彈系統」。

這兩項在二〇一四年以前都照樣交付，自此以後，暫時停止與台灣之間的一切往來。

「虎」開完會，心中非常不平：「我們生長的家鄉，可能很快就要沒有了，我不甘心！」遂在心中決定要回台灣住了。

「虎」辭去四個委員會的委員職務，還有一人也辭去兩個委員會的委員，他就是「楊少將」。這兩人都打算留在台灣為這一塊自己生長的土地打拚，放棄「新領土」的地位，也等於不回「新領土」了。

「虎」將陸續解除在海外的「反侵略基金」戶頭並繳回「新領土」，除了「蘇黎士」的資金「新領土」同意繼續由「虎」管理。「楊少將」與「虎」兩人約定年底台灣見，「虎」知道「楊少將」身負三十年重任的「泰山計畫」，需要「虎」來幫忙完成，「虎」也告訴「楊少將」，已準備要告知對岸一些會嚇死他們的事。

「新領土」自三十年前成立至今已略有規模，全「新領土」由二十一位評議委員統理，現有人口九十八萬人，GNP平均每人四萬九仟美金，外滙存底五十四億美金，土地三萬六千六百平方公里，全民皆為公務員。代管資產三兆六仟億美金，全域皆兵，超過十五歲不論男女皆受軍事訓練，全員為陸軍後備兵。「新領土」現有三顆低軌道人造衛星，是二〇〇六年、二〇〇七年及二〇〇八年自法屬蓋亞那發射的。

「虎」回日本後立刻打電子郵件給「中國龍」：「你們在我們這裡埋下的這個棋，我們早就知道了。但他也背叛了你們，才導致上一任的『台灣虎』被殺，你們那邊的背叛者是四川的軍頭叫『×××』。這件事的危機在你們，請自行解決，我們的問題我們自己會處理。」

「虎」並傳一些文件給「中國龍」，最後又加上一段話：「我們只想平平安安地活，若連這一點卑微的願望都不能達成，我們的核彈頭可以在不知不覺中毀滅中國兩次，包括我們自己，我們不會允許自己的國旗換色，不管什麼顏色！」

中國的領導人看完電子郵件，又根據「虎」所給、在馬來西亞喪命的五名刺殺者指紋，下去一查，果然是那個四川黨國元老之子的手下，心中的震驚無以復加，倒不是因為「台灣虎」最後的言語，那早就可以預料，而是身邊的掌中刺竟已勾結我們放在台灣心臟的釘子一起有所異動，這已是迫在眉睫的危機了。竟然有人在身旁做這麼大的計畫，野心之大令人難以置信。難怪當初那個台灣人會寧死不從，其實他只要告訴對方「天罡計畫」已拆除了即可。但他堅持守諾，他為的可不是只有台灣，而是怕中華民族再經一場浩劫。

事態嚴重了，本打算花個兩年處理這個軍頭的問題，以免好不容易安定下來的政局再發生動亂，現在看來不能再等了，他找來自己的接班人。

他跟接班人說：「事情已到緊要關頭，不處理不行了。」

接班人回答：「可是他老子留下了根深蒂固、無孔不入的勢力，連在北京都有三、四個對他死命支援的中央軍委，一時恐怕難以不掀起大規模的政爭而除掉他。」

領導人說：「他平常諸多惡行都不足以扳倒他，我們又不能把台灣這件事公開。只有先斬去他在北京的手腳。他老婆的所做所為聽說已到人神共憤的地步，可先從她下手。」

「知道了。」接班人回答。

領導人又說：「上個月你到日本，可有收穫？」接班人回答：「這些倭寇，不知何時作了一些兒歌，在日本人人會哼。大意都是：『在那西南的地方，土地肥沃，有成群的牛羊，有群支那豬占據。偉大的大和民族，那片廣大的土地等著我們去收割，那群支那豬等著我們去教化。』其心態可知。」

領導人說：「我們要考慮別只想要阻止它，須知阻得了一時，阻不了一世，誰知道阻了這次，他們又會再想出什麼更膽大妄為的行徑。這次可能真的要一次永遠地解決。若真不能防堵，我們只能先發制人。不管世人怎麼想，我們國家一定要生存下去。你的領導、統御能力、國際觀都非我所能及，上任前去美國看一看。要對付日本，需先搞定美國。另外，千萬不要小看台灣，要除去日本，一定要與台灣合作。」

接班人說：「瞭解了，這次在日本已祕密見了『台灣虎』的代表了。」

「虎」在八月二日將「馬德里」、「布魯塞爾」、「巴黎」、「阿姆斯特丹」等地銀行中的資金轉到「亞松森」，只留下「蘇黎士」尚有九佰六十一億美金。「虎」交待操作員開始全數在當地做多日圓，為期十個月，然後如果「三田」上台，就開始放空及做多日本股市，為期六個月，之後結算待命，會作進一步的指示。

十月二十日，「虎」向「陳上尉」說：「今天晚上再出去一次，以後就可以回台灣生活了。」隨後「虎」於晚上七點去到公司，將末代「天雷」重新設定六個月，然後用網路預約匯款給台灣的兩個慈善機構，這樣一來，自己的個人財產就只剩十二樓所放的股票及三家公司所放的貨品，剩下的都是「陳上尉」的資產，由專人管理，而且全部拿去匯市，為期二年，「陳上尉」連紅利都十幾年沒有去用過。在公司處理一些雜務後，九點十分離開公司準備走回家，卻發覺有人埋伏在公司外面的暗巷裡，共有兩個人，一個拿手槍，另一個對「虎」說：「有事找你談，跟我們走。」就這樣「虎」被兩人用槍押入他們的車內，車子是綠色的CIMA，車牌是「品川」，車齡約十五年的老舊車，車內另有一名司機，除了司機以外，兩人都是「虎」的舊識。一人名叫「藤井」，一人名叫「上岸」，兩人都是「東京都墨田區×所警察署」的貪汙刑警。

「藤井」已經退休，暗地裡做一些綁架勒索的事，「上岸」就是其中一同夥。三年來

「虎」一直被這兩人背後的犯罪集團利用別人的把柄勒索金錢，「虎」先是找「河合」檢察情報官調查，「河合」四個月後卻死於非命，當局發布他的死因是「車禍」。一年多前「虎」的日本保鏢菅野也被綁架凌虐而死，內臟皆碎，骨頭從頭到腳全斷，死因卻被寫為「自殺」。「虎」憤而直接投訴到「×所警察署」，「×所警察署」派了刑事課長「金子」來找「虎」，經過二個月的調查，也拿去了大部分的證物，刑事課長「金子」強要「虎」息事寧人，並保證「藤井」、「上岸」及「寺園」等人不會再來。沒想到「虎」誤信了刑事課長「金子」的保證，造成了今晚「虎」遭人用槍強擄之事。

「虎」被用槍強擄上車之後，車子往言問通而去，在車上他們兩人即向「虎」勒索金錢，並說：「這是最後一次。」「上岸」並用手槍朝「虎」臉部猛擊，在無可奈何之下，「虎」說：「在被你霸占的房子中，牆壁有二百八十張無記名股票及八佰萬現金，你現在可以去拿。」剛好車子右轉進入言問通，將到日光街道路口，「上岸」就說：「我在這下車，去把東西拿出來。」

「上岸」下了車後，車子繼續往前開，車內只剩「藤井」、司機和「虎」，到了尾久陸橋，車子往陸橋下開，這時「虎」趁「藤井」一不注意時，用盡全身之力一拳擊在「藤井」的咽喉，用力過度連「虎」的右手食指和中指都斷了，「藤井」恐怕已兇多吉少，然後「虎」立刻打開車門跳車，往車尾方向，也就是車子行進的反方向跑。接著「虎」坐上路邊的計程車，迴轉向家的方向開去，中途「虎」忽然覺得呼吸急促、心跳加速，車子到了家樓下的便利商店時，「虎」一打開車門即摔出車外，再也不能言語。後來計程車司機打一一九叫救護車把「虎」緊急送往醫院急救。至此，「虎」已陷入昏迷，原來「虎」被手槍重擊頭部時，已造成嚴重的腦出血。

在無盡的黑暗中，「虎」依稀想起剛才在被綁的車內時，聽到「上岸」曾向「藤井」說，署裡有一個叫「北山」的人開始調查「上岸」了。「虎」想「北山」是目前唯一可以信任的警察，這點要牢記在心。還有「上岸」要怎麼向他的老大交代股票的數目不對和現金不見了，而他的老大不知是否安在？

「虎」想到自己在最後還埋下一個火種送給「上岸」，想起來就心情愉快。

「虎」自認一生已無所憾，一直有赴義的決心，但是在無數的黑暗中，有一道曙光，讓他想起其實自己尚有一個最大的遺憾掛念，一生只欠一個人，唯一掛念的是「陳上尉」。在經過黑暗的隧道，聽到有人在叫，睜開左眼（右眼已受傷腫脹），看到「陳上尉」焦急望著自己，「虎」一切都安心下來了。

「陳上尉」等了一夜，見「虎」沒有回家，第二日只能照常去公司，只是「虎」的手機一直沒人接。到了中午，有人不懷好意地打「陳上尉」的手機，告知：「你丈夫在某醫院。」「陳上尉」馬上趕去醫院，看見「虎」在加護病房，全身插滿各式管子，滿頭滿臉連鼻腔、耳朵都是血，幾乎找不到右眼。主治醫生說「不可向管區警察報案，這是刑警交代的，最好還是照做，以策傷者的安全。」並只准「陳上尉」每天進去加護病房一個小時。於是「陳上尉」才撂下幾句：「人已在醫院，他的安危就是你們的責任，我不在時，不許任何人進來看傷者，否則和你們拚命。」

第三天早上，「虎」被一陣吵雜聲吵醒，看到主治醫生和「上岸」在吵架，「上岸」出示證件，表示他自己是刑警，主治醫生還是不讓步，後來「上岸」只好悻悻然地離開。到了下午，約二點的時候，換自稱病患妹妹的「上岸」老婆（台籍）硬要闖進來，鬧了半天還是無功而返。這時「虎」已全身癱瘓，口不能言，只剩眨眼及左手些微的抽動可以與「陳上尉」溝通。「虎」怕「陳上尉」去報仇，所以只告訴她：「兩人和家裡養的五歲小狽犬一起回台，其它什麼都不要了。」

回台，那是多麼艱鉅的事，要避過那群「日本惡警」的耳目，又要顧慮「虎」的生命安全，最後請外交單位協助，並付了天文數字的金錢以瞞天過海，且日本又說規定要一名日本醫生同行，要另付五佰萬紅包，於是「人在屋簷下，不得不低頭」，只好當作被搶，才包下華航的機艙後段回高雄。

住進×醫院，這才安心，連小狽犬也帶回台灣了。小狽犬從來不吠主人，可是三週不見，一見到主人的狀態，立即連吠了兩聲，聲音悲傷。

回到台灣受到先進的醫療技術治療，以及×醫院的醫護人員細心照護，「虎」的命算是救回來了，感謝×醫院。但是不過四天，不明身分的殺手已追到，一連三次刺殺失敗，手法拙劣，醫院白天加派警衛，晚上「陳上尉」把「虎」連人帶床推到緊急手術室。「陳上尉」覺得這樣不是辦法，就將「虎」轉到南部的陸軍八〇四醫院（又名「空軍醫院」）。

在故鄉的醫院，難免接觸到親人，後來終於在偶然的機會裡解開了心中多年的疑團，只是和「虎」的想像截然不同。「虎」從十六年前就懷疑，除了「倭寇」、「阿共仔」之外，最少還有一路以上的人馬不斷的在伺機暗算自己，只是自己私務上並無仇人。

原來「虎」的前妻在一九九三年二月與他離婚後，在同年七月就收買保險公司的人，冒「虎」的名義投保了二佰萬死亡保險，以她自己為死亡受益人。當年九月末，「虎」在日本赤羽車站受到兩人攻擊，一直查不到是何人所為，現在終於明白。二〇〇〇年七月「虎」回台灣時頭部重創住院，八月出院，前妻在八月中旬又冒名盜領醫療理賠金，到了十月，食髓知味，又冒名在另一家保險公司投保金額不明的死亡保險。這次她不必收買人，因為她自己就是這家保險公司的業務員，到了二〇〇二年二月，「虎」又在東京合羽橋遭受不明人士攻擊，之後前妻眼見「虎」就是不死，便在同年七月又偽簽變更要保人為她自己，並於同月下旬及二〇〇三年、二〇〇八年分三次偽簽借款。

「虎」在二〇一一年得知此事，大吃一驚，也不知她在日本保了幾家。因怕「陳上尉」找她們報仇，會弄髒自己的手，最後「虎」把所有的事都交由法律去解決。

二〇一一年末，北朝鮮領導人死去，經過一番明爭暗鬥，最後在二〇一二年由原領導人的小兒子掌握實權，重新統治北朝鮮。二〇一三年又把最後一個親日的大軍頭拔除，從此日本已不瞭解北朝鮮的真正意圖。

二〇一二年末，「虎」與「楊少將」透過電腦取得連絡，比約定時間慢了整整兩年。「虎」實在傷得太重，又要防備那些不知來路的殺手，所以在二〇一一年至二〇一二年間一路搬了四次家，直到二〇一二年末，才由「楊少將」安排住在光榮營區外的右昌二路，而戶籍地仍掛在×醫旁的一棟大樓內。

「虎」從「楊少將」處得知吉隆坡的六仟八佰萬美金在二〇一一年四月已被領走，「虎」問當時的「×××祕書長」是誰？一聽大吃一驚（其實「虎」早已料到，只是現在血淋淋地證實了，現實真殘酷）。

「虎」不禁想，難道身邊的親戚有那麼多禽獸不如的人？尤其這個親戚，竟能為了權位與金錢，謀害手足，而這個被害的手足是為了國家放棄如日中天的政治地位，寧可受萬人唾棄，至死不求平反，只為保護中華民族不被某些別有居心的人為了自己的利益而陷入一片不息的戰火。為什麼打從同一娘胎出來的兩人，會有天地之別？

「虎」又想起三十年前「王將軍」授意「虎」去試他兄弟兩人，「虎」遂偽稱自己犯了罪，請他們幫忙。二表兄當場要索二十萬，要「虎」把錢送去給他的大姨子，他的大姨子是個好人，一看就給人好印象，她只是被利用來代收錢，所以「虎」自作主張，對「王將軍」隱瞞此事。大表兄卻介紹台北市警察局長，要「虎」去自首，「虎」現在想起來，大表兄一定以為「虎」被軍隊逐出，變成老百姓，目前不學好闖了禍。當年如果據實以報，大概就沒有今天的事，大表兄也許就不會死，為此「虎」深自懊悔。

「楊少將」傳來訊息說：「若不是他在你大表兄的三十年保護名單內，在二〇〇九年就要了他的小命，你只能等到二〇一六年。」

「虎」回覆：「我已沒有興趣，自然有人會對付他，以後不要再提起這個畜牲，大表姊如果知道這件事不知會多傷心。不過她可能不會相信家中出了一個禽獸不如的人，他對國家犯了多條死罪。唉！這個不忠不孝不仁不義的畜牲，希望他不會去影響我的家人，我怕近墨者黑。如我所料不差的話，他可能還會高升。」

二〇一三年，「虎」的身體已好很多了，除了可請「陳上尉」代打書信外，自己也能勉強書寫。故開始處理「扶桑百合」的情報和在「蘇黎士」的基金，以及「陳上尉」的資產，很多事也都能看得更清楚。

第十四章　曙光初現

二〇一一年三月十一日，日本東北發生地震，隨之而來的是海嘯，席捲了數以萬計的生命，憾人的畫面，「虎」在病床上由電視看到，深深勾起了「虎」的側隱之心，如果來個五十至一百倍威力的海嘯的話，那將不是「人間煉獄」所能形容（但「陳上尉」常說，再同情他們就是對自己殘忍，是偽善），所以自三月二十日起，「虎」每次重新設定末代「天雷」時都要多打一通電話重新設定矛盾裝置。

「要打擊敵人就要從敵人的要害著手，如果只是殺死再多的無辜，只會更激起敵人的垂死掙扎。」「虎」當時這樣想，但何謂「無辜」呢？難道中國人就該死於日本人的野心嗎？也許那才叫「無辜」。

二〇一一年，「郭教授」帶著一應器材與中國當局在新疆的北疆，架好網路進行一連串為期一年的重覆裝設與各系統的相容性測試，終於完成了「耐ＥＭＰ反彈道飛彈系統」，已獲得實彈測試亟需的數據。

二個月後，到了整個計畫的高潮，由「江西」射出三枚洲際彈道飛彈。第一枚載有二十五萬噸彈頭在北彊上空二百五十公里處爆炸，二、三分鐘後第二枚、第三枚搭載黃色炸藥彈頭隨後到來，這兩枚才是攔截的目標。結果只用了兩組 STAGE-1 和一組 STAGE-2 就輕鬆地把它們擊毀並引爆內中的黃色炸藥。如此在後年年末就可生產出提供兩岸部署各兩套系統所需，這是兩岸第一次的軍事合作。

二〇一一年初，大韓民國因受北朝鮮不斷挑釁，遂修改憲法，規定從此可以製造射程三千公里以下的飛彈，但他們絕想不到最後這飛彈的目標變成了誰。北朝鮮？中國？

二〇一一年開始，「新領土」透過民間持續向台灣當局施壓，打擊黑心食品，因黑心食品商人勢力在政府中盤根錯節，直到二〇一四年才把最後一家連根拔起。

二〇一二年一月，「中國龍」打電子郵件給「台灣虎」謂：「一年多了，四川軍頭已處理，過兩個月你會從電視上看到我們的決心。我們對在台灣的那顆釘子已不抱任何期望，他是三十多年前由別人布建的，布建的那個人已經死了十幾年了。我們本來就知道他是一條兩頭蛇，只是不知道他竟有那麼大的野心。希望這件事不要影響我們好不容易建立起來的薄弱互信。我就要卸任了，以後你有什麼事，我可盡力幫忙。日本方面若有更新一步的舉動，請繼續告訴我。」

「台灣虎」在三個月後才回答：「謝謝，我受了一點傷，今天才能打電子郵件給你，真對不起。日本果然又要政黨輪替，請注意，若『三田』重新上台，戰爭就近了。不過他會壓低日圓匯率以衝高股市，用來籌措財源，到時你們可發一筆財。趁機在他們財務槓桿的負擔側再加一點力。」

其實，「虎」在回信之前已向「新領土」取得授權，並建議「反侵略基金」加入這個歷史性的金錢遊戲。

然後「虎」又打電子郵件給「上野香津子」，謂現已定居台灣，不方便見面，並問她可有興趣加入這個有世界三大基金做後盾的金錢遊戲？若要參加則日本的資本市場就讓她操作。

「上野香津子」回答：「我會聯合數位人士祕密共襄盛舉，請小心自己的身體。」

二〇一二年末，「台灣虎」又打電子郵件給「中國龍」：「今年日本多次派人來與台灣當局密會討論關於在釣魚台問題上，共同對付中國，為台灣所拒。日本轉而訴諸輿論，謂台灣若支持釣魚台為日本所有，則日本馬上宣布承認中華民國。結果輿論一面倒地支持釣魚台是中國或台灣固有的領土，讓日本碰了一鼻子灰。由此可見台灣人並不想與中國因思想分裂而不分敵我。」

「中國龍」：「知道了，非常感謝。」

二〇一三年一月，「新領土」所研製的「全匿踪戰機」試飛成功，預計二〇一四年可提供中華民國四十八架服役。

另一方面，二〇一二年八月，剛回鍋重新上任的「三田」日本首相，一上任就故意掀起了「釣魚台事件」及韓國「獨島事件」，結果兩次都踢到鐵板，只凸顯出日本的蠻橫與事實上的無能。

二〇一三年更在參議院強行通過「秘保法」，從此日本政府可以隨心所欲地祕密製造核彈與擴大生產戰爭裝備及擴大徵兵。

「開始了。」

「三田」更在暗地裡幹了許多齷齪的事，「扶桑百合」繼續把情報傳到「新領土」。

二〇一三年十月，在台北林口與高雄壽山各設置一組「耐EMP反彈道飛彈系統」之後，「郭教授」通知中國，「耐EMP反彈道飛彈系統」已完成，十一月將送去兩套及另四組補充飛彈。

二〇一四年三月，中國終於有兩個城市固若金湯了。

新任中國領導者，在二〇一四年聽完國防部長的簡報後，說：「不計代價，要多設六套『耐EMP反彈道飛彈系統』。」於是他們就請上一任的領導人出面交涉，經過「台灣虎」請示「新領土」，最後決定交付六套，工期一年，每一套二點五億美金，附上十二組補充飛彈。

二〇一五年末，中國順利地祕密裝設了六座「耐ＥＭＰ反彈道飛彈系統」，在「西安」、「重慶」、「南昌」、「南京」、「廣州」、「蘭州」等六地，這是兩岸有史以來最大的軍事合作。

二〇一三年一月，二十六個月以來，「虎」口不能言，四肢重殘，但頭腦是清楚的，所以有很多時間去想，他用二十個月的時間設計出一套二十多年前擱下的理論，把它完成，然後把這構想一個字一個字地點入電腦中，傳給「新領土」的「先進發展委員會」，希望他們能盡快把它實用化，那就是「反向回饋噴射」。

後來這項技術在二〇一五年末被用來改進「匿踪戰機」及「隱形巡弋飛彈」的噴嘴上，使「匿踪戰機」與「隱形巡弋飛彈」變成真正的「匿踪」、「隱形」。無人能用紅外線偵知它的航跡，同時也增加了百分之十的額外推力，只要換上新設計的噴嘴就可達到升級的目的。

二〇一三年初，「虎」調整在「蘇黎士」和「××基金」的投資，不再放空日圓，集中火力炒日經指數。這時「蘇黎士」的資金已累積到一仟二佰五十億美金，「××基金」也累積了八億美金。

二〇一三年二月，中國用二佰五十億美金買下法國一家著名直升機製造公司的百分之六十股權，這家公司剛開發完成「虎」式系列的直升機。同時中國將訂購軍用型及民用型共二千四百架，並將總公司及大部分的生產線移往中國，第二百零一架以後完全在中國生產，包括渦輪噴射發動機。

二○一二年九月，中國第一艘航母成軍服役，中國海軍開出太平洋了，這是一艘由廢鐵船搖身一變而成的，中國可以以此為藍本，再改良建造後續的航艦，在瀋陽造船廠，已經加緊趕工建造另外五艘航空母艦。

這第一艘航空母艦命名為「遼寧號」，最大排水量六萬五千噸，使用滑跳甲板，可搭載固定翼飛機三十架及直升機二十四架。中國向俄羅斯購買的六十四架Su－35K，為Su－27的先進船載型，預定在二○一六年全部交貨。

自中國自製的第二艘航空母艦起，重新設定為滿載排水量七萬二千噸，甲板延長十八點八公尺，簡化艦上的固定武裝，降低及縮小艦橋，但這樣可搭載固定翼飛機四十八架及直升機二十四架。

為配合新成軍的航母戰鬥群，中國自二○一一年起開始建造八艘「煙台級」巡洋艦。排水量二萬一千噸，火力強大，並有最先進的各式電子系統。「煙台級」可作為航母戰鬥群的旗艦，如此可讓航母成為專用的飛降場，因為本來要搭載在航母上的設備都移到巡洋艦了。

將來如果組成一支包含四艘航母的作戰群，它的火力就能與一支含有三艘航母的美國作戰群相抗衡。現在只有一艘充其量只能到西太平洋走走，對美國根本不構成威脅，但對亞洲周邊諸國仍是被視為心腹大患，尤其是菲律賓、越南等國。

二〇一三年五月，中國成功發射了世界第一枚「微衛星」，從此以後只要有需要，隨時可以用除役的「東風飛彈」作載具，發射平時已大量生產、具有分工功能的「微衛星」。

二〇一四年初，「新領土」的「匿踪戰機」已完成，台灣來的種子教官在反覆演練下，已可得心應手，操控自如，種子教官無不驚嘆此一世上第一先進的戰機性能。

「新領土」一次把約定的四十八架無償交付台灣。並提供兩架類似E-2T的新型空中預警機，以配合「匿踪戰機」的操作。另為因應台灣無法買到F-16的後繼機種，又增加六十四架IDFP予台灣空軍，以補F-16之不足。

台灣把「匿踪戰機」配置在四個雲霄基地，主機場在玉山。從二〇一四年下半年起台灣即經常有居民發現不明飛行物體，遍查陸、空軍的雷達皆一無所獲，「匿踪戰機」已磨刀霍霍等待機會要大展身手了。

二〇一四年起，日本面臨一個無法解決的困境，自二〇〇三年開始使用的SARS起，到二〇一三年的H7N9為止，每一次在中國散布，最後受害最深的竟都是日本，最後每次都逼得日本「陸軍防疫中心」（在北海道的名寄，一般老百姓不知道有這個組織的存在）拿出疫苗解決。到H7N9為止，尚有疫苗。到了H9N9可是連日本都沒有疫苗，當初就是看上H9N9的這項特性，但如果到時H9N9在日本國內爆發大流行，那可如何是好？「對華作戰參謀本部」幾經思考，在二〇一三年最後一次測試H5N9，情況依舊之後，遂放棄了這個「生物戰」的計畫，反正已有了「三峽大壩計畫」。

其實二〇〇三年的SARS事件，日本尚無經驗，不知要作好國境管理，所以無意中讓台灣一名感染者入境而爆發大流行（其實那次日本共死了二百多人，才逼得日本當局祕密用自有的疫苗解決，因此只公布死亡人數為二人）。

再來二〇〇六年末起，日本在中國用了五次禽流感病毒，但中國早有準備，方法很簡單，就是一發生疫情，立刻把分離出的病毒送回日本，造成日本本土的感染，等日本不得不拿出疫苗使用，再從注射疫苗的病患身上複製疫苗即可使用。日本一直在作白工只是自己不知道罷了，他們更不知道這方法是八年前台灣教的。

二〇一四年四月，「上野香津子」把這情報傳到「新領土」，再由「虎」傳給「中國龍」（前任中國領導人）：「你們總算打贏了第一仗，但這表示戰爭近了。」

「中國龍」：「謝謝，我們總共傷亡了五百多人才換來的。另有一件事請你幫忙，關於北朝鮮與日本的勾搭，還有什麼情報？」

「台灣虎」說：「有兩點，第一，日本打算在韓戰爆發二個月後，另從氣仙沼運來三十二個師，撿現成的便宜一舉併吞南北韓。現在氣仙沼已有二十多萬部隊就位，衛星照片可證明。第二，二〇一二年末，北朝鮮試射『銀河飛彈』失敗，背後是日本搞鬼，目的是扶植新的北朝鮮領導人。」

「中國龍」：「知道了，謝謝。」

二〇一四年三月，日本強要美國把釣魚台納入《美日安保條約》中，美國很不情願地終於照辦了（當然背後不知用了多少利益交換）。此舉使中國認清不久終需一戰，而對手將是美國、日本。但「台灣虎」卻告訴「中國龍」：「美國人讓我來處理，不用橫生干戈，中國若採守勢，自然有勝算，若採攻勢，則中國尚需十五年才有可能有勝算，而掌控主動權的並不是中國，日本人將決定他們自己覆滅的時機。但美國在中、日的衝突中，日本必會攻擊美國以嫁禍中國，美國越慢醒悟，損失越大。你們只要小心不要成為替罪羔羊，至於其它問題，我方會解決的。」

「中國龍」半信半疑地說：「原來如此，我瞭解，就這麼辦，請小心。」

二〇一四年四月，台灣有一抵抗運動的精神領袖，為了自己的「理想」，以終極的死亡手段來與執政當局對抗，眼看著已到了生死關頭，「虎」在電視上看到，對於這一有品格卻又頑固的人，「虎」真的很想在他死前告訴他：「你被騙了三十五年。」他令人同情的遭遇，「虎」從「扶桑百合」在一九八一年提出的報告中已得知，但現在台灣知道此真相的不超過三人。

無奈「虎」在二十八年前就答應了領袖——「永遠不可插手台灣的政治，須讓政治的列車自然前進，一旦走偏到無可挽回的局面時，我們自有終極手段。」

所以「虎」愛莫能助，後來幸好他沒事了。只是這塊頑石，不知還要繼續為仇人效力、為虎作倀多少年而不自知。他嚮往尊崇的國家卻是一心想摧毀我們，同時也是他滅門血案的兇手。「虎」對這種事已不再三心二意，自一九九六年到二〇一〇年的十多年間，「虎」曾因看不慣台灣的政局，有幾次差一點就出手干預，後來都慶幸自己忍住了，因為結局都出乎自己所料。

二〇一四年初，日本提出「集體自衛權」，周邊各國都知道「惡魔」復活了。

二〇一四年五月，日本發射了第六顆測地衛星，其實它是六顆間諜衛星中的第六顆，專門用來監視中國東北、內蒙、蘭州、南疆等地。但是他們不知道中國再二年後即將在烏蘭巴托與塔里木設置完成兩套太空雷達，嚴密監視，下轄兩個反衛星飛彈營，等時機一到，隨時會把這六顆低軌道衛星擊落。

二〇一五年六月，中國中央召開了一次擴大軍事總體會議，請四個軍種的司令員和財政部長及國土安全部長做簡報。

二砲司令員說：「二砲已脫胎換骨，現有三千一百顆戰略核彈頭，雖然在量的方面尚輸美、俄，但在質的方面，平均來說已超越他們。而且三千多顆也足夠同時毀滅美、俄兩國，所以現在世界已呈三強鼎立的核子恐懼平衡局面。另外『東風二十一型』導彈已將服役，可對付美國的航艦，這是全世界第一種實用的『多孔徑相位歸向重返大氣層』武器，我們的東風二十九型也已在加緊部署中。」

陸軍司令員說：「全軍已更換設備，並已加強大規模登陸作戰的演練，並增強海空協調作戰的能力。陸軍也加強占領日本的訓練，另外騎兵旅已開始整軍，陸續已有新型直升機到貨。為因應越南的局勢所需，計劃將增建一個旅在廣州軍區『四野』，這三個旅預計在二〇一七年底可以全部成軍服役。對鴨綠江彼岸也持續監視中，一有情況馬上可以回應，現在在丹東附近，我們已祕密調派二十一個師駐防。其中有四個是砲兵師，如果他們小日本鬼子膽敢妄動，馬上把他們轟上西天。」

陸軍司令員又說：「至於越南，我們已有準備。現在廣州軍區已加強廣西的邊境，表面上我們只駐有二十萬名部隊，一旦有需要，四十八小時之內就可增至六十萬名，重裝備早就在那裡了。對付這種忘恩負義的反骨仔，一定要一擊致命。這次不像一九七九年的懲越戰爭一樣只是來那麼一下，第二線我們已布署了八百枚導彈，這次從諒山、河內、海防到胡志明市，都在同一天要讓它們成為火海。」

空軍司令員說：「現時的中國空軍已不是昔日的吳下阿蒙，無論質或量都已開始進入世界一流空軍的層級。Su－27已購入一百七十八架，並自行生產二百架，到二〇一七年可再生產二百一十架。最新銳的Su－47已購入六十四架，今年末開始交貨，性能超越美製的F－35，並可與F－22相匹敵，在三年內我們將開始自行生產。」

空軍司令員又說：「殲－12已生產了四百五十架。『抗EMP反彈道飛彈系統』已在北京、上海各部署一套，另將增加六套部署在其它祕密的六個城市。另外已購入三架主桅二預警機，明年將再購入另外三架，後年開始每年一架，共購買十一架。到時我們的漫長海岸線隨時都能掌控得滴水不漏。我們還有八套S-400C呢。三年後我們就可以與美國空軍一較高下，更別說是小日本了。在越南方面，那些跳樑小丑買了二十幾架Su－27就得意忘形，我們只要派三個中隊，就可澈底消滅他們的空軍。」

海軍司令員說：「『基洛級』潛艦到去年為止，我們已有十八艘，『勇壯級』改良型驅逐艦到今年為止也有十四艘，且已有『禹級』核子動力攻擊潛艦兩艘，每年將新下水兩艘。『黃帝級』核子動力戰略潛艦已有一艘，另有三艘將在三年內服役，載有十六枚『暴風型』多彈頭洲際彈道飛彈，每一枚有十二個彈頭。屆時我們的戰略核彈頭將再增加四百八十二枚。

「我們的航母『遼寧號』服役三年以來，讓我們學到很多。今年底第二艘『黑龍江號』將要下水，由於我們一直以『遼寧號』進行訓練作業，所以大大縮短了航艦從下水到服役的時間。第三艘是全新的型式，上個月剛安放龍骨，已日夜趕工，希望在二〇一九年下水。艦載機除了殲－15、殲－21已服役外，俄製Su－35 K已交付十二架，其它的在三年內會交貨完畢。」

海軍司令員又接著報告：「越南這個海上流氓，我們只要派一個驅逐艦隊就可解決他們，而且單憑南海艦隊就可封鎖越南，要封鎖多久都可以。今年五月我們將從海上鑽油平台開始對他們施壓，他們不動則已，若是他們膽敢妄動，則我們將會同空軍、陸軍，把他們轟得重回石器時代。另外關於菲律賓方面，我們已給了它一個下馬威，就看下半年他們做什麼抉擇？有必要的話，我們會再施點壓力，反正艦隊每隔一段時間就讓他們去南海玩一趟。」

主席問財政部長：「你那邊如何？」

財政部長說：「五年來雖已投下數兆元，但因大部分是用於國內，加上這五年來我們的經濟表現超乎意料的好，我們的外匯存底已大過世界G 8其它國家的總和，再十年我們的經濟規模將超越美國成為世界第一。所以錢的事完全不用擔心。」

財政部長又說：「有關日本經濟的問題，首先，剛結束獲利了結的投機買賣，託前主席的福，賺了近五仟億元。至於日本自己根據調查，他們的『埋藏金』已增至四佰五十兆日圓，但是他們的國債已暴增到一仟六佰兆日圓，更有甚者，他們的隱藏性負債已高達五仟兆日圓。他們的國民年金餘額自去年起竟已成負數，而且每年負債增加約六十兆日圓，真令人不解。我們的專家告訴我們，他們撐不過五年了。」

主席說：「今天聽到的都是好消息，很好。」又說：「但我們最擔心的是他們那膽大包天的毒計，生化戰已解除危機了，但還有偷襲上海、南京的事及八十顆核彈和三峽大壩的危機，我們半分都疏忽不得，那後果實在太可怕了。」

主席又說：「北朝鮮那邊已處理了，到時將讓日本鬼子大吃一驚，這些龜兒子總有一天一定要他們付出代價，加倍奉還。這件事我會讓『國土安全部』的鄭部長負責監控。『國土安全部』目前已有八萬多人，成員皆是全國的菁英分子所組成，相信在座的各位對於不用外交手法處理的決定都沒有異議吧。」

眾人一致表示無異議，日本的命運就此被決定了。

主席等眾人走後，問鄭部長：「你說三峽大壩有新計畫，是怎麼回事？」

鄭部長回答：「我這裡有一份『蛟龍計畫』的報告，要請主席過目。計畫需要動用海軍的『蛟龍大隊』。」

主席看完後說：「好計畫，太好了！我會跟海軍司令員說。」

鄭部長說：「請告訴海軍司令員，這件事一定要在祕密中進行。」

主席說：「知道了。」

二個月後，海軍把「蛟龍六號」及「蛟龍七號」（ＤＵＳＶ）自三亞祕密作數千里的轉進，經長江運到「葛州壩」。從此以後在壩南、壩北各建了一個掩蔽式潛艇基地，經常在夜間執行訓練。

整個壩底都用聲納反覆偵測記錄起來，長時間不斷監控，即使丟了一個籃球般大的東西也無所遁形，這個行動真的太重要了，出不得半點差池。

主席又說：「新疆最近實在鬧得太過分，當初因為那個女人拒絕了日本的核武，所以寬容到今日，再來你要用強硬的手段了。不能讓他們無法無天下去。」

「知道了。」鄭部長回答。

第十五章 魔鬼的抉擇

「中國龍」說：「該是我們主動出擊的時候了。」

二〇一四年五月某日，中國領導人親自打電話給北朝鮮領導人：「有一件機密要事，明天我派一個你能信任的人去和你談，記住，他此行可以完全代表我。」

第二天人來了，是中國前領導人。「他到底要談什麼？」北朝鮮領導人心中忐忑（因為心中有鬼）。中國人先給他看了一份文件，內有他因「銀河飛彈」試射失敗而處決第二軍頭的事，其實背後是日本人在搞鬼，想動搖他的領導地位，好取而代之。

中國人說：「咱們就打開天窗說亮話，聽說你交了一個新朋友，雖然是上一代留下來的，而你把你的姑丈解決之後，現在自己接下來了。不要管我們怎麼知道的，其實在三十多年前我們就知道了，你真的天真地以為那能成功嗎？」

朝鮮人說：「既然你都這麼說了，那麼你要我們怎麼做？」

中國人說：「你們什麼都不用做，照他們日本人的步驟去做，只要跟我們保持連絡即可。新義州及鴨綠江鐵橋邊我們的衛星會持續監視的，別忘了我們只要二十分鐘就可以把你們毀滅十次。」

朝鮮人說：「那我們有什麼好處？」

中國人說：「你們照樣接收他們的援助，除了核子武器以外。而我們在經濟方面會一直持續祕密支援你們。還有，我們會繼續保護你大哥，一旦你有三心二意時，我們只有請你大哥回來了。告訴你吧，南北韓都是他們占領的目標，你被利用完之後，只是一塊鍋中肥肉，隨時可夾起一口吞下。」

自五月八日起，北朝鮮領導人便稱病躲起來了，想必這麼大的一件事，遠非一個毛頭小子所能決斷。

「太令人驚恐了，他們竟說三十幾年前就知道了，原來我的統一大業是一場空，不管他們何時知道的，終究是知道了。那個中國人最後還說『選擇在你，我們不在乎多對付一個敵人，後果你自己考慮吧。』」

五月十日，日本派密使來平壤見他。朝鮮人心想：「哼！他想必是來詢問姑丈的事，乾脆不見他，免得言語中被看出破綻。」

七月初，中國領導人高調訪問南韓，這是對北朝鮮施壓。自此直到八月北朝鮮都對外宣稱領導人生病了。

當年九月，北朝鮮的領導人與中國前領導人之間建立了連絡熱線。從此中國有了一個全世界等級最高的情報員，代號「高麗棒子」。

對中國來說，第一個威脅算是解除一半了，接下來要解決的是菲律賓。

「這個未開發國家，自以為有美國撐腰，竟敢不把中國放在眼裡，該給他們一個教訓了！」中國領導人想。

二〇一五年七月，中國將西沙群島、南沙群島、中沙群島、東沙群島的各島礁，除了太平島之外，全數派兵占領，並派船艦巡邏，並有數百艘漁船以南海為固定作業區，還不定時在南海舉行演習。菲律賓向美國哭訴，美國數次向中國抗議，並說要派航母到南海。中國置之不理，後來美國也一直沒派航母來，最後默認了中國在南海的主權，於是中國在占領的各島礁建築永久性的防禦工事。

二〇一六年八月中國自行生產的直升機已開始交貨，之前已從原廠取得二百架，從今以後自武漢的裝配廠可加速生產，預定年生產量為七百架。

二〇一五年十月，台灣祕密將「匿踪戰機」及「隱形巡弋飛彈」全數升級，成為真正的隱形，升級工程只花了三個月。除了目視之外，沒有任何儀器能偵知到它的存在。

「匿踪戰機」是把引擎內的巨大空用發電機移到新型噴嘴，如此可省去百分之二十的油料和增加百分之二十的推力，使「匿踪戰機」的極速可至一點九五馬赫。「隱形巡弋飛彈」則只是更換簡單的噴嘴，使得速度變成六點零馬赫，射程也增加百分之十五。

升級後的「匿踪戰機」表現太好了，於是「楊少將」極力說服「新領土」再援助二十四架，到時可與E-2T（新型已增至四架）一起演練新的「狼群戰術」。

二〇一七年一月，中國第一個騎兵旅成立，二月騎兵旅南下支援廣州軍區在廣西舉行的「鎮南演習」。本次陸空聯合演習特別邀請印度、越南、菲律賓前來參觀。中國計有空軍的Su-27二十四架、殲-12一百二十架，地面部隊有「虎」一型戰鬥直升機、二型運兵直升機共四百五十架，自走火砲三千門、裝甲車二千輛、長程飛彈二百枚、人員二萬八千人。

演習的標的是攻占中越邊境兩座相連的山頭，一開始先由二百枚導彈精確射入目標區，配合火砲一面猛轟，再由二十四架Su-27轟隆作響而過，接著一百二十架殲-12飛到，登時把地面炸得體無完膚，再來是四百多架攻擊與運兵直升機遮天蔽日而至，地面有二千輛裝甲車配合直升機一起進攻。這次演習的特點是「完全機動化」，步兵不是乘座裝甲車就是直升機。越南代表看了，心想這樣的聲勢若對上越南陸軍，中國他們可以以一敵五，諒山恐怕撐不了兩日，與一九七九年完全不可同日而語。

演習的漫天火力深深撼動印、越、菲等代表們的心，這就是此次演習的目的。各國代表都各自體會了「項莊舞劍，意在沛公」的意義。

二〇一七年三月，中國第一艘自製的航空母艦「黑龍江號」成軍服役，這一艘航母是完全仿製「遼寧號」而來，接下來還有四艘正在建造中的航母，則是全新的設計，大大增加噸位及艦載機的數量。中國第一階段造艦的終極目標，是打造一支有六艘航母的戰鬥群，如此可與美國四艘航母組成的戰鬥群相抗衡。現在的兩艘對美國不造成威脅，但用來嚇嚇南海與印度洋各國卻足夠了。

四月，「遼寧號」與「黑龍江號」連合在南海舉行一次大規模的「奪島」演習。參加的另有五十四艘各型船艦及十八艘潛艦，這次演習一樣邀請了印、越、菲三國的代表參觀，同樣在他們心中留下了不可磨滅的印象。

演習一開始由十八艘潛艦以二列的海上陣列式上場，一聲「下潛」令下，潛艦依序沒入水中。忽然水面射出三十六枚潛射飛彈，飛向假想目標，接著十二架空優戰機從兩艘航艦起飛護航三十六架攻擊機，飛過上空。再來是八艘戰艦一字排開，對著岸上展開岸轟，艦上火箭如機械般不停地向岸上傾瀉火力，跟著是登陸的主戲，由直升機配合氣墊登陸船直接飛過灘頭，然後從氣墊船腹中開出戰車，這是令人難忘的景象。「哼！奪島！這明明是登陸本土的規模。」三國代表心中不約而同地想。

這三國後來都派密使前往中國，表明不會與中國為敵的立場，並簽下條約保證無二心，日本苦心建立的「新軸心國」就這樣被中國打破了。

二〇一二年日本曾對菲律賓提出送交四艘海上保安廳已退役的二千噸級艦艇，此舉令菲律賓大受鼓舞。沒想到第二年菲律賓的海盜行徑惹惱台灣，使台灣陳兵菲律賓門口，這才使菲律賓知道，就算日本送四十艘都不夠看。相隔四年後，再看中國的架勢，菲律賓已知就算把日本整個海上自衛隊開過來，也只是以卵擊石，經過這麼一嚇，自此菲律賓便噤若寒蟬了。

二〇〇八年，印度自俄羅斯手中買了兩艘核子動力潛艦，再加上十幾年前自英國買下的退役輕航母，自以為從此稱霸印度洋。二〇一七年五月，中國二十四架轟-7（逆火式轟炸機），遠航經南亞大陸，到斯里蘭卡繞回，途中還多次產生音爆，這麼一趟，讓印度再也不敢提「海權」。

第十六章　大戰逼近

二〇一七年二月，「新領土」再從法屬蓋亞那連續發射三枚低軌道高解析度間諜衛星，至此，「新領土」已能二十四小時監視日本的一舉一動了，六顆衛星輪流每日經過日本數次。

二〇一七年十二月，台灣已感到戰爭接近了，目前台灣的主力戰機有：

一、六十架幻像機。（事實上只剩二十八架是妥善率允許起飛的，但MICA飛彈卻有八百五十枚。）

二、F-16一百五十架。（其中一百三十五架妥善率是百分之百。）

三、IDFP一百一十二架。

四、「匿踪戰機」七十二架。

另有二架舊型及六架新型E-2T協調監視台灣空域及海域。全軍加緊訓練由E-2T指揮的「狼群戰術」[6]，在非必要時盡量不要讓「匿踪戰機」曝光。

海軍則已配備了新式的電子作戰系統，有二十七㎜新式近迫系統[7]，並在艦艇上加裝新式電子誘餌，還建造了八艘防空制海的兩用飛彈發射艦。另有八艘艦艇上裝載了陸攻核子巡弋飛彈。

陸軍近年來著重於防空，已大量配置「天弓四型」、「愛國者P3」等中高空防空飛彈；在低空則有「鷹式二型」防空飛彈；在超低空則有「守門員二型」防砲車，另轄有分在台北、高雄各一組「抗EMP反彈道飛彈系統」。

海軍陸戰隊特戰旅則負責台灣的戰略武器：三十二個祕密發射基地的二百四十枚「隱形巡弋飛彈」，搭載一百萬噸至二百五十萬噸金屬融合彈。守備的陸戰隊員都配備了防空、反裝甲兩用的「箭二型」單兵手提飛彈，這款武器可說是全世界最先進的，可以七點五馬赫擊中目標，任何裝甲都無法抵擋。

二〇一八年一月，中國再度召開軍事檢討會議。

二砲司令員說：「我們已有新型核彈頭四千八百顆，這是已淘汰掉四百顆老舊型式之後的數目。我們的『東風二十九型』一百枚已即將完成部署，射程一萬八千公里，搭載八百萬噸核彈頭，而且採機動式，速度高，體積小，並有電子反制措施，極難攔截，任何大城市，只要一顆便可將它連根鏟除。

「我們真正的王牌是三百六十枚『東風二十九A三型』洲際彈道飛彈，目前已部署完成了一大半。射程一萬六千公里，搭載三個彈頭，每枚彈頭為二百萬噸黃色炸藥威力，分成九十個祕密基地，自大興安嶺到武夷山麓，再到海南島的五指山；自崑崙山到天山，再到青康藏高原，每一個基地只有四枚。這是用來防備從美國或俄羅斯而來的第一核打擊，一千零八十顆核彈頭代表可以毀滅一千零八十個城市。美、俄兩國值得我們核打擊的城市加起來也不到五百個呢。

「現有兩艘『黃帝級』核子洲際彈道飛彈潛艦，明年又有一艘將下水，一艘的火力就足以摧毀日本，三艘可摧毀美國，更有搭載『巨浪五型』的核潛艦尚在服役。

「我們在烏蘭巴托及塔里木的反衛星武器，現已在作最後的測試，今年六月就可完成。現在已沒有任何國家敢對我們說三道四了。而我們那些老舊的『東風十型』到『十八型』的飛彈用來對付小日本已綽綽有餘了。」

海軍司令員說：「現已組成一支含有兩艘『遼寧級』航空母艦的航母戰鬥群，實力可與美國一艘航空母艦所組成的航母戰鬥群相匹敵，明年又有兩艘更大的航空母艦下水，屆時將可與美國三艘航空母艦組成的航母戰鬥群一較高低。

「潛艦方面，已有十八艘『基洛級』傳統動力攻擊潛艦，六艘『禹級』核子動力攻擊潛艦，及明年有二艘『禹級』下水；『W級』與『R級』全數退役，量雖然大幅減少，整體的作戰能力卻大幅增加。

「海軍航空隊方面，現已有二十六架AN－319海上巡邏機，艦載機方面，向俄羅斯所購買的Su－35K，已有三十六架交貨，明年、後年各再交貨三十六架，附帶原裝的『白楊三』長程空對空飛彈。

「自行研發生產的殲－15，有一百二十架，殲－22有八十架，正全力生產中。艦載多用途直升機，已生產三百架，我們現有三個陸戰師五萬多人，隨時可支援登陸作戰。在離岸四千公里內的作戰時，我們尚有『東風二十一型』可掩護，以防美國的航空母艦。若敵人使出機海攻勢，我們也有『驚喜』等著，讓他們來得去不得。總而言之，我們一切都準備好了。」

陸軍司令員說：「三個騎兵旅已部署完成，下轄有各式直升機一千八百架，部署在安東與廣州。陸軍已換裝三十五個師，換裝作業現仍在繼續進行中。完成換裝後的陸軍將成為一支現代化的部隊。

「在鴨綠江邊已駐紮了四個砲兵師與兩個騎兵旅，我們的新式二三〇㎜多管火箭已進駐。一般火砲全部改成一五五㎜和二三〇㎜自走砲，在一分鐘之內可傾瀉兩萬發砲彈過去。在我軍後面更有三百枚東風飛彈當後盾，同時我們在當地駐有四十萬精銳，一有需要，立刻可揮軍渡江。

「在廣西方面，已配備一個騎兵旅，配合地面的十八個師，又有空軍作後盾，如果越南膽敢蠢動，我們立刻施以霹靂手段，讓他們後悔出生在世上。總而言之，『我們已準備好了』。」

空軍司令員說：「空軍現有作戰飛機九千架，從第二代到第五代。不管在質或量上都可稱為世界第一。我們有最新式的俄製Su－47四十八架，還有仿製自Su－47的祕藏殲－37，下個月即可生產出來。現在空軍的主力是二百八十架Su－27和殲－27，Su－27國產型，四百八十架，正量產中，預計生產一千二百架。

「我們現役的殲－12性能令人滿意，目前總數已超過一千五百架。另外已有八百架殲－8與殲－10改裝成攻擊機，同時挑選性能較佳的強－5三百架延退六年以備不時之需，轟－6也挑了一百架延退。

「近年來又從俄羅斯空軍增購對方服役中的二十四架Tu－22M逆火式轟炸機，使得我們已有共三十六架，有了這三十六架Tu－22M逆火式轟炸機，亞洲鄰國包括美國都寢食難安。因為逆火式隨時可以兩倍音速穿透遠到印度的德里或可經空中加油遠到澳洲雪梨。

「在攔截巡弋飛彈方面，現已有八架主桅二預警機，每天每一分鐘都有至少一至二架在巡邏，我們的海岸線可說是守得滴水不漏。近年又在Su－27上加裝前置雷射瞄準器，及加強俯視、俯射功能，而殲－12也在訓練新的攔截戰術。

「如果我們碰上大編隊的敵機，我們不會傻呼呼地跟他們列隊決戰，對此情況，我們另外為他們準備了『禮物』。

「我們不管在『防空』、『制海』、『地面攻擊』都有長足的進步，現在我們只希望那些不知死活的小日本鬼子，快來自投羅網。」

國土安全部長說：「日本越來越明目張膽了，竟敢屢次測試我們的耐性，企圖挑撥我們與美國。哼！我們才不會上當。不過大家已忍耐很久了，這一口氣有天一定要吐的。我們所顧忌的是八十顆核彈及三峽大壩核攻擊這些史無前例的恐怖行動，所以我的手下無不戰戰兢兢地二十四小時監視待命著。

「我們的衛星已定位出兩個ＩＣＢＭ洲際彈道飛彈及四個ＩＲＢＭ中程彈道飛彈的發射基地。但有情報顯示他們已有機動式履帶載運的ＩＲＢＭ，這令我們很頭痛。我已數次向主席建議『先下手為強』，卻屢次被主席駁回。更令人不安的是，明知道他們在運核彈的零件進來中國，主席卻叫我們睜一隻眼閉一隻眼，我們實在快忍不下去了，難道那麼在乎美國嗎？」

財政部長說：「這幾年他們日本亂搞的結果，已使他們的經濟一團糟，這樣下去，不出兩年他們的債信就會崩盤，日圓會成為廢紙。我們正在絞盡腦汁研究如何不被波及，畢竟我們的經濟和日本搭得太深。

「在他們國內，日本的國債已快突破二仟兆日圓，隱藏性負債七仟兆日圓，年金早就發不出來了。導致日本約有一千萬人無法租屋，乾脆就睡在公園、車站或露宿街頭，逐漸造成社會治安的問題，單是東京一地就有二百萬人。日本當局雖極力掩蓋，但紙是包不住火的，日本遲早要遍地烽火。

「反觀我們的經濟規模自二〇一〇年超越日本以來，近年已把他們遠遠拋在後頭。我們的外匯存底已是日本的十倍，所以國家做任何決定，財力方面都沒有問題，隨時想開戰都可以。」

主席說：「這一切都緣自於多年前我們的承諾，但這承諾我認為的確是為我們設想的，那就是『不作先制攻擊』。試想一旦我們先啟戰端，美國及歐盟會相信哪一方呢？更何況美國是別有居心。所以我們只能等他們先動手。

「如今既然我們已有充足的準備，不妨想辦法對日本施壓，以打亂他們的計畫，讓他們由主動變被動，由我們決定他們的攻擊時間表。各軍種共同提出建議吧。」

二砲司令員說：「在今年的國防白皮書中我們先再次強調『絕不率先使用核武』，讓他們以為我們是隻紙老虎。」

陸軍司令員說：「我們採用『空城計』，一切採低調，讓日本以為我們不堪一擊。各單位的換裝都祕密進行，反正再裝一次孬種也無所謂。」

海軍司令員說：「我們來玩一次近一百年前的日俄戰爭戲碼，給他們情報，讓日本人以為我們的船都生鏽，欠缺保養，軍心渙散，就像當年的『波羅的海艦隊』一樣，也是不堪一擊。」

空軍司令員說：「既然如此，那我們也自導自演空軍的重大缺失，謂中國空軍只有不到三分之一的作戰實力。」

國土安全部長說：「既知再忍一下就可有結果了，那我們當然樂於再忍一忍，就讓他們以為我們國內很不穩，隨時會發生暴亂。另外，我們已準備了六萬名人員加緊訓練及學習日語，以後占領日本時用得著。」

財政部長說：「諸位都是在『引君入甕』，可謂忍辱負重，那我就負責施壓了。他們的最大弱點在經濟，在他們已是千瘡百孔的經濟主體上，我來設法再踏上一腳，快點讓他們信用破產。我即刻開始調集我們手上可用的現金，準備一戰！」

主席說：「很好，大家的提議都不錯，我也會叫統戰部跟台灣合演一齣戲，各人回去作一份詳細的計畫報告書，下週大家一起研究。」

過了三天，財政部長與主席單獨密談。財政部長說：「我們現在可以動用的現金有七兆，已足夠全面打擊他們的股、匯市。但如有盟友一齊打擊他們的工商產業，則可一次讓他們陷入萬劫不復之地。我知道這件事要絕對保密，但上次讓我們賺五仟億的神祕財團，可否再請前主席去談談看？」

主席說：「我去找前主席說一說。另外，已經跟阿爾巴尼亞、印度、越南、菲律賓四國談定了一起對日本做手腳。」

兩日之後，「你覺得怎麼樣？」「中國龍」最後問。

「台灣虎」回電子郵件：「我也覺得時候到了，但你們似乎不宜做得太明顯，不如就暗地裡打壓他們的工商業和外交。股市和匯市就讓我們來處理。我們大概會動用一兆美金，我猜你們也差不多吧。大家約定以十二個月為期，下個月底就開始動手吧，這一次要讓他們永世不得翻身！」

「中國龍」：「很好，謝謝，我會叫各單位準備。另外，我們已在外交上開始讓他們受暗傷，我們會持續在這處加把勁。」

「虎」開始籌資金，「蘇黎士」有一仟六佰億美金，加上「陳上尉」的十二億美金，「陳上尉」的三件日本不動產已賣掉，只留銀座那棟商業大樓的第五十八層邊間。另外說服「××基金」以五佰億美金投入初期的賣空行列，又與「上野香津子」談過，她答應在日本籌措六佰億美金，於日本國內及美國專打壓股市與「虎」在海外相呼應。「虎」再從「新領土」借支八佰億美金，專用來打壓日圓。「新領土」自己則用六仟億美金，在美國與中南美諸國，以各種方式負責打擊日本的海外投資計畫及日本股、滙市。

「台灣虎」又打電子郵件與「中國龍」約定，先讓中國與台灣在商業方面做某些更動，三個月後，「虎」再開始行動。

二〇一九年三月，「虎」先用八佰億美金買日圓，「新領土」也有所行動，並開始出脫在日本的所有資產。造成接下來兩個月裡市場持續看多日圓，日本政府看好時機立刻加印了數十兆日幣現鈔。「虎」同時用一佰一十二億美金進入日本股市，買進某些進口股，及放空特定出口股。奇怪的是，世界大多數買日本貨的商人都逆勢以日圓交易，賣貨到日本卻指定以美金報價付款，此舉當然大受日本進出口商的歡迎，因為日幣正看漲。

以致於三個月後日本未到期的信用狀、應付的美金累積與應收的日圓累積各有六佰億美金之譜，而已訂契約更五倍於此數。

到了六月底，「虎」結清在股市的操作行動，這時一佰一十二億美金已變成一佰六十億美金。

六月三十日，日本已初嚐甜頭，時機已到。「虎」以一美元對一佰一十日圓的匯率將手上的日圓全數出清，並賣空一大堆的日圓。

第二天北京、吉隆坡、蘇黎士、巴黎、倫敦、紐約、亞松森、里約等各地的交易所都湧入大批日圓賣壓。

四日後日圓匯率已到一美元對一佰二十五日圓，日本政府連兩次拿出各三十兆日圓企圖力挽狂瀾，卻像洪流中的漣漪，只稍微阻了一下就被淹沒。

七月七日，日圓匯率已到一比一佰四十，日本政府聯合工商界籌措一兆美金入場干預匯市，但這些錢只換得二天的日圓止跌不回升。

七月十八日，日圓匯率又創新低來到一比一佰六十，從此以後日本政府已無心與無力再砸錢進入這個無底洞。

日圓匯率剛開始跌時，可樂了那些日本出口商。可是半個月後，他們就發覺不對勁了。匯率跌固然可以增加出口競爭力，但跌得多了剛好相反，最後會整個崩盤。對進口商而言，情況就更糟糕了，進口的東西越來越貴，而且對方只收美金，更慘的是遠期信用狀一旦到期，進口商大部分將會破產。

到了八月中，日圓匯率已來到一比一佰九十，日本國內開始了一股破產風潮，主要是進口商。

在「虎」六月底賣出價值八佰億美金日圓的前一天，「虎」另以四佰億美金定存做擔保，向兩家日系銀行的蘇黎士分行，購買日本股票，主要是出口工商業股，世界各地以同樣方式進行的共有二仟億美金之譜。在兩週中這些股票已漲百分之二十五；到了八月中旬，這些股票又漲了百分之十八。至此，匯率帶來股市的利多已全數出盡，東京股市已成強弩之末，兩個月後一個個的個股都應聲而倒。

自八月初起，從北京、蘇黎士、布魯塞爾、巴黎、倫敦、馬德里、紐約、巴拿馬市、亞松森、里約等地突然湧現數以十兆計的日圓現鈔求售，日本國內則是掀起一陣拋售股票以換取現金的狂潮。

另一方面，日本企業從二〇一四年開始，在阿爾巴尼亞進行一連串興建房屋及家用電器、汽機車的分期付款計畫，由日本政府資助數家日本銀行開辦，特點是「由於非洲國家幣值不穩定，所以全數以日圓交易」。這樣的方式已在非洲共六國開辦近四年，如今約有三十兆日圓的貸款在當地。日圓跌到一比一佰九十時，這些日本國內的大型銀行，已面臨倒閉。

另外日本以政府擔保的方式，要民間銀行貸款給阿、印、越、菲等四國，共五十兆日圓，這又是一個更大的問題，日圓匯率再不漲回去，連日本政府都要破產了，因為半年前這四國都改成日圓貸款了，日本一年前還為此而沾沾自喜呢。

二〇二〇年四月，中國、台灣、「新領土」、「虎」、「上野香津子」、「××基金」不約而同地把資金全部抽回，留下日匯、日股一堆爛攤子，讓它自生自滅。

這一役中國獲利八佰億美金；台灣獲利二佰億美金；「新領土」獲利一仟億美金；

「虎」獲利六佰億美金；「上野香津子」獲利四佰億美金；「××基金」獲利三佰億美金；連「陳上尉」都分得七億美金。

日本政府規定自五月二日開始股市全額交割，禁止買空賣空的交易。從此日本再也不是股市投機者的樂園。

大家知道日本股、匯市就快要崩盤，而崩盤之後就是扯爛汙：「停止交易」，不管賺賠一律被日本政府沒入。所以大家都腳底抹油，只剩那些被套牢的人，死守著這灘爛泥。「虎」把現有資金集中（包括「陳上尉」的錢），共有二仟多億美金，以備最後一戰。「虎」又打電子郵件給「中國龍」，與他做了一番討論，最後做成某些約定。

二〇二〇年五月二十三日，在日本「虎之門」，「三田」、「猪狩」、「水野」與「對支那工作小組」開會。

「三田」說：「大家都知道，我們再六十天就會面臨破產的危機，這一切都是中國在後面搞鬼。今天要向大家說的是『不能不動手了』，你們準備得如何？」

參謀長「猪狩」說：「我們有確實的情報，他們的海軍、空軍都有著一大堆問題。基本上，戰力不到三分之一，而中國陸軍根本不是我們現代化陸軍的對手。」

「水野」說：「他們的核武部隊不足為懼，我們早就在美國的核子保護傘下，我們可再與美國發表一次共同宣言。」

「三田」說：「我們的戰爭預備金，只來得及換上二分之一的美金，其餘還是日幣，這都是中國害的，幸好我們的戰爭物資大部分都已準備充足。」

「對支那工作小組」第二召集人「上野香津子」說：「首相是否可考慮另一個可能？目前股、滙市因外國的資金已走，所以猶如一灘死水，但也因此只要少許資金就可以重新救活股、滙市，並可獲利不少。我估計股市只要二十兆日圓，滙市只要一兆美金，就可成事。我們的戰爭預備金剛好有二點五兆美金，這筆錢已足夠用來救回國家的經濟了。其它問題，大家再慢慢來想辦法解決。」

最後經過大家反覆討論的結果，決定先用二十兆日圓救股市，七仟億美金救滙市。其實與會諸人個個優柔寡斷，都盼要做這個歷史性決定的時刻能拖就拖。

當天下午二點結束會議，三點「上野香津子」把消息傳了出去。當天在蘇黎士有人於星期五下午二點，無限收購日圓，及用所購得的其中一兆日圓預約週一日本股市的五十支特定個股，四個小時後在紐約也有同樣的購買及預購行動。

在日本「虎之門」會議後的第二日，北朝鮮發表宣言：「已到統一南韓的時機了！」並立即關閉「開城工業區」，在北緯三十八度線旁已毫不掩飾地陳兵八十萬。

對此，美國則回應立刻派「史坦尼斯號」、「林肯號」兩艘航空母艦到黃海去接替

「雷根號」。

到了星期一早上，中國也有所行動，但規模更大。星期一早上日圓匯率已自上星期五的一美元對二佰零八日圓升到一美元對一佰九十日圓。到下午日本政府要下場時已到一美元對一佰八十日圓，且只買到二十五兆日圓。等到三天後買足一佰兆日圓時，已是一美元對一佰五十五日圓，最後再買到二十兆日圓時已又是一週後了，而且是一美元對一佰三十五日圓，到此，七仟億美金已用盡了。

六月二十四日，「上野香津子」緊急找來「三田」。「上野香津子」說：「現在七仟億美金只買到了一佰二十兆日圓，請緊急再拿四仟億美金投入，才能穩住已上升的匯率。」

「三田」說：「只能再給三仟億美金。」

三仟億美金只買到三十三兆日圓，並把匯率炒到一美元對一佰零五日圓。

「上野香津子」又急電「三田」：「還需要三仟億，現在正在緊急的關鍵時刻，市面上尚有數十兆日圓的浮額。」

「三田」問「水野」：「怎麼辦？」

「水野」說：「絕不能再動用戰爭預備金，我們可以停止股市交易，然後開始行動，反正我們已準備了三十年。不准再有鴿派的言論出現。不如趁現在日圓高漲的機會把手中的日圓脫手，先撈它一筆再說。」

「三田」說：「好吧，順便把我們原有的日圓也脫手吧，能脫多少算多少，至於時機，等我把一些外交的事先處理完再說。」

自六月二十九日開始，由於日圓的支撐主力已失，日圓又緩慢地下跌，到了七月十三日，日圓又來到了一比一佰三十五，「虎」就在此時先出脫了手中的日股。

七月十三日，美國、日本發表共同聲明，強調「若日本遭核武攻擊，美國將視同美國國內遭核武攻擊，勢必會進行核報復」。

七月十七日，「三田」命「上野香津子」：「下星期一開始無限制拋售日圓」。三十分鐘後，「虎」及「上野香津子」的紐約代理人都收到消息，星期五已開始行動，連南美也開始行動了。

七月二十日星期一，中午一點日本政府開始拋售日圓，但已晚了一步。在七月十七日星期五下午及七月二十日星期一上午一早，世界各地已瘋狂拋售日圓，日本所拋的日圓自一比一佰五十五開始，當日銀行打烊時已到一比一佰七十，而且只賣出二十兆日圓，在本週剩餘的四天中又再賣出一佰二十兆日圓，但最後的匯率是一比二佰七十，股市受匯市的牽連而一蹶不振，全部跌停，當天日本政府宣布股市暫時關閉一週。

日本只剩下一條路可走了。

第十七章 D-DAY

二〇二〇年七月三十日，日本時間上午八點整，停泊在橫須賀港的美國航空母艦「史坦尼斯號」，艦上六千多名官兵正忙碌地準備出港，這次的目的地是黃海，將與「林肯號」航母會合，準備打擊北朝鮮。

忽然一聲震天巨響，一顆二萬八千噸的核彈在入港管制區內爆炸。爆炸的威力將航艦的尾部掀離水面，破壞了航艦全部上層結構，和停放在甲板上的戰機，而在下層的飛機也永遠不見天日了，因為船體已全部扭曲變形。連在稍遠處的驅逐艦「史普魯恩斯號」都受到重創。這是美國自二次大戰以來，海軍航艦第一次遭受如此大規模的破壞，平民則有三千多名死傷。

「終於開始了。」台灣時間上午七點多，「虎」在台灣知道了這個消息後，「就這麼決定！日本鬼子既然開了頭，就由我們來收尾吧。」

二天前「上野香津子」告訴「虎」，日本人打算於D-DAY開始的一百二十小時，在東京引爆一枚五十萬噸級的核彈，「虎」就一直在等待著這一刻。於是他打了兩封電子郵件，一是給一個美國友人，一是「上野香津子」，又拿起電話撥了三個電話號碼，把末代「天雷」的設定重新訂為「八月四日，中原標準時間，上午五點整」，「虎」再三考慮之下，又打了第四通電話。近三十年的任務已經完成，「虎」心情輕鬆下來，但真正的好戲才要開始呢。

日本公安廳在三個小時之內立刻調查完畢，宣稱是中國主使。中國否認並抗議日本栽贓嫁禍，為此將不惜一戰，遂召回駐日大使，並開始撤僑。

俄羅斯宣布將從北海艦隊及波羅的海艦隊調出三十六艘艦隻，加入遠東艦隊，並增派十五個師到海參崴。

最感震驚的莫過於「上野香津子」。

「他們竟然真的行動了，十幾年來一直都是紙上談兵，沒想到現在真的開始實行了。」

於是她開始進行網路戰，為的是救出自己的同胞，能救多少是多少。

接到「虎」的電子郵件後，她打了多年前「虎」給她的一個電話號碼，對方說：「你打錯了。」她知道消息已經傳到了。接著她又打了一則電子郵件給「虎」，傳了最後一個情報過去。

當晚九點三十分，她處理完私事之後，破壞自己的所有電腦，便到一個多年以前即約好的地方，上了一部等著她，插著美國國旗的黑色禮車急駛而去。

第二天凌晨她在美國空軍C5A的運送下到了夏威夷，再乘灣流專機到華盛頓。接她的是共和黨參議院軍事委員會主席「霍華德」，他說：「辛苦了，但還要請妳先作簡報。」「上野香津子」從此刻起受到「霍華德」的保護，但她每十二小時需打一通電子郵件出去。

美國東部時間八月一日上午七點整，「上野香津子」先去中情局（CIA）作簡報，交出全部情報，包括日本的ICBM所在地。但「上野香津子」也撂下幾句狠話：「別想掩蓋事實，否則二十四小時後會有人公開所有經過，這場戰爭如果處理不好，美國可能將會是最大受害者。」

結果美國中情局心存僥倖，認為這是打擊中國的好時機，最後卻自食惡果。「上野香津子」又說：「另有三件事迫在眉睫，資料上沒有記載，日本打算在從現在算起六十六小時，在東京引爆一枚五十萬噸的核彈，及五十小時後對台灣發射兩枚核彈，栽贓在中國頭上，這已經無法阻止了，你們最好趕快撤離重要人士。至於台灣他們早就知道了，相信他們知道怎麼應付。十天內日本將會有潛艦發射多枚巡弋飛彈攻擊美國的航艦，其中有一枚是二百五十萬噸級。」

中情局的人一聽登時手忙腳亂，雖不能盡信，但若為真，則無人承擔得起。可是中情局卻仍將情報留了一手，最後他們決定能撤的撤，首先通知海軍把受損的航母及驅逐艦拖走。

於是美國召集在東京的外交人員，急赴福生美國空軍基地，乘C5A到關島。基地上可以飛的都先飛到關島，只留下兩個警衛連。

台灣也緊急撤出在東京的外交人員並開始撤僑。

在此同時，日本網路出現文章，警告東京將遭受核攻擊，要大家盡快離開日本，流言不斷在網路上散布。

八月二日晚上十點整，美國參議院軍事委員會召開祕密聽證會。

「上野香津子」一上台就說：「這是一個攸關數億人生死的大事，我不屬於任何組織，只為免除一場全世界的浩劫。八小時內，日本將對台灣用潛艦發射兩枚核彈，而這只是開端而已，不要想從中取利，一個有十三億人民的國家將面臨生死存亡，其反擊之力可摧枯拉朽，更何況還有一個台灣，你能小看它嗎？希望你們想清楚。」接著「上野香津子」受委員們的反覆質問，她知無不言。

這次的公聽會震驚了各委員，沒有人能無視這個問題，卻無法想出對策，最後他們一致決定站在一旁，避免被波及，等事態明朗之後，再決定行止，當前的要務是保護「上野香津子」的安全。

八月一日晚上十點整，在中南海有六個人正在開會。

「他們真的幹了。」二砲司令員說。

「來得好，這一刻我們已經等待很久了，他們竟敢賴到我們頭上，這筆帳遲早要跟他們算。」空軍司令員接著說。

主席說：「還早得很呢，接下來他們才剛要偷襲我們，大家各自小心了。海軍馬上把航母開出去吧，空軍要進入狀況了。尤其預警機要二十四小時盯著台灣海峽，且衛星也要注意，務必要拍照存證。」又說：「二砲準備一下，這次真要動武了。國土安全部對八十個目標及『蛟龍計畫』要馬上進入實戰狀態。日本再二天就會開始進一步的行動。」

中原標準時間八月三日晚上十點整，「春潮號」靜靜躺在礁岩上，監聽過往的船隻。

「過去了」，聲納室報告。

「好，準備行動」，艦長「田中」下令。

「春潮號」是日本祕造第二代「春潮級」潛艦的一號艦，同型艦共有四艘，下潛排水量三千二百噸，潛航極速二十二節，採「ATIS」絕氣系統，艦首有四管魚雷發射管，艦尾兩管，艦頂有四管巡弋飛彈射管，它現在躲在台灣高雄港西南八十公里一百七十公尺深的海底。

「春潮號」有兩項獨步全球技術的裝置：

一、一九八〇年代末由東芝公司研發的「靜音動力承載系統」。

二、艦體外塗有一層絕音膠，是日本獨有的製品。所以當它在三至六節的航速行駛時，除了測磁儀之外，幾乎無法發現、追蹤它，其靜音力超越「基洛級」潛艦。

中國的演習艦隊轉向東行，餘下一艘勇壯級驅逐艦由另一艘江滬級艦陪同南下台灣海峽，準備回三亞海軍基地，但他們現在已經被日本潛艦選為替死鬼，等他們一通過台灣海峽，「春潮號」隨即以十節的速度跟了上去。

八月四日凌晨零點三十五分，「春潮號」航到離高雄港西南偏南一百四十公里處。

「就是這裡，慢速上浮至一百二十呎，巡弋飛彈備便。」潛艦上浮至一百二十呎。

「一號發射，二號發射。」「田中」下令。

隨著巡弋飛彈的發射，現在「春潮號」要開始考慮自己的立場了。

「以極速往東南前進。」「田中」緊急下令。

巡弋飛彈一離開水面，立即被高雄上空七千呎的 E-2T 捕捉身影，於是指揮兩架跟在身側的F－16前往攔截，並將飛彈發射的出水座標傳到左營的反潛艦隊司令部，同時命令在新竹上空的兩架IDFP前往支援。

兩枚巡弋飛彈相隔一點五公里，以二百五十呎的高度，三百二十節的速度，用大略相同的航向向北方而去。E－2T估計兩枚飛彈目標一為台北，一為台中。F－16緊追巡弋飛彈，每一架F－16機上各攜有兩枚AMRAAM（先進中程空對空飛彈），及四枚AIM－9響尾蛇追熱飛彈。

F－16在三點五公里的距離射出一枚AIM－9，卻因由上方俯射且距離太遠，而被海面的反射波所干擾，最後錯過了。這時巡弋飛彈距離台中只剩十五公里而已，第二架F－16追上前，在一點五公里處，降低高度自正後方一連發射兩枚AIM－9，這時巡弋飛彈的內部計算電腦已感應即將到達目標，遂啟動一個開關，自兩秒後開始爬升，再十二秒後到達四千五百呎的高度爆炸。

通常核彈不會這樣設計，但這顆是用來栽贓別人的，所以一定要湮滅證據以防萬一。

就在巡弋飛彈準備開始爬升的半秒前，AIM－9擊中了巡弋飛彈，巡弋飛彈彈頭部在三秒後落海，落海處離梧棲港的防波堤僅一百公尺，但是巡弋飛彈卻在八秒後爆炸。由於水深只有六十五公尺，所以爆炸產生自海面而起的火球約有四百公尺的半徑，強大的爆震波使兩架F－16重創，勉強撐到新竹基地，一架墜毀，另一架迫降。

第二枚巡弋飛彈由兩架IDFP接手，在桃園外海順利用「箭三型」擊落海。

在梧棲港爆炸的核彈是五十萬噸級，海水吸收了三分之二的威力，又由於爆炸點低於海平面六十五公尺，所以火球的擴散率又減少了四分之三，台中港的外防波堤全毀，高速公路中港路、中清路交流道被震得支離破碎，以爆心地為中心計算，半徑一公里內為死亡圈（百分之八十死亡），兩公里內為重傷圈（百分之四十非死即傷），七公里內為輕創圈（百分之五傷）。總計台中地區死傷約七萬人，因為時值半夜，所以街上人煙稀少，也是傷亡不大的原因。

「春潮號」繼續向東方逃，凌晨一點整，聲納室傳來：「上空螺旋槳聲，東北方，判定為P－3C接近中。」P－3C是中華民國的反潛巡邏機，機尾有測磁儀及配帶兩枚MK－42反潛魚雷和聲納浮標。

「春潮號」艦長「田中」看著海圖，指著東面五浬處海底說：「向東轉，減速到五節，下潛至六百呎。」

P－3C丟下聲納浮標，卻無法精確定位潛艇位置，又因「春潮號」漸漸靠近一片海底的鐵礦脈，所以測磁儀無法作用，只好等SH－60的吊掛式聲納來乒它。

凌晨一點二十分，SH－60到了，這時「春潮號」的位置在高雄東南偏南一百四十公里處。SH－60用吊掛式聲納開始在可疑的地點搜尋，但仍難以精確掌握它的行蹤，因為

「春潮號」已接近海底以三節的速度無聲潛行。

凌晨一點五十五分，中華民國的拉法葉巡防艦到了，開始用反潛刺蝟砲攻擊可疑的地點，以逼迫「春潮號」現身。「春潮號」繼續向東緩慢前進，無視艦外天崩地裂的爆炸聲。日本人知道再往東八公里有一海底突出的礁岩平台，約八百呎寬。一旦到了那裡，就可以躺著裝死，自身的生命維持系統也可撐十二至十五小時。這時中華民國海軍又多了兩個生力軍，另兩艘成功艦也趕來助陣。

「春潮號」尚餘最後五公里的航程，「先讓他們忙一陣，」「田中」說，於是下令：「艦尾一號魚雷管，目標S1；艦尾二號魚雷管，目標S2。」

「一號發射、二號發射！」

頓時造成中華民國海軍一陣忙亂，一艘拉法葉艦和一艘成功艦忙著躲避魚雷，用盡辦法，一枚用誘餌誘開了，一枚卻無論如何都躲不開，在成功艦艦尾後方三公尺處爆炸，強大的爆炸威力把成功艦整個艦尾幾乎都炸飛了。成功艦雖受重創但仍不沉沒，最後由拖船拖回高雄港的修理船塢。

「春潮號」趁機逃到原先預定的礁岩平台處坐底，開始裝死。中華民國海軍明知它就在附近，卻一時間找不到。

「好吧，大家來比耐性。」中華民國海軍拉法葉艦的「江艦長」說。

於是連同趕來的另五艘各型船艦將「春潮號」圍在一片三十公里方圓的水域，因為中華民國海軍接獲命令，要活捉「春潮號」。

「春潮號」關閉所有的動力，靜悄悄地猶如一條死魚般躺在礁岩上，反正，它大約可以維持這種狀態十二個小時以上。

中原標準時間上午三點整，正值美國下午，國務院接獲台灣被核彈攻擊的消息，大吃一驚，但也證實了「上野香津子」的話。「再來就是攻擊中國了，不如再看看吧！」美國人不懷好意地想，所以美國只發布要調查事情的真相，並要台灣和中國自制。

在中國，國土安全部長問：「那個台灣的叛徒在哪裡？」

部長指的是那個在中國境內協助藏匿核彈的台灣電子代工廠老闆。

部下回答：「他在去南美的途中，飛航計畫報告註明說是去智利的聖地牙哥，但情報顯示他的最終站將是布宜諾斯艾利斯。」

「跟我們駐阿根廷的大使聯絡一下。」國土安全部長說。

上午四點整，「虎」在光榮營區注視事態的經過，「上野香津子」給他的最後一則情報是「日本最大的ＩＣＢＭ基地在房總半島。」

「虎」看了事態的發展，心中嘆了一口氣，「自作孽不可活，就這麼決定。」又想：「『上野香津子』大概已安全交出情報了吧。」

「虎」打了一通電話，這一通電話決定了至少五百萬人的命運。本來「虎」在「鍋巴」旁放了一小塊炸藥，可在上面爆炸之前先將「鍋巴」炸離既定的最適當位置，如此可減低約三千五百萬噸的爆炸威力，如今「虎」把它取消了，核裝置將以全威力八千萬噸以上作電漿噴發，東京的命運就這樣被決定了。

「虎」這個動作所造成的最主要差別在於海嘯，他希望威力大到能摧毀房總半島。

「虎」要「楊少將」在上午五點整關閉所有的敏感性天線與太空通訊。

「楊少將」說：「只有五十萬噸，不可能影響的吧。」

「也許會有連鎖反應，因為從沒有人試過。」「虎」說。

就這麼決定了。

第十八章　電光石火

日本東京時間上午五點五十五分，時間到了，這一次不像往常一般在最後三天或更早被另一個電子訊號取消重新設定，而是直接就跨過紅線啟動了。

先是一個又圓又粗又沈重的加速管開始圍著一個絕緣圓柱轉動，然後越來越快，到了上午五點五十九分五十九秒時，就像步槍一樣，圓柱的一端點燃火藥，把已受加熱（加速）而成不穩定狀態的核心物質（鈷棒）往前射去，射入一個與鈷棒型狀相契合的高濃度鈾球中（大約半個壘球大小）。這個引爆裝置特地略早於另外兩個裝置引爆，因為它若引爆失敗，其爆風並不會影響到另外兩個裝置，反之則否。

上午六點整的前一秒，另外兩個引爆裝置同時作動，先向電容器充電，在幾乎同一時間，電容器再通過近百條等長的低阻抗電線（一為一百三十二條，一為八十四條），引爆在濃縮鈽外圍的炸藥片（一為一百三十二片，一為八十四片），三個裝置都成功啟動了。

瞬時三個雷管各自起了連鎖反應（其實一個就夠了）。

所謂的連鎖反應是，一個中子撞擊一個原子，被撞擊的原子分裂多出三個中子，再撞擊三個原子，又多出九個中子，連續撞擊十六次就變成四千多萬個中子，到了第三十六次時就成了原爆，而整個過程只用掉廿微秒。

第一個雷管的原理是，把加熱過已呈不穩定狀態的鈷棒，射入高濃度的鈾球中，由鈷棒所大量放射出來的中子，透過一層鈹片撞擊鈾原子，來產生連鎖反應。

第二和第三個雷管的原理則是利用包在鈽外面的強力炸藥，經過精密的計算，將鈽炸成極小的圓球，略小於核桃，以加大密度，即加大本身中子的撞擊密度，以產生連鎖反應，並產生能量。

這兩種是世界上已知三種引爆超重金屬的方法中，其中二種。

連鎖反應此時已達到產生二次反應（融合）的溫度，將鈾（鈽）中心那塊X-5催化反應融合，又產生更高溫（接近太陽表面溫度），使得在附近的核原料產生三次反應，一切都先成為一堆電漿，這時放在反應堆下方的「鍋巴」受到上方爆炸的下壓力，先自大樓第五十八層被下壓到第五十五層的時候（「鍋巴」的形狀經過特別設計，藉以稍微延遲受壓下墜的時間），「鍋巴」也已達到了融合所需的溫度，在數十毫秒之內，由固體轉為液體、氣體，而在尚不及向四面八方擴散時，即成了一團電漿。這就是第四級反應。其溫度約略高於太陽表面，這團電漿再把這棟大樓及方圓零點五公里的大樓鋼架，也變成電漿，夾帶著致命能量，向四面八方激噴而出（現時的知識尚不能完全理解電漿的威力與作用）。

一般融合最大的困難，是要在分裂開始時，將重氫以準確的時間、位置注入高溫的核心，其誤差需在幾百微秒以內，否則重氫很容易會被吹散，無法得到融合所需的高溫。三級反應更複雜，但 X-5 則沒有這些問題。

這些融合不斷產生的能量，以超高的速度向外推擠便成核爆。

第一個致命，首先是自爆心地放射出大量的中子，速度略低於光速，這一輪中子束向四面八方激射，無堅不摧，三十公里半徑內無論躲在何處都難逃一死。

第二個致命，是極高溫（與太陽表面相當的溫度）產生一道熾熱的白光，接近於不可見光，猶如透明的光帶，先向四面八方放射，內含伽瑪射線等等的致命不可見光線，在三十公里內當者披靡，強光甚至能穿透人體，立即喪命；至於在五十公里內看到光帶者立即失明。

第三個致命，是爆震波以超過音速向四面八方推擠（音速不是一個常數，當溫度極高或介質的密度升高時，音速會成比例增大），所到之處，無堅不摧，方圓三十公里內所有建築物都會被擊成粉末，六十公里之外還有八、九級地震，向下壓擠的力量，可造成數百公尺的深坑，致命點遠達七十公里。

第四個致命，是自爆心地形成一個大火球向外擴散，在零點五公里半徑內，是一團溫度高愈五億度的電漿。二十公里內溫度超過二十萬度，到四十公里處，仍有一萬度，到了六十公里外，才降到一千度以下。火球的前鋒是被炸成粉末的物體，其中大部分是未來得及燃燒的可燃物質，包括東京都原有的一萬多個油品與瓦斯貯存槽內的易燃物質，這些東西後來又造成無法（無人）撲滅的大火。

第五個致命，是核爆中心的大量帶電粒子（普通物質大部分都成了帶電粒子，並不侷限於核爆物質），受高溫影響，劇烈振動位移，產生巨大的電磁波，將方圓三十公里的所有生物都以微波方式煮熟，二十分鐘後，飛經二百五十公里上空的飛行物，包括衛星，也猶如飛過微波爐內部一般一觸即毀。二十小時內，五十公里以下的高度，整個區域仍會將飛過的飛機變成一塊磁鐵。地面一百五十公里內，所有的電器都瞬間成為廢鐵。

第六個致命，是核爆後產生的放射物質，部分隨風飄散，在方圓三百公里形成致命的落塵，其影響達數十年或百年以上（不明）。

第七個致命，是由內向外形成一個數十級的強風，強風過後又反方向再來一次。

第八個致命，是在爆炸最後加進的「鍋巴」，因其在爆炸的最下方且最後爆炸，所以產生一個向下再向外的壓力，這是有意設計的。以致於在二十至三十公里外的海岸甚至海底，都產生了十一級以上的地震，再加上各種爆炸震波的到來，將產生九十公尺高的海嘯。最後在離岸四十至七十公里範圍之內都會被橫掃一空，破壞殆盡。

上午九點整，另一個裝置也啟動了，八十四片炸藥片引爆了另一個核子武器，這個武器的威力就小得多了，但更致命，因為這一個裝置的核心物質是一塊X－7和X－13的混合物，這顆核彈的威力類似五十顆中子彈。中子先以略次於光速放射出去，因為背後有一圓錐形的厚鉛製拋物面，所以在拋物面被汽化之前，有百分之三十的中子被吸收，百分之五被反射。

中子，一種宇宙間最奇特的物質，被科學家稱為「宇宙的流氓」，它的特性裡，只有兩種東西可以影響它的前進：一是直接碰撞，尤其是高溫的粒子推撞。二是引力（非常地微小）。

中子的質量約與質子相同，但中子不帶電，不受電磁力影響。所以中子所到之處不是穿透就是破壞，而且是澈底破壞，沒有任何東西能抵擋它，所以中子是目前最可怕的武器，也是宇宙間最永恆的存在。

第十九章 天雷爆發

二〇二〇年八月四日，日本東京時間上午六點整（八十二年之前「善」就是在同一天、這一刻遇害），在銀座中心地區，一顆超過八千萬噸黃色炸藥當量的四級反應核彈裝置被啟動，其威力超過人類自有核子武器以來所引爆、試爆的總和，爆發出一個巨大的銀白色火球，向外擴大，越來越大，方圓四十公里內，百分之九十九的居民在火球尚未到達之前已喪命。首當其衝的是「首都高速環狀道路」，一至八號線像玩具般在一陣天崩地裂中灰飛煙滅，距離六公里處的「東京國立博物館」在第五秒後已盪然無存，「善」當年所留下又被日軍所掠奪的四季屏風和「仙」的鳳冠從此消滅於塵土中，著名的「天空樹」已不知其踪，「兩國國技館」先被夷為平地，一個多小時後被海水淹沒，「秋葉原電氣街」從此再也不會有人來買電器；自藏前橋、吾妻橋、白鬚橋到千住大橋都應聲而斷，隅田川的河水被暴風捲乾，再過去的千葉縣也約有二分之一損傷；火球直達船橋、新檢見川、花輪；幕張先被火球滾過，再被海嘯淹沒。

在房總半島有一地方叫「網走」，表面上是一個臨海的小漁村，事實上在離岸一公里處，是日本核打擊的第一反應地。這裡有十八個發射井，有十八枚射程一萬三千公里、酬載三百五十萬噸單彈頭的ＩＣＢＭ洲際彈道飛彈。此處的指揮官「犬飼」少將感覺地面輕微震動，與本部的連絡中斷，他心想：「中國竟敢打核彈來東京，等一下大概會有報復的命令來。」等了一個多小時，毫無連絡，來的卻是七十公尺高的海嘯！房總半島地形奇特，猶如一隻手伸入海中，再加上海底的特有地形，使得四十公尺高的海嘯累積無數次共鳴效果，產生了一陣七十公尺高的海嘯，自背面的「網吉」捲上來，一舉淹沒發射井，連同兩套「愛國者Ｐ３」的射控中心與四個四聯裝飛彈發射台，一瞬間全毀。十八個發射井相互距離一百五十公尺，除非核彈直接掉在頭上引爆，否則不可能破壞，只是此處防爆、防空襲、警衛森嚴、地點隱密，卻不防水。

「成田機場」後來被海嘯掃平，常盤道的流山、三鄉，到柏、野田都被火球吞蝕；「灣岸高速道路」掉入水中，「東關東自動車道」也不再有完整的外形；另一方面「日光街道」自上野、三之輪、千住、梅島、草加、越谷，都被火球吞噲，直到春日部才稍減威力。

又另一方向，從王子、赤羽、鳩之谷、新井宿、東川口、岩槻到東北道的入口處都全毀，「東京外環道路」全部倒塌，五號線的板橋、高島平、和光也成了人間煉獄；「東北新幹線」和「上越新幹線」支離破碎了四十公里，大宮也慘不忍睹，「中央高速公路」被澈底破壞到府中，沿線的居民剛好以多摩川為界，多摩川兩岸死傷分別為百分之九十和百分之五十；「關越自動車道」則一路到秩父都肝腸寸斷；「東名高速公路」自涉谷、用賀、三軒茶屋、川崎、橫濱都無一完整之處，從海老名到大井松田，都被震得東倒西歪，隧道也塌了；「東海道新幹線」、「山陽新幹線」也被摧毀五十公里，鐵道上支離破碎四處散落著數百節車箱，在米原、濱名湖、靜岡、燒津，都可感受到劇烈搖晃，「富士山」也開始不穩起來，發出低鳴聲；在往品川的國道一號線也被破壞，「第三京濱」搖搖欲墜，後來被海嘯捲落海中；港區港南五丁目成為一座孤島，町內最高的建築「東京入國管理局」在火球經過後已成了殘垣，只剩沾滿放射線的半個空架子（反正以後再也沒有人需要簽證了），但也存在不到一個多小時，在「東京灣」沿岸六十公里範圍，都被一個多小時後的海嘯席捲一空，「彩虹橋」也不知去向了。

震波先到達岸邊造成東京灣十二級的地震，各種震波再經無數次共震效應，跟著火球到來，挾著外擴的熱浪，造成九十公尺高的海嘯！海嘯造成東京灣大部分地區露出海底，最後反向內縮的暴風再將過程倒著再來一次，使得口袋型的東京灣內天翻地覆，在東京灣中巡弋的兩艘金鋼級神盾艦及兩艘矢吹級日製神盾艦，及一艘春潮級潛艦，加上七艘各式護衛艦，都先坐底再被推倒爆炸，全部沈沒；還有各種貨輪、遊艇、漁船不計其數，其中大半被捲上岸；在橫須賀，六十公尺高的海嘯將停泊在碼頭的兩艘巡防艦打上岸數百公尺，還好五天前在核攻擊中受損的美軍航空母艦「史坦尼斯號」，兩天前已在拖往關島的去途上，所以未被波及。

在爆炸開始一秒鐘後，東京的無線電全部斷訊；十秒鐘後，有線、網路全面中斷，半分鐘後，電力完全中止（反正再也沒有「東京」這個用戶了）；強大的ＥＭＰ（電磁脈衝）使得東京陷入一片死寂，正在飛行中的飛行器像拍蒼蠅般被擊落；從爆心地不斷向外太空放射帶電粒子，三分鐘後，日本上空已形成一個電子屏障，下方則是一片電子廢墟，無人能與東京二十三區取得連絡，因為東京二十三區已不復存在，真實的「不在」；赤道上空三萬七千公里處的二十六顆同步衛星在一分鐘內逐漸收不到來自東北亞的所有放送節目；二小時內通過東京低軌道（一百八十至四百九十公里）的三十八顆人造衛星，包括中國的華衛十五號、十六號及先鋒三號，已經永遠失去功能。

羽田機場先被火球掃過，再被海嘯攻擊，已認不出原來的樣子，找不到一架飛機。

一個半小時後自北海道千歲機場派了兩架Ｆ－15Ｊ前來偵察，飛機到了宇都宮，可見東京上空一個大火球的餘燼，再往前飛到了栃木，機上的無線電發出吵雜聲，再往前飛到久喜之後，飛機就失聯了，結果墜毀在蓮田與栗橋。

三十小時後才又有美國的偵察機前來探察。

美國、俄國所得到的唯一資訊是「日本關東受到核彈攻擊」，卻不知核彈多大和彈從何來，因為所有的人造衛星、預警雷達都沒有發射的訊號捕捉，阿拉斯加、夏威夷、庫頁島、海參崴的偵測站，所有儀器的讀數都破錶，無法顯示核爆的威力。

東京的市中心猶如被一把從天而下的大鐵椿敲下，一個直徑二十五公里，中心最深處約六百公尺的大坑洞，比山手線圍繞東京的圓還大，神田、有樂町、日本橋、晴海、六本木深約五百公尺，大塚、高田馬場、惠美須、目黑、五反田，深約二百公尺；坑中心是一團充滿放射線的巨大金屬塊。這個大坑洞最後變成一個八分滿的鹹水湖，湖的出海口在濱松町，湖中曾有皇居、日銀、國會、東京證券交易所，有著名的歌舞伎座、築地、東京鐵塔、上野動物園、東京國立博物館、湯島天神、靖國神社、新宿歌舞伎町、帝國飯店、東京都廳、東京都議會、東京巨蛋等等，現在只剩無數的放射粒子。

在輕井澤，「三田」首相早帶著心腹及六十四個支持他的國會議員溜到此地待命，滿心歡悅等著一場自導自演的核爆來臨，他自七年前參議院通過「秘保法」後，這幾年不管做什麼都得心應手。

而「水野」同樣也在輕井澤，凌晨六點五分被叫醒，福生航空站發來「受到核彈攻擊」，然後就斷訊了。「水野」心想：「混帳，怎麼提早了三小時？」他以為是自己埋在東京的核彈提早爆炸了，畢竟輕井澤距離太遠了，而且無人有經驗，難以正確估計爆炸威力，所以即使是差一百倍也一樣，但「水野」永遠也無法知道了。

「水野」跟他的幕僚長「猪狩」一起心情愉快地討論著，然後派「猪狩」坐直升機過去察看。

這次他對了。

「水野」心想：「這下不用再聽天皇囉唆了，也不會再有反對黨了。」

時間一分一秒地過去，「水野」的幕僚越來越覺得不對勁，告訴「水野」：「五十萬噸不會那麼可怕。」就在此時，一陣白光閃過，一切都結束了。

午前九點整，在輕井澤的山坡，一顆廿萬噸當量加強輻射型的核彈爆炸，一陣白光及爆炸聲，自爆心地以一百五十度圓錐形向外輻射，在五公里之內無論人畜皆百分之百立刻死亡，即使躲在地下或裝甲車內也難逃一死，十五公里內，百分之八十五的死亡率。

「水野」、「三田」及六十四個議員，和所有在「輕井澤」的「對華作戰參謀本部」成員都在一瞬間屍骨無存，只有「猪狩」僥倖逃過一劫。

這一個核子裝置，設計之初是用來殺死最多位於輕井澤的人，但卻又盡量減少長野的死傷。

再回到東京，東京都二十三區，本來有居住人口一千九百五十萬人，經歷五天前的

「橫須賀核爆事件」，及四天前警告離開東京的網路「最後通碟」之驚恐，東京都已剩一千五百五十萬人。這一次核爆的死傷，東京都約一千五百二十五萬人（外國人大都撤走了），東京都以外的地區約有七百萬人，而真正的大災難還沒到來。三天後核爆的後遺症開始了，落塵帶有劇毒，無孔不入；二個月後方圓五百公里範圍內，都不能住人，全日本的海域都不能捕魚，水也不能飲用了。

不過，這些都只是憶測之語，尚無法證實，因為人類從未經歷過「金屬融合」武器攻擊，不知其後遺症會如何，一片六百平方公里上的建物等等，經歷太陽表面高溫的洗禮後，會有什麼質變？對周圍環境又會產生什麼影響？所有的物質都先回到最基本的單原子狀態，等待與其它原子結合，這其中需經歷多少能量的變化與轉移呢？

第二十章　一錯再錯

八月四日上午九點，「猪狩」坐直升機正飛到高崎上空，突然與總部失去連絡，急忙拉高直升機到五千呎高度，往輕井澤方向看去，只見到一朵蕈狀雲升起，他心知不妙，忙叫駕駛改往湯澤飛去，在湯澤加油後，直飛新潟第二司令部。

「對華作戰前進指揮所」的「小澤」指揮官跟空軍作戰司令官「田島」兩人氣急敗壞地迎接「猪狩」，並急問：「到底是怎麼回事？」

「我也不知道！」「猪狩」慌張地回答。

這三人現在已是全日本軍階最高的人物，三大魔頭驚魂甫定，開始估量局勢，一致覺得局面大好，日本的武裝力量只傷到皮毛，只有房總半島的祕密基地被毀，但世人猶被蒙在鼓裡，國際上必會一面倒地同情日本，在日本國內則可凝聚同仇敵愾之氣及破釜沉舟之心。但日本不知其實美國早在八月二日就有情資表示，日本人要炸毀東京，以作為擁核的藉口，這件事在美國時間八月三日終於得到驗證，只是不知核彈的威力竟然如此巨大。

日本原設陸上自衛隊、海上自衛隊、航空自衛隊三個軍種，一九八五年祕密新設陸軍及空軍兩個軍種，後來這兩個軍種的規模逐漸遠大於其它三種自衛隊，一九九〇年再增設「戰略火箭部隊」，司令部設在北海道的函館，下轄ICBM與IRBM。

「猪狩」、「小澤」和「田島」三大魔頭的結論是「繼續進行」，反正已無退路了。「猪狩」用保密電話命駐北京大使，按時送出「包裹」，「三峽大壩」計畫也照常進行，又打電話給石垣指揮部的指揮官，要他下令與那國島的部隊照計畫行動，跟著又打給大阪府知事「村上」，他已是全國最高的民選代表。他們打算叫「村上」出任戰時內閣首相，「猪狩」出任防衛大臣，「小澤」是陸軍大臣兼關東軍總司令，「田島」則是空軍大臣兼任作戰司令官及戰略火箭打擊部司令。

「村上」已連任好幾屆大阪府知事，常以偏激的言論被冠以日本最年輕的鷹派之首。這次好不容易有機會坐上「首相」的大位，當然一口答應，他心想那些跟著他的人都可以雞犬升天、沐猴而冠了。

八月四日日本東京時間午後五點，「村上」以新首相的身分對國際昭告，日本改以大阪為首都，日本必為東京核爆事件報復，又宣布日本全國動員並公開日本的核子武力，計有ICBM五十座，IRBM九十六座，履帶式機動IRBM四十八部。

日本竟有如此龐大武力，美國對此大吃一驚，所以按兵不動。

「村上」因自己不是執政黨黨員，所以常煩惱自己無法更上一層樓，如今日本已經沒有執政黨了，一躍而上當上國家首相，並且剛從「猪狩」口中得知原來日本無論是軍事、經濟，已居於世界第二至第三之間，陸軍有二百萬人及二萬五千輛作戰車輛，空軍有各式作戰飛機五千架。現在又有計劃了二十多年的成果等著去收割，「現在就看我大顯身手了。」「村上」心中如此想著。

台灣方面，台中受到核攻擊，造成約七萬人死傷，全國湧起報復的聲浪，但是向誰報復，老百姓大都把矛頭指向中國，只有軍方知道是日本，並知道他們的下一步，而外交部則召回駐日代表，並連絡ＡＩＴ（美國在台協會），美國政府的回答是：「台灣在有更多證據以前，不宜輕舉妄動。」所以台灣軍方在東京核爆十二小時之後，已在準備一個大型的三棲聯合作戰。動用了空軍四十八架戰機，及十六架匿踪ＩＤＦＰ；海軍兩艘紀德級，一艘拉法葉級，兩艘改良型成功級，一艘登陸艦；陸戰隊十二架阿帕契攻擊直升機，及二十四架ＵＨ－60夜鷹運兵攻擊直升機，和陸戰隊九百名士兵，分乘ＵＨ－60及登陸艦，有海軍第二反潛特遣大隊在宜蘭外海待命。

另一方面美國在日本福生的空軍基地也失去聯絡。

八月四日，中原標準時間下午二點整，鵝鑾鼻南方二十五公里，海下一百六十公尺的礁岩海底處，「春潮號」全俥停俥靜音部屬，雖然「絕氣系統」最長能在海面下待四十八小時，但現在空氣只能維持十四小時，已快到坐底潛伏的極限，不能再繼續裝死了。上頭一直傳來SH－60反潛直升機的螺旋翼聲音及吊掛聲納的乒乓聲，而且不只一架，前後左右又布滿反潛艦艇，看來要再逃二百五十公里進入台灣東部海域，由與那國島自衛隊掩護或由沖繩派F－15J支援已是不可能。

忽然間直升機的旋翼聲漸漸遠去。

下午三點整，從「極低頻海底通信系統」發來「石垣指揮部」的緊急命令：「攻擊！目標E12＊＊＊，N22＊＊＊，H1500，轉Q，射後南行，航向菲律賓。」「春潮號」艦長「田中」看完大罵：「湊什麼熱鬧？」他知道南行的意思是要他離開這一片他賴以藏身的礁石，往南五十公里就進入了巴士海峽大盆地，深約三千至五千公尺，屆時若被擊沈就屍骨無存，死無對證了，「田中」雖然不想死，但命令終究是命令，「田中」也只有覺悟，下令：「聲納室報告。」

聲納室緊張地報告：「西方接觸九公里，艦型不明，目標S1；西南方接觸七公里，艦型不明，目標S2；東南方接觸十一公里，判定為台灣派里級，目標S3。」

「田中」下令：「一號發射管，目標S1；二號發射管，目標S2；艦尾發射管，目標S3，備便。」又令：「開啟魚雷管門，一、二、三號魚雷管注水，頂上巡弋飛彈發射管備便——全俥啟動！」

「一號發射、二號發射、三號發射！」「田中」下令發射後馬上又大聲下令：「上浮到一百二十呎！」

潛艇浮到一百二十呎，輸入巡弋飛彈新目的地座標。「田中」立刻下令：「發射！」並急令：「全速前進！」打算朝南往菲律賓方向逃命去了。

「春潮號」發射的巡弋飛彈將沿台灣東部海岸飛至蘇澳的參考點，再轉向西北，以地貌追沿系統作超低空飛行，目標台北，所以一旦巡弋飛彈飛到蘇澳就難以攔截了。

在「春潮號」潛艦一開始有所動作，海面上的聲納浮標立即捕捉到發射管的進水聲，指揮部馬上知道日軍的企圖：「上鈎了！直升機升空，連絡空中預警機。」

其實在這片水域，中華民國海軍最少放下了三十個聲納浮標，並特別將台灣船艦駛離，只留下兩個假目標：拖曳式聲納發生器。

「春潮號」在發射巡弋飛彈之前所發射的三枚魚雷，第三枚魚雷朝十一公里外的派里級巡防艦射出，但因早有準備，所以魚雷最後射中了拖在艦尾一百五十公尺的誘標（有擬金屬電磁網產生裝置）。至於第一、第二枚魚雷則擊中了兩個由拖船拉著的聲納發生器。

攻擊台灣的巡弋飛彈一離開「拋棄式發射管」，立即點燃發動機，身子一傾水平朝北飛去，但其身影已被正在雙園大橋上空六千米巡航警戒的E-2T預警警機所捕捉。預警機馬上指揮兩架伴隨在側待命的幻像機及兩架在屏東上空的IDFP前往攔截。幻像機首先接近到二十五公里左後方，發射一枚MICA雷達導引飛彈，七秒鐘後IDFP由正後方八公里間隔三秒，發射「箭三型」超高速紅外線追熱飛彈。再六秒鐘後，目標先被「箭三型」飛彈第一發擊中，削去巡弋飛彈四分之一尾部，彈身以貫性繼續向前飛行，再過一點五秒鐘MICA也擊中殘骸，變成一堆火球。火球掉落在秀姑巒溪谷。第二發「箭三型」射到時已無目標可擊，最後射中岩壁。

「春潮號」潛艦一發射巡弋飛彈，中華民國海軍馬上像被磁鐵吸引的鐵屑一般附著過去，共有六架直升機和八艘反潛船艦靠過來。先由西面的派里級艦發射兩枚反潛飛彈，五秒鐘後入水，立即分開衝出兩枚美製MK-42輕型反潛魚雷，向目標急駛而去。

MK-42是一種輕型的反潛魚雷，同一型號雖已服役超過五十年，但性能可靠；MK-42只能擊傷大型潛艦，無法一擊斃命，但這也夠了，反正中華民國海軍想要活捉敵人。六分鐘後，二枚MK-42分別擊中了潛艦，再三分鐘後，二艘拉法葉艦趕至，開始用艦上的「反潛刺猬砲」招呼日軍潛艦，上空又有三架直升機盤旋不去。

「春潮號」艦內：「反潛飛彈落水聲——兩枚！」

「本艦加速前進！」「田中」急下令。

「東方魚雷聲捕捉，距離四浬，」艦內急向「田中」報告，「又一枚魚雷相同方位。」

「魚雷捕捉到目標，與本艦接觸七十五秒！」

「魚雷接近中，距離一千五百米——一千米——五百米，接觸！」

兩枚魚雷分別擊中艦中央及艦尾，「春潮號」還沒跑出五浬，就被擊中，主機停止、主電力停止。但若比起接下來的攻擊，這二顆魚雷簡直只是前菜。

因為「春潮號」的座標被精準地在敵艦的射控系統中標示出來，所以每一發反潛火箭都落在附近，在潛艦中的人猶如身處在天崩地裂的地獄中，「田中」艦長、副艦長和輪機長都在魚雷擊中時就身亡。

「魚雷室進水、電池室進水、引擎室進水，」災情的報告不斷傳來，「全艦失去動力！即將失去電力！」

「上浮、上浮！受不了啦！」副輪機長「上岸」大吼著下令，「春潮號」就此被中華民國海軍所俘擄。

「上岸」是日本石川縣人，曾在東京當過刑警，二〇一七年後被徵召回本行，為人貪生怕死，靠著拍馬屁一路升職，要叫他與艦共存亡，想都別想。他舉白旗向中華民國海軍投降，時為下午四點三十分，隨即被送往左營偵訊，一開始偵訊他就全說了。

晚上八點三十分，台灣當局有了明確的證據後，在八月五日零時零分向日本宣戰，並向美國表明中華民國的立場，並要日本在三個小時以內提出道歉賠償方案，否則將受到立即的毀滅性報復。

台灣並驅逐在台日本交流協會的外交人員，並限在台日本人二十四小時之內離開台灣，逾時不保證安全。

就在十八小時前，美國參議院開完祕密聽證會。

台灣方面向中國告知對日宣戰的決定，並告訴中國領導人正在美國發生的事，此舉加強了中國的決心。另外中國也要求聯合國召開臨時會議。

「好戲開始了！」

此時網路開始瘋狂轉載台灣即將對中國報復的小道消息，明眼人一看便知道是日本人散布的。

「村上」打電話給「猪狩」：「事情變得不可收拾了。」

「猪狩」輕浮地說：「放心，蕞爾小島，沒什好介意的，更何況再過四小時他們就什麼都來不及了，中國再過十五小時也要天翻地覆了。」又吩咐：「為防萬一，多派二百架FSX去沖繩待命。」

日本在東京時間上午三點三十分召開國際記者會，說一切都是台灣杜撰的。

台灣自此切斷所有與日本的連絡管道，並告訴美國今後已不再和日本進行任何談判。

中原標準時間上午三點三十分，兩艘「祕密武器」已拖到宜蘭外海就定位，船身後方各有一艘小得許多的飛彈發射艦，這兩艘船只有一個功能：「飛彈載具」。

「時間到！」中華民國海軍陸戰隊對與那國島發起一個三棲聯合登陸作戰。

首先由一架F-16向與那國島南部投下一枚「爆震子母彈」，陸戰隊指揮部幾天來已反覆研讀與那國島的衛星照片，知道軍事設施在島南邊，北邊只有一些老百姓；接著由十二架阿帕契直升機負責掃平所有的硬體防衛設施，然後二十四架UH-60夜鷹運兵攻擊直升機上場，載著三百多名陸戰隊員，以迅雷不及掩耳之勢，占領島南部，過程只花了四十分鐘。外海還有二個營的陸戰隊在待命。上午四點十分，占領全島，並俘虜日軍一百七十二人。

「爆震子母彈」在三點四十分爆炸時，有九名日軍正在地下祕密發射控制碉堡中準備巡弋飛彈的發射手續，所以並未受傷，急呼叫：「總部，遭受攻擊，請指示。」

過了一分鐘後，從無線電中傳來：「發射巡弋飛彈，兩枚全部發射！」

二分鐘後，巡弋飛彈發射了。

AH-64眼睜睜看著二道火光升起向西北方向飛去。

「飛彈發射，西北方向，二枚，速度二百八十節，高度三百五十呎。」AH-64領隊機緊急呼叫，在花蓮上空八千五百呎處巡邏的E-2T隨即接手，命蘇澳上空最近的兩架

F－16前去攔截，F－16追到巡弋飛彈後方，降低到四百呎高度，但巡弋飛彈忽然又爬升至二千呎，因為已到了蘇澳海岸，飛彈自動遇山而升高。

日本計劃已久，台灣東北部的地理、地標都已一一登錄在巡弋飛彈的地貌追沿系統。巡弋飛彈一進了台灣本島，立即改變高度至地上二百五十呎，遇到障礙物，會自動升高或閃避。又因太靠近地面，受地面雜訊干擾，只有預警機才能捕捉到，因為只有預警機上有都卜勒雷達。F－16只能靠目視及E－2T的指揮勉強跟上，機上的飛彈根本無用武之地，因為變化太快了，F－16不能隨巡弋飛彈左拐右彎，上升下降，所以也無法使用機砲。

「聯合作戰參謀本部」內，大家急得滿頭大汗，這時海軍陸戰隊的「楊少將」說：「一定會從關渡或淡水出海，戰機先到海上阻截，至於陸上，陸戰隊可以布下防空陣地試試。」

於是預警機與防空陣地直接連線。

上午四點十分，巡弋飛彈進入台北盆地，降到一百二十呎高度，自麥克阿瑟公路，再來民生東路、承德路。這時預警機傳來指示：「飛彈接近，東南方向距離八點五公里，速度二百九十節。」

四個防空陣地立即下令：「就位。」

「距離一點五公里，」五秒鐘後巡弋飛彈從二號防空陣地頭上飛過，「發射！」二枚「箭二型」單兵防空飛彈呼嘯而去，但第二枚巡弋飛彈又到了，太大意了，大家只能眼睜睜看它飛去。

兩發防空飛彈都擊中了第一枚巡弋飛彈，第二枚就讓空軍去操心了。

關渡外海低空五百呎有兩架F-16，上方五千呎有二架幻像機等著，巡弋飛彈一出海馬上降低至七十呎，幻像機裝有先進的俯視雷達，卻沒有配備有效的俯射武器。MICA根本無法將目標從海面的雜像中分別出來鎖定。F-16連續兩次俯衝射擊都徒勞無功，這樣又過了四分鐘。

巡弋飛彈繼續向西北飛行。

這時從耳機傳來：「台灣空軍的弟兄們，留一個目標給我們，辛苦了。」

原來已快飛到中國領空了，「中國空軍的弟兄們，交給你們了，加油。」

這次等著它的是四架Su-27側衛及四架殲-12，其中Su-27剛裝上本來米格-29專用的「前置紅外線雷射瞄準器」及都卜勒雷達，可從海面的雜波中分離出超過一百五十節的移動物體。八架飛機在伊留申主桅二空中預警機的指揮下，輪番向巡弋飛彈俯衝射擊，到了第三架的側衛，終於把巡弋飛彈擊落，距離目標上海，僅餘一百二十公里，殲-12的飛行員們鬆了一口氣，因為不用他們排成一列死亡柵欄去阻擋巡弋飛彈了。

一個半小時後，台灣預警機呼叫：「沖繩大批飛機起飛南下，各攔截中隊起飛。」中華民國空軍等待這一刻已經很久了。十幾年前發展出這一套戰術以來，大家苦無實戰的機會，這是一套技術與戰術充分合作的作戰方法，今天將只是「牛刀小試」。

一般來說，戰鬥的機載雷達搜索功能非常有限，敵機如果關閉雷達、敵我識別器、無線電，又在不同的高度，用機載雷達很難發現，所以一般大型空中行動大都有預警機隨行。中華民國空軍在四種戰機都配有雷射通訊指揮鏈，可接受預警機指揮，悄悄自遠方靠近；發射的飛彈也自預警機做前段的導引。E－2T能從另一個象限同時指揮六個中隊的戰鬥機，從四面八方發動攻擊，如果指揮「匿踪戰機」就更難以應付了。

中華民國空軍共有六架新型的E－2T，七十二架「匿踪戰機」。

在日本方面，東京時間上午四點四十五分，「猪狩」下令發射巡弋飛彈後，就開始思考善後的問題，看來與那國島是守不住了，但是發射臺絕不能落入台灣手裡，否則整個計畫就完了。所以他做了決定，打電話給他的老部下，航空自衛隊沖繩司令官「佐藤」。「佐藤」馬上組織一個由二十架F－15J及二十架FSX共同出擊的空襲大編隊，並從軍械庫裡拿出二顆放了二十年的大型武器加在二架FSX上，只有這二架戰鬥機的駕駛知道自己要使用這種恐怖的兵器。

在日本時間上午七點整，編隊浩浩蕩蕩地向與那國島而來。

這場空中對決，台灣方面已演練了數年，戰機按計畫部署完成（雖然對手並非十年前預定的人）。

中原標準時間上午六點二十分，日機共四十架，在三貂嶺東北八十公里，分別以一萬二千呎及七千呎的高度逼近，由F－15J在一萬二千呎上空護航。

在彭佳嶼上空三萬八千呎的中華民國空軍十二架幻像機，配有四枚MICA中程雷達導引空對空飛彈，關閉雷達在E－2T的導引下，悄悄急速靠近到七十公里之處。幻像機群一聲令下，朝東加速，一分鐘後，全機發射MICA，四十八枚MICA發射出去。MICA到離目標二十公里處才開啟尋標雷達，這時已驚動了F－15J，二十架F－15J中有八架朝西而來；十二架幻像機早就一起向西南加速到二點五馬赫，F－15J這時也自四十公里的距離發射了十六枚AMRAAM先進中程空對空飛彈。

MICA在三萬八千呎發射後，再爬升到五萬呎，在稀薄的空氣中飛行四十公里，再向目標俯衝，這時下方的目標已開始作閃避動作。

MICA有二枚朝向追踪而來的F－15J，結果擊落了一架F－15J；其它的四十六枚共擊落另四架F－15J，及七架FSX，包括二架載了祕密武器中的一架。

射向幻像機的十六枚AMRAAM，因已進入台灣本島上空，達到飛彈射程極限，幻像機在高速又靈活的閃避技巧與施放干擾絲下，只有一架被擊落，飛行員跳傘逃生。八架朝西而來的F－15J只餘下三架，已追進了台灣本島，正想再發射飛彈，忽然警告器嗶嗶作響，每一架F-15J都被二枚以上的飛彈鎖定，也是AMRAAM，日本人嚇得魂飛魄散，哭爹喊娘地閃避，但那只是徒勞無功的垂死掙扎，結果三架全被擊落。

原來是八架關閉雷達的F-16，由第二架E-2T所導引，在北宜公路旁以二百節埋伏，在接到命令後，發射十六枚AMRAAM，飛彈由E-2T導引到距離目標十五公里處再打開飛彈的雷達尋標器，這時飛彈已到極近距離，根本難以閃避。

日本人的空中突襲大隊很快已剩下二十五架了，機隊繼續前進，高度下降到三千呎，馬上在FSX的對海平面搜索雷達上發現兩艘大目標，估計一萬多噸，應是中華民國海軍排水量最大的「紀德艦」，艦上傳來多種搜索雷達波。

「就是它，我們中獎了！」日本人歡喜地高呼。

於是六架FSX再降低高度到一千五百呎，對兩艘船各發射六枚「魚叉飛彈」。機群繼續向南飛行，這時機群已在宜蘭東方四十公里處，進入了中華民國設在岸邊的「天弓飛彈」射擊範圍，防空飛彈部隊在一分鐘內發射了十二枚「天弓飛彈」，擊落三架F-15J及一架FSX。接著在海上無聲無息地升上八枚防空飛彈，由七十公里外的紀德艦導引，擊中了一架F-15J及三架FSX，這時FSX又發現三十六公里處有一艘拉法葉艦，立刻又對它發射四枚「魚叉飛彈」，再來是真正的空戰。

由八架F-16及八架IDFP組成迎敵大隊，以中央山脈為掩護，在E-2T的指揮下，衝出爬升，先由F-16射出十六枚AMRAAM飛彈，接著IDFP趁著敵機忙著閃避飛彈的空隙，打開機上雷達衝到敵機後方，發射「箭三型」飛彈，一舉擊落八架F-15J及八架FSX，只有那架載著「祕密武器」的FSX因超低空飛行，正準備對與那國島發動攻擊而逃過一劫；FSX繼續朝著與那國島進擊，在島的北端，遇到中華民國陸戰隊的臨時防空陣地，FSX在投彈前的一瞬間，被二枚「箭二型」單兵防空飛彈擊落墜海，機上掛載的高熱金屬燃燒彈也跟著無功墜海。

總計日軍這次的空襲行動全軍覆沒，無一生還，空戰第一役以一比四十，中華民國海軍痛宰倭寇。

日機最先看到的兩艘船，其實是中華民國海軍已退役的「陽」字號驅逐艦，只是報廢的空船，前後加焊鋼片，讓船看起來更大，船上裝了許多各波段的雷達波發射器，它早就沒有動力，是用拖船拖過來的。兩艘偽船各中了六枚「魚叉飛彈」，只是多了六處破洞而已，根本沒有二次爆炸，船體也只是進水，卻還未沈沒。

射向拉法葉艦的四枚「魚叉飛彈」，在二十公里處降到九十呎，向拉法葉艦飛去，在拉法葉艦後方的紀德艦射出四枚「標準」防空飛彈，擊落二枚「魚叉飛彈」，這時，另二枚「魚叉飛彈」已到了五公里外，一枚被電子誘餌所誘離；拉法葉艦上裝有兩座由荷蘭「西格納爾」公司授權中華民國生產的「守門員」第二代近迫八聯裝二十七㎜脫殼穿甲快砲，這時調轉砲身向著飛彈來向，距離四公里時只聽到「噗……噗……」，「魚叉飛彈」被擊毀在二點五公里外。

「華衛二十七號」衛星是二個負責監視台灣的低軌道衛星之一，它經過台灣上空的午夜時間是三點整到三點五十五分，因為巡弋飛彈提早在三點四十五分發射，所以整個過程都被衛星拍攝下來了。中國中央軍委辦公室在四點整就知道了，這使得那幾個對日本陰謀論存疑的委員們無話可說。到Su－27擊落巡弋飛彈後，大家已一致認定要施以最嚴厲的報復；主席說：「還有二個最大的問題還沒有解決。」於是這些半夜不得睡、被叫來開會的人，作了一個決定：「行動」。

主席問國防部長：「我們的艦隊現在到了哪裡？」

部長答：「在釣魚台東方約一千公里處。」

主席令：「馬上把艦隊叫回來。」

全中國有八十處負責監視的解放軍，結束一週以來「只能看不能動手」的枯燥無趣監視，終於要開始動手了。

八十個目標，動用了四千多人，務求百分之百滴水不漏，八月五日，下午三點五十分，貨物準時到達，攔截成功（除了鄭州一地不知為何未到）。

再來是湖北宜昌的「三峽大壩」，在水壩旁已待命數月的「蛟龍六號」與「蛟龍七號」，接到命令後，分別從壩南、壩北的偽裝基地無聲無息地出發。

對「蛟龍六號」與「蛟龍七號」來講，這簡直是大材小用，可以說是「龍困淺灘」。不過一想到任務失敗的嚴重性，沒有人敢掉以輕心，這個任務實在太重要了。

下午四點整，聲納探測到落水聲，一分鐘後又一聲。

「來了！」

兩艘深海探測船分別朝各自的目標疾駛而去，它們可是締造多項世界記錄的英雄呢。一個多小時後，兩組人都達成任務，各回收了一個胖魚雷狀的物體。接著由除爆人員拆除引信，發現它的外圍是一大層「溴化碘液體」。至此大功告成，接著解放軍立即逮捕了一眾投彈人員，他們乘船到壩中以徒手方式投下定時魚雷的行為，全都一直在解放軍的監視下。

在中南海，誰也無心睡覺了，軍委們一致要求對日本宣戰，並以迅雷不及掩耳的方式打擊；主席說：「那就先給日本鬼子上盤前菜吧。」於是下令外交部召見美國大使，給大使看了證據後再告訴大使：「日本對中國多次使用大規模殺傷武器，中國決定對日本施以核報復，且不接受任何調停，請美國不要干預。」美國大使聽完後無言離開，因為在美國國內有某事正在發生。

於是在晚上七點整，中國對日本宣戰，並封鎖日本的南行航道，自「豊後水道」到「巴士海峽」，所有進出日本的船隻及飛行器一律扣押，若遇抵抗或試圖逃脫者，一概擊沈或擊落。所有的軍用飛機及船隻，立即擊落或擊沈，同時封鎖沖繩，並驅除所有的日本外交人員，給日本七十二小時去疏散在日本的外國人士，及不願與日本政府同流合汙的日本人。中國將在七十二小時之後，對日本發動全面核打擊並占領沖繩。

就在同一時間，晚上七點整，鄭州發生核爆，在鄭州市郊爆發一顆一百萬噸級的核子裝置，造成大量死傷（尚未估計完成），使中國決策者更鐵了心。

在日本方面，對於與那國島的空襲機隊竟一去不回之事，「猪狩」暴跳如雷。

「混帳，乾脆滅了它！」

「它」指的是台灣。

日本東京時間下午一點整，「猪狩」命航空自衛隊組織一支二次大戰以來最大的空襲大隊。計有三十架F－35（日本向美國購買一百六十架，每架造價二億美金，才剛交貨九十架，因品質不穩定而延遲）與二百架F－15J（去年航空自衛隊才剛移交三百架F－15J給日本空軍，加上東京核爆的損失，現在航空自衛隊只剩不到五百架），以及二百六十架FSX。

航空自衛隊在「東京核爆」中損失十分之一（F－35損失十二架），還有殘留八架在仙台，八架在千歲，十一架在維修無法升空。這一次空襲，可說是關西、四國、九州、沖繩的精銳大半傾巢而出（關東已全軍覆沒）。

另外，這次他們學乖了，派了二架E－3J空中管制機（由波音767改造而成）隨行。

二百六十架FSX及四十八架F－15J自沖繩及下地島二處機場起飛，其餘的F－15J及F－35和E－3J由九州直接起飛，並準備了八架加油機以備回程之用。

整個日本空襲大編隊，準備在日本東京時間晚上七點二十分及七點五十分出發。

台灣方面對於日本的企圖，早已在預料之中，也有了先發制敵的計策。

沖繩的飛機才剛起飛，台灣馬上就有所行動。先自彭佳嶼的掩體升上三枚飛彈，一聲令下，三枚飛彈相繼發射。同一時間，基隆港內的貨櫃集散場，一排十八個四十呎貨櫃朝天打開，每個貨櫃往側面抬起二枚巡弋飛彈，五分鐘內，二十四枚巡弋飛彈向沖繩嘉手納機場發射，另十二枚朝下地島發射。

三分鐘後，在毫無預警之下（因為來的是隱形飛彈），在嘉手納、宜野灣、下地島三地所屬的「愛國者P3」防空飛彈基地上空三百公尺處，各爆發一枚「電磁爆震彈」，瞬間地上方圓一公里內所有的電子儀器完全失去作用。這時兩地的戰機剛起飛了三分之一強，忽然天地變色，對下地島的十二枚與對嘉手納的二十四枚，每一顆巡弋飛彈各裝有一枚子母彈，每枚子母彈各攜有一百零八枚次彈頭，準確地落在二個機場中。

在受到轟炸時，勉強起飛了十四架飛機，其餘不是被炸毀，就是被困在跑道上動彈不得，總計在嘉手納起飛了九十八架FSX，下地島則起飛了五十五架FSX，最慘的是殿後的F－15J，一架都沒來得及起飛，大部分的F－15J被炸毀在跑道上。

沖繩只剩那霸民間機場和二個緊急用跑道，以及宮古島尚有一個小型機場可勉強供降落，還有離島的數個民用機場，但這些機場都沒有停放戰機。

空襲大隊於沖繩上空與倖存的飛機集結完成，正開始朝台灣前進時，傳來中國對日本宣戰的消息，以及有四架F－35和二架F－15J故障返航的情報，真是出師不利，禍不單行；指揮官雖然命令繼續前進，但所有飛行員心中都開始毛毛的。

台灣方面，接到沖繩大編隊飛機起飛及九州大編隊一起集結完成的消息。

「來了！」

「一切照計畫進行。」

「來的數量也太多了吧。」

「反正兵來將擋，水來土淹。」

「先來個『空城計』吧。」

晚上七點十分，台灣聯合作戰指揮部獲得中國共同作戰的保證後，大家決定要讓日軍

「來得回不得」。

日軍分成東、西兩大編隊朝南而來，各由一架E－3J在機群後方指揮，而二架E－3J也各由二架F－35及四架F－15J伴隨護航。

這次的空襲，日本人鐵了心，要把北台灣變成一片廢墟，所掛載的武器有少數的「魚叉飛彈」、高速反輻射飛彈、燒夷彈、杜蘭朵反跑道炸彈、集束炸彈、子母飛彈（JSTOL）、AMRAAM以及ASRAAM（短程空對空飛彈），還有MK－84自由落體式炸彈和二千五百公斤重磅穿透彈（用來對付重要的地下掩體），以及雷射導引小牛飛彈。

日軍打算先讓第一隊由台灣正北方入侵，一舉殲滅台灣的空軍及防空陣地的雷達，用F－35低空穿透發射高速反輻射飛彈，以F－15J的空優性能與台灣空軍對決，再由第二隊自台灣東北方入侵，屆時如入無人之地，恣意地轟炸。

日軍第一隊到達台北北方一百公里處，E－3J在更北一百五十公里處維持與浙江海岸距離二百多公里，這時機隊發現前方七十公里海面上的二個大目標，便派十六架FSX去對付，發射了僅有三十二枚中的十六枚「魚叉飛彈」，與此同時，先鋒的十六架F－35中，有十二架已飛到距離兩艘目標船艦二十五公里處時，發現自己被射控雷達鎖定，急問E－3J，得到的回答是：「雷達源在二百公里外，不必理會。」

不到三十秒鐘，忽然十二架F-35急呼：「已被飛彈鎖定，至近距離！」原來在兩艘海面大目標的陰影下，有另兩艘一千噸級的垂直飛彈發射艦，以二秒鐘的間隔，射出二批共二十四枚「天弓四型」防空飛彈，由在台中上空的E-2T做前段導引，到距離目標十五公里時再轉為飛彈自行導引模式，一舉擊落了六架F-35。號稱防空制海、火力壓制亞洲第一的F-35，竟於全世界第一役，在尚未看到敵人前，自己先折損五分之一。

F-35領隊機剛剛死裡逃生，便決心要報復擊落那架E-2T，於是在E-3J的導引下，朝台中直奔而來，並被告知E-2T只有在前方二十公里處有二架F-16護航，於是滿心歡喜地以為可以手到擒來，殊不知在F-16的更前方五十公里處，守株待兔的四架「匿踪戰機」正等著他，於是這架F-35就成了全世界第一架被「匿踪戰機」擊落的犧牲者，這還是因為台灣不想讓「匿踪戰機」過早曝光。

E-3J慌了，四處找尋可疑的發射點，E-3J本來在台北北方三百公里處，以三百節的速度不斷繞著大約八十公里直徑的大圓圈，西方離大陸海岸維持至少二百二十公里。一不小心，這圈繞得太偏西了，已飛到離中國大陸海岸兩百公里之內，突然間從舟山群島射出一枚飛彈。

E-3J原本就受到西邊二百五十至四百公里的多處雷達掃瞄，但E-3J的指揮官不以為意，以為「天下沒有任何飛彈能打到這個距離」。可是他錯了，一錯致命。

S-400C是中國最新銳的履帶式反彈道飛彈，射程三百公里，來自俄羅斯，中國共買了八套，用來保衛北京等重要城市，日本人絕想不到它會部屬在此地。

他們想不到的事可多了。

E－3J驚覺到威脅來臨時，飛彈已在六十公里外，指揮官只知慌亂地呼叫F－35和F－15J，大喊：「救命！救命！」並加速朝東逃竄，問題是每秒一百八十公尺的飛機，怎麼逃得過每秒二千一百公尺的飛彈？結果E－3J化成一團火球墜入東海。

E－3J遭擊落，震憾了每一個日軍飛行員，大家心中開始有不祥的預感，但是事到如今也只有蠻幹下去了。

九架F－35已接近北台灣的海岸線，開始搜尋五十公里範圍內的射控雷達波，但五十公里內竟然一片靜悄悄，此時又不知從何處升起了八枚飛彈，鎖定四架F－35，結果又擊中二架。

原來是利用地形隱蔽身影的八架UH－60所射出，仍是由遠方的E－2T所導引。

跟在F－35之後的一百零五架F－15J及三十六架FSX，即將到達台灣，這時從兩艘發射艦又升上四批共四十八枚的「天弓四型」飛彈，又擊落了七架FSX及六架F－15J。

七架F－35四處搜尋雷達波的發射源，渾然不知自己已成獵物，十二架中華民國的

「匿踪戰機」神不知鬼不覺地匿踪飛到至近距離，發射了十二枚「箭四型」高速空對空飛彈，將七架F－35全數擊落，七點八馬赫的高速，使F－35的飛行員在尚不知發生何事時，就被飛彈擊落。

這麼一來，第一編隊中只剩十二架F－15J和八架FSX載有共四十枚高速反輻射飛彈，制海的武器則只剩九架FSX上共九枚的「魚叉飛彈」，還有原來護航E－3J的二架F－35，隨後也趕了上來，但這二架只有對空武器。

這時最先鋒的六架F－15J又被「匿踪戰機」擊落，於是「匿踪戰機」照計畫脫離戰場。此時中華民國北台灣的陸軍及海軍動起來了，首先有四十處會發射「J、K波段」的假目標開始作動，吸引大部分高速反輻射飛彈的注意，五分鐘後，二十座長程、二十四座中程及三十二座短程防空飛彈的射控雷達，以及兩艘巡弋在淡水外海的紀德艦與兩艘改良型成功級巡防艦同時啟動了。在台灣東北面，自基隆至宜蘭海面，則是一字排開列陣以待，計有紀德艦兩艘，拉法葉巡防艦四艘，改良型成功級巡防艦五艘，並有四艘飛彈發射艦以岸邊的小島掩護，也啟動了。另外還有近迫接戰用的守門員防砲車（北台灣有四十八輛），海軍陸戰隊也布下了一百零八個「箭二型」防空飛彈據點。

日軍第二編隊的六架F－35前鋒，被十二架幻像機誘到宜蘭上空決戰，卻落入「匿踪戰機」的口袋陷阱裡，被輕易擊落，幻像機在誘敵過程中被擊落一架。

東、西兩編隊同時受到超過一百五十處（其中有四十處是假目標）對空雷達的照射，機群頓時雞飛狗跳，大家只能忙著躲避。紀德艦上的「標準二型」防空飛彈像鐘擺一樣準確重覆升起、發射，升起、發射，直到射光飛彈為止；成功級則用「海麻雀飛彈」；拉法葉艦對飛過的日機餉以「海響尾蛇」飛彈。在高空的F－15J受到「愛國者P3」及「天弓飛彈」像打靶般的射擊，低空的FSX則受到五種以上的武器招呼；日軍領隊機呼叫FSX降低高度以躲避飛彈，卻落入台灣防砲車的交叉火網，及陸戰隊防空飛彈的射程範圍。

中華民國這邊有兩艘成功艦各被一枚「魚叉飛彈」擊中；另一艘拉法葉艦則被一枚高速反輻射飛彈擊中，地面則有兩處「天弓飛彈」基地及二十三處假目標被摧毀，在台北有超過五十處火災報告，松山機場跑道被摧毀，各地都有被轟炸的災情傳來。

這時E－3J緊急呼叫：「中國南京、上海大批飛機起飛，正高速接近。F－35和F－15J脫離向北方準備攔截。」

F－35只剩兩架，另外兩架則一直在護航第二架的E－3J，F－15J東、西兩編隊共剩七十二架，聽到命令後，急忙前往北方攔截，只剩六架在台灣上空。

立時，中華民國陸、海軍的壓力大減，接下來換空軍登場了。埋伏在中央山脈兩側的三十六架IDFP拋棄副油箱，加入戰場，三十六架F－16由佳山基地與台南機場起飛，十二架幻像機由台中清泉岡基地緊急升空，迅速加入戰局。

日軍的ＦＳＸ全部只掛載對地空襲用武器，及ＡＳＲＡＡＭ（短程空對空飛彈，射程七公里），性能雖好，可惜無用武之地。沒有視距外的中、遠程空對空飛彈，只有Ｆ－15Ｊ還勉強撐住，但也很快就彈盡機毀，只換得擊落ＩＤＦＰ、Ｆ－16共五架。

中華民國空軍的ＩＤＦＰ有「天劍三型」空對空飛彈，射程一百公里；Ｆ－16有ＡＭＲＡＡＭ，射程一百公里；幻像機有ＭＩＣＡ，射程八十公里，中華民國空軍只要守在三十公里外，就像在獵場射鴨子般，敵機毫無還手的餘地。二十分鐘後，擊落超過五十架ＦＳＸ（另外防空砲火、飛彈共擊落六十五架），殘餘的ＦＳＸ一哄而逃（ＦＳＸ只剩不到二十架），向東北方向逃竄，但他們不知自己將落入另一個死亡陷阱。

在西北方，中國有三十六架Su－27及一百架殲－12起飛。

在更北邊，煙台也有十二架中國最貴重的轟－7（Tu－22Ｍ逆火式轟炸機）起飛，由八架Su－27護航。另外在上海、杭州共有三十二架轟－6（Tu－16獾式轟炸機）及四十架強－5攻擊機夜戰型起飛，目標是沖繩，還有青島的三十六架Su－27，用來阻截日機的救援。

有了前車之鑑，Ｅ－3Ｊ這次學乖了，在釣魚台東北二百公里處繞圈子，指揮兩架Ｆ－35及六十多架Ｆ－15Ｊ往西北方飛去，準備攔截中國的飛機，並確保自己回家的路。E-3J越想越怕，圈子越繞越往東去，反正東邊是一望無際的太平洋。就在兩邊將要開始開火之際，忽然間從E-3J傳來「東邊多目標高速接近，距離一百公里」的驚呼聲。原來是中國的「遼寧號」與姊妹艦「黑龍江號」兩艘航空母艦，由釣魚台東方六百公里處，從兩艘艦上起飛了十八架殲-15及八架Su-35K，沖著E-3J以二馬赫的高速襲來。

E-3J只有兩架F-35及四架F-15J護航，要把二百多公里外的飛機叫回來護航已經來不及了，雖然F-35、F-15J空戰性能略勝殲-15一籌，但是卻寡不敵眾，而且對手還有Su-35K，性能不明；日軍雖擊落一架Su-35K及五架殲-15，但代價是日軍被擊落E-3J與一架F-35、三架F-15J，另一架F-35和一架F-15J飛彈用盡脫離戰場，逃至沖繩的那霸民用機場。

就在此時，台灣的新竹及台中基地又有十二架幻像機及十二架F-16起飛，靜悄悄往北而來；中國自上海再起飛了三十六架殲-12，瀋陽軍區派出了二十八架最新銳的Su-47及四十八架殲-37，準備堵住日機的後路，及阻擋日本的救兵和加油機。中國方面出動了兩架預警機，台灣方面也有一架E-2T，日軍的兩架E-3J則已被擊落。

日機本以為六十八比一百三十六還有勝算，結果現在變成六十八比二百三十，中國的戰機又保持距離，一到飛彈發射的可能範圍邊緣就往回跑，日軍若要追趕，又怕被敵人從兩側包抄，最令日軍擔心的是「已經快要沒油了，不能再做超音速飛行，否則油量立刻見底」，再四十分鐘沒加油就會一架接一架地掉下去。

中國空軍在預警機的指揮下，井然有序，交戰二十分鐘後，用打了就跑的戰術，自己損失了八架殲－12，卻也擊落了五架F－15J，並誘使日機發射了四十多枚AMRAAM。至此，日軍已毫無鬥志，大家盼著總部指示到哪裡會合加油機與援軍，但他們永遠等不到了，加油機已被阻截在九州，過不來了。

中國方面還有一個王牌：Su－27，載有「幡龍二十七」長程空對空飛彈，射程一百四十公里，以衝壓式噴射引擎為動力，這時自日本機隊的兩側七十公里處發射七十二枚「幡龍二十七」兩面夾攻。同時台灣的F－16在三千五百呎高度，幻像機在三萬七千呎高空，關閉雷達，躡手躡腳地摸到五十公里的身後，然後打開雷達，在距離三十五公里處，發射四十八枚AMRAAM和四十枚MICA，射完就跑。

日機正忙著閃躲，等到三批飛彈解決，本身也損失了三十八架，包括一架F－35；不料一直在前不即不離的九十多架殲－12忽然回頭衝來，日機剛回過神來，就發現殲－12已到三十公里內，每架殲－12掛載四枚「幡龍十三」中程空對空飛彈，射程六十公里，而且百分之七十尚未使用。

殲－12衝過來之後，變成二百多枚「幡龍十三」與三十多枚AMRAAM的混戰，結果很快揭曉，二十八架殲－12換十九架F－15J，其餘一架F－35與六架F－15J開後燃器全速往沖繩逃去，而Su－27則是接到放過他們的命令，前往護航轟炸機隊。

日本東京時間晚上九點四十分，二架E－3J被擊落，九州大津航空基地立刻又派出一架E－3J由四架F－15J護航，向著沖繩而來。

但起飛沒多久就探測到南方四百多公里處，有一群飛機攔在航路。日本原以為美國會因《美日安保條約》而出面干預，可是美國的回應卻是要等國會決定。

那兩架逃回的F－35和F－15J被台灣的E－2T精確定位降落地，三十分鐘後，等到三批飛機都降落之後，基隆港又射出八枚飛彈，這次每枚還是裝有一百零八枚次彈頭，那是用來破壞跑道的貫穿彈頭。再過八分鐘後，那霸民間機場的跑道已全部肝腸寸斷。那些剛逃離虎口的戰機，大部分都被炸毀在跑道上，尤其是兩架F－35，被炸成一堆廢鐵。

在新潟的「猪狩」急得滿頭大汗，想再派飛機增援，卻無法下定決心。晚上十點三十分，沖繩傳來受到空襲的消息，只好優先派出八架F－35及六十架F－15J前往。在沖繩西方三十公里處，十二架轟－7開始發射反輻射飛彈，摧毀沖繩僅存的防空雷達，並擊傷在石垣港中的兩艘海上自衛隊船艦。再二十分鐘後，轟－6、強－5到來，開始對那霸機場無情地大肆轟炸，把沖繩、宮古島所有的軍事設施全部炸翻，連已是傷痕累累的嘉手納和下地島也再被炸一次。

晚上十點五十分，「猪狩」再派三十六架F－15J從四國起飛，同時為防萬一，又從松山派出第四架E－3J。

中國又從煙台派出三十六架殲－37，這麼一來變成一百零二比一百八十，但這次對日軍更不利，在質與量兩方面都是。因為Su－47、Su－27、殲－37的性能都超越F－15J，比起F－35也不相上下。F－35主要是有「向量噴嘴」，可做各種空戰中亟需的困難動作，還可做「短場起降」（STOL），但這些中國的這三款飛機都可做得到，而「短場起降」則無關空戰。而且中國三種飛機都配有「幡龍二十七」（射程一百四十公里），日方則只有AMRAAM（射程一百公里），美國在出售F－35給日本時，沒有一併出售FB－1長程空對空飛彈（射程一百八十公里，專為F－35與F－22設計）。

再隔一會，中國又加入生力軍，已到沖繩東方四百公里的中國航空母艦群，又起飛了十二架Su－35K，準備加入攔截的行列。Su－35K每架攜有六枚「白楊三」（「幡龍二十七」的俄製原廠型，射程一百六十公里）。這樣一來，情勢更加向中方傾斜。

接著是近代史上第一次的大規模現代化空戰，幾乎全是在視距外交戰。從四國起飛的三十六架F－15J繞過戰圈，自東方向沖繩而去，本來打算攻擊轟炸機群，卻遇上他處飛來的八架及三十六架護航的Su－27，結果又是一場空中大混戰。

空戰結束得很快，北面三架F－35及四十架F－15J被擊落，對照中方被擊落Su－47

五架、Su－27七架、Su－35K一架、殲－37九架，中方略勝一籌，日軍殘餘的F－35和F－15J都夾著尾巴逃回九州。東南則是三十一架F－15J和一架E－3J對二十八架Su－27，及二架轟－6，中方慘勝。

接下來中國準備先用傳統武器大幹一場，這一仗對中國解放軍來說，真是肥缺，就好像是要去做一場演習與野餐般輕鬆，大家爭相請纓上陣，已屆退役年限的強－5拔得頭籌。全國可以作戰的強－5有三百五十架，再來是轟－6有六十架及殲－8九十五架。這只是空軍而已，中國的第一個目標是占領沖繩。

八月六日，下午一點整，先是四十架轟－6和一百八十架強－5及六十架殲－8，由六十架殲－12陪同向著沖繩而來。北方則有四十八架Su－27與三十六架Su－47巡邏，以防日本空軍的蠢動。

但這些戰機並不是今天第一個登場的，下午一點整，自中國華東各二砲陣地，發射了共三百六十枚「東風五號」與「東風六號」中短程導彈，再一次攻擊了沖繩的嘉手納機場、下地島機場、宮古島機場、那霸機場及宜野灣市的石垣港。只有特意跳過名護市，因為名護市尚有美軍駐守，而美軍保持中立。

這等於是把垃圾倒在沖繩，那二型導彈已準備除役，雖然老舊卻一樣致命，現在終於找到安息之地。在轟炸機到達之前，已被導彈搶先拔得頭籌，從遠處望去，只見沖繩各地升起陣陣濃煙，殲-8首先用鷹擊二型空射反艦飛彈掃光港中及海上的船隻，接著換轟炸機丟「垃圾」，也是很致命的垃圾：二百五十公斤炸彈、五百公斤炸彈、一千公斤炸彈。在強-5上大部分帶著一百二十五㎜火箭莢艙、二點七五吋火箭莢艙，專門用來對付漏網之魚的艦艇、移動車輛、特定建物、直升機（未起飛），中國這些飛機、飛彈大部分是快淘汰的庫存品。

第一批轟炸機回去時，只損失一架轟-6、三架強-5。接著第二批轟炸機又來了，由三十架轟-6、一百五十架強-5、三十架殲-8組成，像在練習一樣，或像在播種般井然有序地不放過任何有軍事設施的角落。第二批轟炸時，從零星的反擊聲到逐漸沈寂，最後沖繩已像一隻垂死待宰的豬，在切肉砧板上任人切割，無力反抗。

中國又派了三十七艘戰艦把沖繩封鎖，離沖繩二百五十公里的東方，是中國唯一的航母作戰群，中國就這樣把沖繩圍住，只偶而派飛機來濫炸一番，除了名護市之外。對沖繩，中國採取圍而不攻的策略，施放傳單要沖繩的人民投降，否則三日後登陸時，無法避免平民的大量死傷。

「村上」急電「猪狩」：「事情怎麼會發展至此？現在又該如何是好？」

「猪狩」說：「事態依舊在掌控中，別擔心，我們的盟友再四十八小時就要發動攻擊了。而我們只損失一半航空自衛隊的飛機，空軍毫髮未傷，我們還有連美國都怕的戰略武器呢。要嚇人我們也會，明天等著瞧。」

八月六日美國東部時間上午九點整，聯合國召開安全理事會，中國駐聯合國大使提出報告，並附上證據。結論是中國將對日本做出報復，談判已無用，中國不接受任何調停，世人這次會知道中國的決心。

上午十一點整，聯合國大會開始，中國駐聯合國大使發表演說：「中國再四十八小時之後將對日本實施全面核打擊，中國要將日本自世界消滅。各國有四十八小時去撤離在日本的人員。」

「說謊，那東京核爆這條帳怎麼算？」

日本代表高呼，卻無人理會，中國簡短的演說就在日本代表聲嘶力竭的抗議聲中結束，中國代表隨即離去不再說明，留下滿場錯愕，於是各國代表趕緊連絡本國。

其實心中最吃驚的是中國大使，本來預計與美國方面會有一番激辯，打算必要時撂下狠話，擲卷走人，這一幕戲在心中排演了很多次，沒想到美國自安理會到聯合國大會，一直都保持緘默，實在令人不解。

美國人基本上都很討厭日本人，日本利用《美日安保條約》，一直不斷挑釁中國，尤其在釣魚台紛爭上。一直以來美國對日本的核疑慮難以釋懷，直到八月二日「上野香津子」在美國國會作證，以及二天前日本公布已有二百枚核子武器，美國才驀然驚覺自己被出賣了，尤其那五十座ＩＣＢＭ，除了是要對付美國之外，還有誰是目標呢？更有甚者，「上野香津子」帶來的文件更是驚人，另外，日本人竟敢自行引爆核彈炸傷美艦，造成美軍近六千人的死傷，這一點是美國所不能忍受的，所以其實美軍也在動了，美國已有四艘航空母艦集結在馬里亞納群島，另一艘也正在趕來。

不過，美國真正感興趣的其實是，「東京核爆」的五十萬噸核彈為何會變成那麼嚇人？是跟城市中的什麼東西起了連鎖反應嗎？美國一定要趕在其它國家之前壟斷調查，絕不能讓別人捷足先登。

在聯合國大會後，日本國內一片恐慌，大部分的人都不知道發生了什麼事，各地機場湧入大量人潮，大家拚命地要往國外逃，各國也已開始派飛機過來日本撤離自己國家的國民，為數將達數百架。顯然大家都相信中國這次是來真的，但在一片混亂中，無論如何都來不及全數撤離了。

「一切都是台灣在搞鬼，不如滅了台灣，順便給中國來個下馬威。」

「猪狩」氣炸了，於是拿起電話，未經任何人商量就獨斷下了一道命令。

八月七日，日本時間晚上六點三十分，日本九州種子島有一個偽裝的草堆向外翻開，這附近共有二十四個同樣的草堆。一分鐘後，從那個翻開的草堆中噴出火焰，跟著一個雪茄型狀的物體緩緩升起，逐漸加快朝上方飛去，一個一百萬噸的熱核武器被發射出去了。

第二十章　一錯再錯

台北時間下午五點三十一分。

「日本發射ＩＲＢＭ。」

「發射地定位完成。」

五點四十二分。

「落地點判明，目標台北，接觸九分鐘後。」

遠在左營的「戰略指揮部」下令：「發射！」

在台北關渡某祕密基地爆出一陣火花，巡弋飛彈發射了。

下午五點四十八分，自舟山群島發射一枚飛彈，三十秒後，閩北某基地也有一枚飛彈升空，台北的反彈道飛彈陣地也已待命。下午五點五十一分，舟山群島的第一枚S-400C飛彈搆不到目標失敗了，同時中華民國的反彈道飛彈陣地也下令：「STAGE-1，發射！」瞬時三十六枚飛彈同時升空，但是三十秒後第二枚S-400C也已在台北東北方六十公里高空擊中了彈道飛彈，其時「STAGE-1」正脫離飛彈加力器進入紅外線被動搜尋模式。反彈道飛彈陣地響起一片歡呼聲，雖然不是自己打下來的。

日本時間晚上七點十分，種子島的指揮官向「猪狩」報告：「失敗了，被反彈道飛彈擊落。」

「再發射二枚。」「猪狩」下令，指揮官忙著設定彈著點，並打開第二十二號及二十三號發射口。

晚上七點十四分，在種子島上空五百公尺處，爆開了一個銀白色的大火球（是一百萬噸級），迅速降下，直至觸地。因為這顆炸彈不是用來殺死大面積的人，而是用來破壞特定的堅固掩體群，所以選在五百公尺上空爆炸，火球觸地時接觸溫度大約尚有三十萬度，而爆炸中心尚約有八百萬度的高溫，最後造成地上一個直徑三千八百公尺，深約三十至八十公尺的大坑洞，也摧毀了坑洞內的所有設施。至此，日本的核子武力又被摧毀了百分之十五。

「猪狩」問他的幕僚：「我們的核彈趕製得如何？」

幕僚回答：「在福島及小倉共有二十五枚彈頭可在五天內完成，至於火箭早有四十枚備便。」

「猪狩」聽了臉上浮起一抹陰狠的冷笑。

中原標準時間晚上七點整，中國對國際宣布：「對日本核打擊的時間延後四十八小時，因為有二十個國家聯合要求中國給他們多一點時間撤離。」同時因應美國的要求，暫不登陸沖繩，但持續封鎖沖繩。

美國廢除《美日安保條約》，譴責日本違反《核不擴散條約》，令在馬里亞納的艦隊向西移動，並呼籲中國克制自己。

為因應中國核打擊的聲明，日本時間八月九日上午九點整，日本宣布已打開十六座ＩＣＢＭ的發射蓋，隨時準備發射，如果中國有任何妄動，立即反擊。

中原標準時間上午九點整，當中國正對日本的舉動急思對策時，「虎」打電子郵件給「中國龍」：「日本的ＩＣＢＭ共有五十座，十八座在房總半島，已於東京核爆時被毀，另剩十六座在函館，十六座在旭川；ＩＲＢＭ還有七十二座，在三個九州的固定基地，這些我們都可以在晚上八點三十分同時神不知鬼不覺地摧毀，就如『聯合反侵略作戰計畫』中所約定。不過四十八座機動式的ＩＲＢＭ，我們只掌握了兩個正確座標，你們可有對策？另若要動手，需要你們的海軍在上午九點三十分以前先讓條路給我們的船通過。」

「中國龍」回答：「給我們三刻鐘。」又表示：「你們可以把船先開過去。」

四十五分鐘後，中國的回答來了：「請你們動手，後果我們承擔。」

中原標準時間八月九日晚上八點整，兩艘中華民國海軍的紀德級戰艦在兩艘成功艦的護衛下，開到沖繩西北方一百五十公里處，各發射一枚中華民國最先進的隱形巡弋飛彈。五分鐘後，三貂嶺及蘇澳某祕密基地再射出五枚隱形巡弋飛彈。巡弋飛彈的加力器在脫離後，彈體即進入隱形，所以一般在雷達上會以為是失敗的發射。

晚上八點三十分，旭川及函館的ＩＣＢＭ發射基地上空八百公尺處，各有一枚二百萬噸級的金屬融合彈爆發，把下方的ＩＣＢＭ發射基地連根鏟除。

晚上八點三十五分，同樣的情景在九州三個ＩＲＢＭ發射基地及兩個機動ＩＲＢＭ發射車的所在地再上演一次，只不過打擊九州用的是一百萬噸級的。

晚上八點四十五分，「先鋒一號」及「先鋒五號」攝得函館、旭川及九州等共七處ＩＣＢＭ、ＩＲＢＭ全部覆滅的慘狀，傳到中南海，中國的軍頭們說：「真有他們的，大家一致同意可以無限制使用核子武器對付日本，現在該我們準備動手了。」

國防部長說：「就在現在日本又派大批飛機起飛了，讓我們先把這些討厭的蚊子拍下來吧，我們已經對你來我往的作戰方式感到厭煩了。」於是國防部長迅速去下令，「滅蚊作戰」展開了。

日本時間晚上九點整，「猪狩」籌劃了兩日，組成一支更大的海空突襲大隊。海上自衛隊在十六小時前已先行向沖繩出發，計有神盾艦三艘，村雨級驅逐艦五艘，舞雪級巡防艦八艘，大隅級登陸艦二艘，以及日本唯一的直升機巡洋艦「出雲號」。航空自衛隊則有Ｆ－35三十架，Ｆ－15Ｊ二百四十架，ＦＳＸ二百架。其中ＦＳＸ為全海戰配備，Ｆ－35、Ｆ－15Ｊ則是空戰配備，並派出兩架Ｅ－3Ｊ指揮。準備一舉擊沈封鎖沖繩的敵艦，及中國唯一的航母戰鬥群，以解除沖繩被圍之勢。

航空自衛隊分成空戰大隊及海戰大隊，海戰大隊向東南，空戰大隊算準中國目前只有四十八架飛機在空中，一股作氣用二百架的優勢衝過去，來個以大吃小。所以空戰大隊向南朝著在四百公里外的中國戰機群衝去，沒想到中國戰機群卻在距離三百公里時轉身而逃；海戰大隊則聽到指揮官說目標地區一架升空的戰機都沒有，航艦正在回收飛機，大家心想運氣太好了，「中途島之役」要重演了，只是主客易位，遂分成兩小隊朝航母群及封鎖艦群而去。

空戰大隊哪裡能放過這大好機會，拚命向南追去，這時中國戰機突然轉朝西去。另外在南京起飛一架轟-7，一起飛即加速至一點九馬赫，朝日機群飛去。中原標準時間晚上八點四十分，日機的無線電傳來旭川和函館的ICBM發射基地，及九州三個IRBM發射基地和二個機動IRBM發射車均遭到核攻擊的消息，大家心裡又是一陣毛毛的。八點五十分，轟-7在距離日機群一百二十公里處發射二枚「幡龍十九」飛彈，而海戰大隊也到了距離中國艦隊的前鋒艦一百五十公里處，至於中國的航母戰鬥群則在二百公里處東南。

八點五十五分，兩枚飛彈在日機機群中爆炸，原來兩枚都是核彈頭，爆炸後立即擊落二十多架日機，其餘二百架受輕重程度不等的損傷，無受損的戰機則機上無線電失去功能。機隊原有二百架F-15J，如今等於已失去戰力，還能飛的全都跌跌撞撞地逃回去了。

海戰大隊是由三十架F-35、四十架F-15J、二百架FSX所組成，他們並不知道空戰大隊所遭遇的事，仍一廂情願地向著他們心目中的勝利前進。

這次中國艦隊最少都有一艘戰艦帶有「紅旗九型」核子防空飛彈，在九十公里與一百二十公里處由兩艦隊各射出兩枚「紅旗九型」，共四枚在兩群戰機之中爆炸，瞬間就像在兩群蚊子中噴了四下殺蟲劑，蚊子立刻不是落地即是暈頭轉向地逃了，只有最西側的二十架毫髮無傷，他們決定復仇。

他們所碰上的是兩艘紀德艦及兩艘成功艦與一艘中國的江滬級艦，這四艘中華民國的船艦本來已射完巡弋飛彈，處於轉向台灣的回程，見日機來襲又回頭就戰鬥位置。

日機在距離七十公里處開始瞄準，但這時紀德艦的雙聯舉臂式標準二型及成功艦上的單發式標準一型對空飛彈已開始發射了。第一批六枚飛彈在距離六十公里處擊落四架FSX，FSX在四十公里處，發射十六枚「魚叉飛彈」，同時江滬級艦發射兩枚「紅旗六型」飛彈；中華民國的第二批六枚飛彈又到了，加上江滬級艦所發射的二枚，共八枚，這一次共擊落五架，但至此以下就是一片混亂了。各艦忙著致力於應付「魚叉飛彈」，第三批飛彈在十五公里處攔下六枚「魚叉飛彈」，第四批飛彈又瞄準三十公里外的日機，這時各艦已忙著發射干擾雲及準備近迫武器，江滬級艦有兩座近迫武器，紀德艦、成功艦各有兩座「方陣」二十㎜快砲系統，幾乎同時開火。由於江滬級艦距日機較近，同時遭受三枚「魚叉飛彈」的攻擊，江滬級艦用近迫快砲擊下二枚，第三枚從吃水線擊中，並破壞了艦上的射控中心。第四批飛彈又在三十公里處擊落三架ＦＳＸ，餘下的八架在二十五公里處發射了僅有的八枚「魚叉飛彈」後迅速逃了。

紀德艦及成功艦各有兩枚「魚叉飛彈」來襲，各艦使出混身解數才把它們擊毀，第二批「魚叉飛彈」由於在至近的距離發射，所以比上一批更兇險，艦上的飛彈只來得及打下兩枚「魚叉飛彈」，江滬級艦又受到二枚「魚叉飛彈」迎面襲來，艦上只剩一座近迫快砲在硬撐，勉強擊爆一枚，另一枚大家眼睜睜地看它擊中艦身中段。紀德艦及成功艦對付襲來的四枚「魚叉飛彈」，擊中其中三枚，另一枚擊中紀德艦的艦尾直升機庫，炸毀了艦上的ＳＨ－60直升機並引起大火。

江滬級艦實在受創過深，船上眾人拚命搶救，最後動力全失，只好棄船，由成功艦救起船上的人員。紀德艦則只剩五節的航速，沒有沈沒。大家正在悲憤不已之時，傳來中國航艦戰鬥群的指揮官提出聯合反艦計畫的建議，台灣方面立即同意，台灣只需要日艦的衛星資訊及正確的攻擊發起時間即可。

十點三十分，聯合反艦計畫開始了，這一次共有五波攻擊行動，以不同時間發動，同時到達目標的方式。先由山東的煙台起飛十二架轟－7，每架各載有六枚反艦巡弋飛彈，射程五百五十公里，再從台灣桃園起飛二十四架ＩＤＦＰ，每架各載有二枚祕密研發的「雄風－Ｅ３Ｓ」新型反艦飛彈，射程三百八十公里，再來是航母戰鬥群中的四艘勇壯級驅逐艦，每艘載有八個「日炙」長程反艦飛彈固定發射架，射程五百四十公里，第四是中華民國海軍四艘艦上同樣各載有八枚祕密研發「雄風－E5」新型反艦飛彈，射程五百公里，最後再自航艦起飛二十四架殲－15，每架攜有二枚「鷹擊五型」反艦飛彈，射程二百八十公里。

五波共二百多枚反艦飛彈，同時到達三百八十公里處的日本艦隊，發動攻擊。二百多枚飛彈有一半以上同時衝著二艘金鋼級艦與「出雲號」。這三艘船受到一百枚以上飛彈的飽和攻擊，一艘中了七枚，另一艘中了五枚。最慘的是「出雲號」，由於「出雲號」沒有「神盾」系統保護，所以連中十三枚，三艘都很快沈沒了。大隅級和村雨級各沈一艘，其它船艦有八艘中彈起火中。

中原標準時間八月十日上午五點整，在北緯三十八度線旁的北朝鮮軍隊各個摩拳擦掌，等著最高領導的歷史命令。時間到了，可是命令一直沒有來，永遠不會來了。最彪悍的「鐵衛師團」也不見了，原來中國在後面利誘威脅終於與北朝鮮領導人達成協議。

日本時間八月十日下午二點整，「猪狩」簡直氣瘋了：「你們有反彈道飛彈，我就一次讓你們擋不了。」遂下令對北京和台北各發射三枚和二枚機動型ＩＲＢＭ，並設定射向兩地的第一枚在到達前的二百一十公里處引爆[8]。

「剩下的四十六枚還是可以摧毀你們，何況再幾天又有二十五枚補上來了。」

「猪狩」得意地想。

中原標準時間下午一點零一分，中國的國家預警中心：「日本飛彈發射火光偵知，複數發射。」

「飛彈升空，有效發射。」

「目標判定中。」

「繼續發射中。」

「目標判明為台北，哇！還有北京！」

「飛彈判明，台北二枚，北京三枚，北京飛彈到達前剩餘時間十分，第二枚十二分，第三枚十三分！」北京街頭響起警報淒厲的聲音。

「第一枚飛彈重返大氣層。」

「反彈道飛彈發射！」

「飛彈距離三百五十、二百五十、彈道飛彈自爆，有效核爆。」

就在此時，飛彈監測中心全部的銀幕突然變成一片雪白，好在這種狀況早已演練過，操作員立刻切換成光纖通訊，直接與數個遠方的雷達站連線，一分鐘後，又看得到戰況了。

「第二枚彈道飛彈距離三百公里，STAGE-1 預備。」

「距離一百二十公里，STAGE-1 發射！」

「距離六十公里，STAGE-2 發射。」

「第三枚彈道飛彈距離四百公里，哇！STAGE-1 擊毀第二枚彈道飛彈。」

「第三枚彈道飛彈距離一百公里，STAGE-1 發射！距離五十公里，STAGE-2 發射！STAGE-1 攔截失敗，第二批 STAGE-2 發射，彈道飛彈距離三十公里、二十公里、命中、確定擊毀！」其實北京只剩下二組「STAGE-2」，如果現在再射來二枚彈道飛彈的話，那就後果不堪設想，但是日本人並不知道，只是他們要開始嚐後果了。

在台北方面也是用了 STAGE-1、STAGE-2，才膽顫心驚地把彈道飛彈擊落。太空核爆導致地面各種無線電失效，只剩光纖通訊及有線通訊可以使用，海峽兩岸到了怒不可抑的地步，一致決定要將日本自地圖上抹去。

「把他們的衛星給我打下來！」中國領導人說。

八個小時後日本的六顆「眼睛」瞎了，從此不見天日。

第二十一章　虎嘯龍吟蕩寇誌

「你們準備好了嗎？」中國領導人問二砲的張司令。

張司令回答：「早就準備好了，這口氣已經忍很久了。」

領導人說：「好！給我狠狠地教訓他們！」

八月十日上午十二點整，歐洲聯盟發表聲明：「對於中國、日本之間的紛爭採取中立，但譴責日本使用核武，日本必須承擔後果。」

南韓也譴責日本破壞東亞地區的和平，南韓將採取必要的一切手段，南韓不允許日本在東亞地區有核武。

中國決定在八月十日晚上七點整對日本三十六個城市實施核打擊，但在晚上六點四十分，台灣已先動手了，新潟、神戶、鹿兒島、下關皆遭台灣以巡弋飛彈搭載兩百萬噸核彈攻擊。晚上七點十分，四個城市已陷入一片火海，下關港內停泊的一艘春潮級潛艦也被炸毀，再來日本只剩一艘春潮級了。最主要的是在近海保衛城市不被彈道飛彈攻擊的神盾艦、「吹雪艦」都失去功能，另外因為設在函館、東京、神戶、鹿兒島等四處飛彈預警中心已被摧毀，所以日本陸基飛彈防禦系統全部失效，障礙已清除，等於是門戶大開。

晚上七點整，中國對日本發起攻擊，北起北海道的函館、札幌、千歲、旭川、女滿別；東北的青森、盛岡、秋田、仙台、宮城、岩手、福島、茨城；另有福井、新潟、金澤、長野；關西的靜岡、三重、名古屋、京都、滋賀、大阪、廣島、福山；四國的高松、松山；南到九州的長崎、博多、福岡、熊本、大分、久留米、小倉、大津、宮崎為止，在攻擊久留米時無意間也摧毀了一座ＩＲＢＭ。

中國攻擊日本的三十六個城市時，除了大阪、新潟用的是三百五十萬噸，俗稱「城市毀滅者」。其餘三十四個城市用的是一百五十萬噸級的核彈。單是大阪一地自梅田、道頓堀到難波，全被火球吞蝕；「南海電鐵」也被擊毀，通往關西空港的連絡鐵路也被炸斷落海；「阪神高速」被像玩具般拋成數十節，死傷超過一百五十萬人，首相「村上」也被活埋在他的臨時首相府中。

新潟則連續受到兩枚核彈攻擊，「日本海運輸船隊」九成破滅，碼頭等設施被一掃而空，「田島」死在第一枚核彈攻擊時，戰車集結地被熔成各種認不出的形狀。三十萬軍人的臨時帳蓬被大火席捲而滅（實際上在大火來臨之前人員皆已喪命）。四公里外全世界最大的飛機調度場，內有近一千架的各式戰機、運輸機、支援機，火球一過，包括「小澤」在內，幾無所倖。

總計軍民死傷約一百四十萬人，另外中國又針對九州的機動ＩＲＢＭ做出打擊行動。日本尚有四十一座ＩＲＢＭ，中國已用衛星掌握了其中二十九個正確座標，及其它二十個可疑地點，中國對之動用四十九枚戰術核子飛彈，這四十九枚飛彈除掉了三十二座ＩＲＢＭ，並造成四十萬人傷亡。

其它三十四個城市共傷亡二千四百萬人，總共三十九個城市共有近二千六百萬人死傷，其中的四個城市毀於台灣的巡弋飛彈。台灣核攻擊了四個城市，中國核攻擊了三十六個城市，但其中新潟被重覆摧毀。

除了人員死傷之外，核攻擊也摧毀了日本約百分之六十的軍備，旭川、千歲、女滿別、新潟的貯存飛機、戰車大部分都毀於一旦，這次的攻擊切斷了「扶桑三島」的陸上連繫，只是「猪狩」這個罪魁禍首正在由新潟往大阪的飛行途中而又逃過一劫。

晚上七點五十分，北朝鮮的「鐵衛師團」在離鴨綠江鐵橋十五公里處蓄勢待發，一確定日本遭受核攻擊的消息，上面立即下令。首先由對岸安東的中國解放軍，用史無前例的密集火砲、多管火箭在二十五分鐘內，傾瀉三十六萬發砲彈，幾乎在同時，北朝鮮的一千二百座火砲也開火了，使用的都是空炸引信砲彈，求殺人而保留硬體的完整。

在鴨綠江彼岸，日本人的祕密戰車集結地，這片一百五十平方公里的地域，有著全世界最嚴密的防空網，可惜無法抵擋火砲。再來的下兩個目標先受到了六十枚「東風飛彈」攻擊，跟著是中國空軍二十四架Su－27護航八十架殲－8和三十架殲－12，空襲了新義州的兩個飛機貯備場，內有六百架飛機，三層的掩體就算躲過了「東風飛彈」的蹂躪，也擋不住殲－8所載的一千八百公斤重磅炸彈，所有的屋頂都被掀飛，裡面的飛機幾無倖免。

北朝鮮依和中國的約定再以火砲將這兩個基地連人一起完全澈底摧毀，葬入砲火中。

鴨綠江鐵橋十五公里處的「鐵衛師團」待砲火停歇，四分之一的人乘四百架Mi－24雌鹿戰鬥直升機，另四分之三的人乘BMP裝甲車同時攻入日本人的戰車集結地，在橋的彼岸尚有五百架中國的攻擊直升機待命支援，結果北朝鮮以極低的代價俘虜了砲火倖存的九千人。

原來日本人一碰到實兵實彈的對決，馬上丟盔棄甲而降，他們只有在倍於對手的優勢時才敢一戰。

北朝鮮並接收了三千輛未被火砲摧毀的戰車、裝甲車及大量的油料，這是北朝鮮的獎品。在獎品清單中竟出現了二十枚戰術核子飛彈，北朝鮮特別將其送呈中國，因為他們不知如何解開核子武器的密碼。

八月十一日凌晨一點整，美國宣布日本、中國、台灣為非核區，自即日起不得使用核子武器，否則將受美國制裁。美國將派第一特遣隊，含五艘航母前往，將於三十六小時內到達東京外海。並派六艘提康德羅加級神盾巡洋艦，分守日本的關西、九州以防再受到核攻擊。

大韓民國譴責日本破壞《核不擴散條約》，並自即日起封鎖黃海及日本海之間的海空交通，且宣布韓國進入緊急狀態，徵召二百萬後備軍人。

俄羅斯也封鎖日本海與鄂霍次克海，同時斷絕與日一切外交關係，並在堪察加半島進駐二個空軍聯隊。至此，日本已受四面孤立。

日本尚有ＩＲＢＭ七座未被摧毀，以及尚有一艘春潮級潛艦，上有三枚各五十萬噸及一枚二百五十萬噸（機密）的巡弋飛彈，所以中國立即反駁美國的聲明：「日本若再對中國核攻擊，則美國必須負責。」

台灣也發表聲明：「日本如再攻擊台灣，台灣將施以十倍的報復，絕無例外。」

八月十一日上午十一點整，中國的第二支航母特遣隊成軍出發，前往與第一航母特遣隊會合。

中國的第二支航母特遣隊有中國第三艘航母「山東號」及其它二十二艘各型船艦，其中以二艘青島級兩棲登陸艦最引人注目，滿載排水量三萬五千噸，可搭載直升機十八架、野牛級氣墊登陸船四艘（野牛級可搭載主力戰車二輛或裝甲車八輛），並有三十八輛戰車及六千五百名兵員。艦隊另有四艘傳統的LSV登陸艦，預定兩支航母特遣隊將在八月十二日下午三點整，從沖繩封鎖艦隊抽調二十五艘艦艇加入，在沖繩會合後直奔九州。

八月十二日晚上八點整，春潮級潛艦動了，它一直藏在石垣港的一個祕密碼頭。現在封鎖艦隊走了，這是個好機會，它緩緩地開出港去。接著先往北開去，三小時後就定位，這時它位於沖繩北方二十公里處，潛艦浮到一百二十呎，對台北發射一枚巡弋飛彈。

飛向台北的巡弋飛彈利用沖繩本島為掩護，延遲被發現的時間，幸好台灣一直在防備來自日本的垂死反擊。這三天來，二十四小時都有E-2T及兩架「匿踪戰機」在台灣北部輪番巡邏。

E-2T在確認後，飛彈已離台灣北部海岸不到二百公里，E-2T迅速派伴飛的二架「匿踪戰機」前往攔截，並再起飛二架「匿踪戰機」以作為後備。

「目標東北方一百九十公里，速度三百五十節，高度一百二十呎。」

「收到，現正以九百節趕往。」戰機回答。

二分鐘後，「已發現目標，現正迴旋從正後方接近。」一號戰機駕駛放慢速度，壓低機頭，用「前置紅外線雷射瞄準器」對準目標，在距離二公里處扣下板機，一陣顫抖，每分鐘六千發的砲彈發射了，第一輪射擊的曳光自巡弋飛彈上方掠過，駕駛員再重新調整瞄準機上的二十七㎜機砲，從飛彈後方一點二公里處再扣下板機，這一次二十七㎜脫殼穿甲快砲的曳光與巡弋飛彈的飛行路徑合而為一，瞬間把巡弋飛彈擊成碎片，這時巡弋飛彈距離台灣本島僅剩四十五公里。

三十分鐘後，台灣的報復來了！一顆一百萬噸的核彈在宜野灣上空爆開，殺死了宜野灣市內百分之六十的人。

美國急呼中國冷靜（美國以為沖繩是中國攻擊的），中國卻也不否認，同時回嗆美國：「下次日本核攻擊中國，中國的報復對象將是美國艦隊，因為中國聽從美國之請未登陸沖繩，但日本卻躲在美國的庇蔭下任意以核武到處偷襲，我們懷疑美國的居心。」

八月十三日上午八點整，日本又射出三枚ＩＲＢＭ，這次目標是西安、重慶和長沙。好在西安在二〇一五年設置了「抗ＥＭＰ反彈道飛彈系統」並在周邊加設了二個地面雷達，以保護這個有數千年歷史的城市。所以彈道飛彈最後被STAGE-1在五十五公里處擊毀，虛驚一場。再來是重慶，這個日本處心積慮想在上一次中日戰爭攻下而不能如願的城市，也裝設了「抗ＥＭＰ反彈道飛彈系統」，所以也有驚無險地逃過一劫，但長沙可就沒有那麼幸運了。

長沙，是一個在中國內陸，人口眾多，又無飛彈防禦系統保護的城市，飛彈毫無阻擋地擊中這個城市，一百萬噸級彈頭在二千五百公尺高空爆開，一團火球降下時不斷擴大，在早上剛開始一天的忙碌之時。十分鐘前才發出警報，一部分的人機警地躲入防空壕，大部分人都茫然無所措，死亡降臨在街上及在家中的人們，這次攻擊共造成五十萬人死傷。

中國中央對這次的攻擊，一方面動員救援，一方面討論報復方案，結論是核報復五個日本城市：佐賀、姬路、岡山、郡山、宇都宮，這五個城市雖然不大，但因為附近的城市被毀，所以湧入大批民眾，現在每一個城市都有上百萬人，尤其是岡山，已湧入了二百五十萬人，中國根本不理會美國的「非核禁令」。

核打擊在下午六點整執行，用了五枚「東風十八型」洲際彈道飛彈，各搭載一枚一百五十萬噸熱核彈頭。

除了佐賀、姬路的二枚飛彈被美國的「提康德羅加級」巡洋艦上的神盾系統3擊落外，其餘三枚飛彈都因飛彈彈道遠高於神盾系統的攔截範圍，所以飛彈都擊中了目標城市。

中國對美國提出警告：「立即離開日本水域，否則下次核彈就會落在艦隊頭上！」

八月十三日上午五點整，春潮級艦從極低頻海底通訊系統接獲命令：「就是現在。」艦長「尾崎」帶著八十一人在這陰暗的海底，除了偶而偷偷浮上海面換氣之外，已在這片水域藏身將近二天了。「猪狩」直接下令給他：「日本全靠你了。」這艘春潮級艦是同型的四號艦，艦上有四枚巡弋飛彈，現在只剩三枚了。其中兩枚搭載五十萬噸級核彈頭，另有一枚搭載二百五十萬噸級核彈頭。

「尾崎」下令：「上浮至一百二十呎。」

設定好目標，調整各彈頭的引爆模式，這是經過精心策劃而得出的模式。上午五點四十分，「尾崎」下令：「發射！」

三枚巡弋飛彈陸續發射出去，接著潛艦緊急往西北逃。

三枚巡弋飛彈的目標是在東京灣內的美國艦隊，這次美國艦隊帶了陸戰隊第一遠征師，由三艘胡蜂級兩棲登陸艦及一艘珊瑚海級兩棲登陸艦載運，現正在千葉進行登陸作業，並有四艘航艦及五十多艘其它艦艇，大家都擠在一個水塘之中，可以說是一個絕佳的目標，如果炸彈夠大的話。

巡弋飛彈出水後先以超低空向東北飛去，飛彈神不知鬼不覺地飛了三百公里，折向西北並開始加速，使它們看起來像長程反艦飛彈。在巡弋飛彈發射的同時，日本本土也展開了牽制攻擊。

日本自那須高原起飛三十二架FSX向東南高速飛去，美國艦隊立刻警覺，派出二十四架F-18前往攔截，FSX在飛到草加後突然轉向北飛，F-18一路跟踪警戒，這為巡弋飛彈爭取了最重要的十分鐘。

當美艦把目光都注視在西北方時，巡弋飛彈已到二百公里處，第一枚巡弋飛彈開始爬升，美國艦隊中有三艘神盾級巡洋艦，一齊瞄準巡弋飛彈。

「目標高度四千九百，距離一百五十，速度七百。」操作員報告，「距離九十，高度六千二百，發射！」

「距離八十，天啊！它自爆了！」

巡弋飛彈其中一枚自爆，正好位於「羅斯福號」航艦上方偏南三十六公里處，艦內電子儀器的繼電器全部跳掉了，電子屏幕也是一片雪花，只剩較西北邊的船艦仍能操作。

第二枚巡弋飛彈就在此時以六千公尺的高度在艦隊南面爆炸了。

第一枚巡弋飛彈替第二枚飛彈爭取了四十公里，當第二枚飛彈爆炸後，艦隊已是門戶大開，毫無抵禦之力，艦隊緊急呼叫 F-18回航，但已來不及了。

第三枚飛彈在兩分鐘之後，就在艦隊的西北方上空二千五百公尺爆炸，那地方正是登陸作業灘頭的東南三公里。剎那間上空爆開一個大火球，緩緩降下，到海面時已有十公里的直徑，仍繼續向四方擴大。首當其衝的是陸戰隊第一遠征師及四艘兩棲登陸艦，再來是距離二公里遠的護衛艦「聖帕沙洒洛號」，再過去二公里及東南三公里處的美國核子巡洋艦「長島號」及最新的核子航空母艦「福特號」，上述這七艘全被擊毀，「羅斯福號」則在東北十八公里處受創不輕，另有其它在較遠處的艦艇都受到大小輕重程度不同的損害。

陸戰隊第一遠征師百分之九十死傷，最幸運的是「核爆調查小組」今早已乘直升機去「東京湖」勘察，這四十八人及陸戰隊員六十名因此逃過一劫。東京灣中的另三艘航空母艦雖然未受重大損傷，但艦上電子儀器已受損，全艦失去部分戰力，尤以「羅斯福號」受創最重。這次西來的五艘航空母艦，只有「林肯號」在神戶外海而成為美國艦隊唯一倖存的航空母艦。

總計人員死傷四萬七千多人，美國勢必要報復，但要報復誰？日本預期美國會報復中國，但美國卻心存懷疑，因為美國在數天前已由「上野香津子」處得知日本潛艦有核子武器，所以留作籌碼，謀定而後動，先救人要緊。

本來用巡弋飛彈攻擊航母戰鬥群，實為不智之舉，但是這次有登陸灘頭作為定點目標，二百五十萬噸又已夠大了，航母戰鬥群又太大意，仗著有五艘「神盾艦」，被用調虎離山騙走了戰鬥巡航的戰機，而失去攔截的先機，最後一敗塗地。

美國只好調回在神戶及九州的艦隻北上護航受創的艦隊回去珍珠港，暫時退出日本海域，以避開中國的三艘航空母艦，現在如果開戰已無勝算了。畢竟美國心目中一直以中國為頭號假想敵。

八月十四日下午一點整，中國艦隊進入九州外海，共有航艦三艘，其它戰艦五十八艘及「基洛級」潛艦六艘。並可由「瀋陽軍區」派出飛機支援，中國海軍也準備有所行動。

「核爆調查小組」有四人乘坐橡皮艇進入「東京湖」，聲納探測發現湖底是一大塊金屬，更奇怪的是只探測到些微的放射線來自核分裂。當初阿拉斯加觀測站測得ＥＭＰ的數值估計約有一億噸以上，目前仍列為極機密。這實在令人匪夷所思，更奇怪的是陸地上鋪滿一層銀灰色的物體，周遭只有瀰漫著一股死亡般的寂靜。

八月十五日上午七點整，中國對九州進行大肆轟炸，第一個重點城市是佐賀，這個城市避開了核攻擊，但現在受到傳統武器鋪天蓋地的轟炸。另外中國的戰情室也二十四小時不眠不休地分析衛星照片，九州的每一寸土地都不放過，誓必要找出所有剩餘的四座ＩＲＢＭ。一有可疑的地點，立即由航艦派飛機前去做地毯式轟炸，還有姬路也在轟炸的名單中。

美國東部時間八月十九日上午八點整，「上野香津子」在「霍華德」的陪同下，去見了日本駐美大使「植草」，他一見面就說：「妳想救一救自己的同胞嗎？」

「上野香津子」回答：「我兩週來眼看著國家被一小撮喪心病狂的人帶向毀滅，再這樣下去，日本就要從世上消失了，有什麼我能做的嗎？」

於是她和日本大使及「霍華德」三人閉門商談了四個小時。

八月十六日，日本時間上午七點整，「那四座ＩＲＢＭ被找到摧毀，已是時間的問題而已。」「猪狩」心中想，「在我失敗之前，一定要報一個仇。哼！要死也要拉兩個墊背，連這樣的跳樑小丑也想來撿便宜！」

「猪狩」命令兩座ＩＲＢＭ設定好目標，ＩＲＢＭ緩緩舉升，跟著從發射口噴出火焰，兩枚飛彈消失在空中。

這次因為目標太近了，飛彈剛進入太空即刻又重返大氣層，向目標斜向俯衝，幾乎一探知飛彈發射的訊號，還在查證落地點時飛彈已到頭頂了。

第一個擊中的城市是南韓首爾，跟著是北朝鮮的平壤，兩個城市同遭一百萬噸級核彈擊中。在首爾有七十五萬軍民死傷，南韓總統及時躲入防空壕而逃過一劫；在平壤則有四十二萬軍民死傷，北朝鮮領導人不在平壤，所以也逃過一劫，而日本又多了兩個不共戴天的仇人。

同一時間，在神戶外海，日本最後一艘春潮級：「大概都走了吧。」

春潮級自發射完巡弋飛彈之後，就一路逃回神戶，想溜回未被摧毀的祕密基地整補，卻被守在家門口的兩艘美國ＳＳＮ－21海狼級核能動力攻擊潛艦大馬金刀地擋住，春潮級只好先躲在陸棚上裝死狗。十九小時過去了，漸漸聽不到其它船艦的聲音，春潮級也快忍不住了。

艦長「尾崎」下令：「上浮至潛望鏡深度。」

但是上浮不到一分鐘就聽得聲納室報告：「聲納接觸東方十七公里，快速接近。」

「聲納再次接觸西南二十一公里，快速接近。」

「判定兩艘皆為美國『海狼級』。」

海狼級是美國最新銳的核能動力攻擊潛艦，造價四十億美金，也是當今世上最安靜、速度最快、潛艦偵知能力最佳、火力最強大的攻擊潛艦。

這兩艘海狼級潛艦正在神戶外海巡邏，十九個小之前偵測到似乎有一艘傳統單螺旋槳潛艦的聲音，卻忽然又消失，可能是停俥坐底了。

「好！大家比耐力。」海狼級一號艦的艦長「馬飛」說。

六小時後，美國艦隊北上，那兩艘海狼級偽裝跟著艦隊走了，其實是在五十公里外以三節速度摸回來，一自東面，一自西面。因為三節可以讓海狼級寂靜無聲地行進，又可以維持潛艦操控所需的速度。

晚上七點三十分，海狼級偵測到西北方十九公里處有氣艙排水聲，立即加速趕往。過一會，二號艦也聽到了，迅速自西南方趕來。春潮級艦長心想：「壞了，再也無法躲了，不如全力一拚吧！」

於是下令先發攻擊：「一號魚雷管，一號目標；二號魚雷管，目標二號，快速發射，發射！」發射完後又急令：「下潛，全速前進！」

「水中有魚雷！兩枚！」

「一枚射向本艦、一枚射向僚艦！」

海狼級一號艦的聲納室驚呼。

「魚雷判定為ＭＫ－48重型魚雷。」

艦長「馬飛」下令：「減速，一號魚雷管準備，目標春潮級，發射！」

「馬飛」知道ＭＫ－48魚雷基本上只追踪一個位移的目標，所以海狼級一號艦發射了魚雷後，慢速停俥，最後直到中懸狀態。

「ＭＫ－48魚雷距離三千八百公尺。」

「二千五百公尺。」

「一千八百公尺，施放鯊魚球誘標。」誘標游了出去，ＭＫ－48追著誘標而去了。

春潮級艦內：「魚雷捕捉到敵艦，切斷導線。」

「魚雷來襲，距離十一公里。」

「判明為ＭＫ－52。」

「全速前進。」

「距離三千五百公尺。」

「二千二百公尺，誘餌射出。」

但MK-52沒有上當，最後擊中了艦尾。

海狼級二號艦採取逃跑戰術：「右滿舵，極速前進。」

「三十九節、四十節加速中。」

「四十六節、四十七節、潛艦已到極速。」

「繼續前進。」

海狼級二號艦自十八公里處開跑，終於把MK-48魚雷用競跑的方式拖到燃料用盡，躺到海底去了。

「艦上動力全失，艦尾進水，潛艦即將下沈。」春潮級艦長「尾崎」緊急下令：「上浮！上浮！」

春潮級艦上浮後，「尾崎」立即急電指揮部：「求救！求救！潛艦受損，現已浮出海面。」

海狼級一號艦也浮到潛望鏡深度並通知艦隊支援，美國艦隊主力已到神戶東北方二百公里處，只有派墊後尚在一百公里遠的兩艘史普魯恩斯級驅逐艦前來。

「尾崎」迅速集結倖存的船員準備乘橡皮艇逃命，但「尾崎」還有一個重要的任務，所以他又從潛艦帆罩處爬下潛艦內，這時他才發現已不能到爆破引信之處，也到不了海底門的開關之處，所以又爬上去。

這一幕都被海狼級一號艦看在眼裡，遂向艦隊請求空中支援，兩架直升機火速升空趕來，但需三十分鐘。「太慢了！」「馬飛」說，於是又從「林肯號」派兩架 F－18前來。

晚上八點二十分，海狼級二號艦聲納室報告：「旋翼聲偵知，複數。」來的是三架日本海上自衛隊的「超級眼鏡蛇」攻擊直升機，機上有「地獄火」雷射導引飛彈。

情況危急，正當「超級眼鏡蛇」圍住春潮級艦準備發動攻擊時，海狼級一號艦發現日本海上自衛隊直升機竟然開始掃射海面上同是日本人的春潮級艦官兵，於是「馬飛」緊急下令開火！

忽然聽得「咻、咻、咻」三聲，接下來連續三聲爆炸聲，原來從海狼級一號艦上射出三枚「黑旗」紅外線導引短程對空飛彈，擊落了三架「超級眼鏡蛇」攻擊直升機。

「上浮！」「馬飛」下令海狼級一號艦浮出水面，準備救人。

三分鐘後又從雷達室傳來：「西北方九公里處有四架飛機，來意不明。」

「飛彈預備。」

「距離五公里，發射！發射！」

海狼級一號艦連續射出兩枚飛彈，只擊中了一架敵機，卻曝露了自己的位置，「緊急下潛！」海狼級一號艦只好下潛，以避開敵機。正在危急的當頭，傳來三聲爆炸，原來

F－18及時趕到。至此，美國海軍已完全掌握這一水域的制空權。海狼級一號艦又再度浮出水面繼續救人的行動，總共救起二十九個倖存的日本水兵。

二十分鐘後，驅逐艦的兩架直升機也趕到了，守著春潮級艦直到一個小時半後驅逐艦到來，遂俘虜了春潮級艦，隨即派專門人員進入春潮級艦內檢查及拍照存證。

二個小時後，「潛艦事件」在美國引起軒然大波，美國人終於驚覺醒悟日本人的不擇手段，使美國一次損失了幾乎四分之一的海軍，但是現在日本已沒什麼可以報復了。美國遂對國際發布日本頭號戰犯的國際通緝令，警告各國不得收留藏匿「猪狩」，否則即與美國為敵。

在日本，「猪狩」正在計劃「孤注一擲」。

在北朝鮮，他們正在修改「舞水端」彈道飛彈的目標，北朝鮮打算發射彈道飛彈報復日本。

在大韓民國這方，國防部已在籌備一次兩棲登陸作戰，將配合空軍及飛彈部隊一同登陸日本。

而美國的「核爆調查小組」回覆調查大有所獲，使美國更堅定重回日本的決心，因此重新組成一支含有三艘「CVN核子航母」的特遣艦隊，準備再次西來。美國還把已退役的「小鷹號」、「企業號」從封存的船廠拖出，準備再度復役，以補航母的不足。

另外又從「胡德堡」派出近八千名著名的「三角洲部隊」前往「東京湖」，部隊由「胡德堡」乘飛機到千葉的成田，再自行前往。八千人先將「東京湖」管制，不讓任何國家的人靠近。

八月十七日晚上十點整，北朝鮮已將一百萬噸的彈頭裝上「舞水端」飛彈，一完成立即發射，二十分鐘後擊中，它的目標是氣仙沼，這是一個臨日本海的小漁港，但因近年來日本別有用心地大力建設，又遠離最近受核彈攻擊的城市，所以現在已擠入約二百萬人。這一顆一百萬噸級的核彈，瞬間殺死了一百二十萬毫無遮蔽的人。

在美國，因為一開始想打擊中國，所以立場搖擺，導致遭受重大損害。如今的利益只剩「東京湖」了。看來還需要活捉「猪狩」，從他口中問出些什麼才能解開謎底。但他在哪裡呢？美國遂命在千葉的「三角洲部隊」嚴密注意此人的下落，殊不知「猪狩」就近在咫尺。

「猪狩」正在房總半島的網走，三天前連絡到「犬飼」少將，得知第十七號、十八號兩座ＩＣＢＭ的彈體完好無損，只有射控中心淹水，只要重新設定目標並接上開啟發射門的電力即可發射。他們正在趕工中，預定再過四小時就可完成。

不過，九州傳來壞消息，最後兩座ＩＲＢＭ終於被中國衛星找到並摧毀，但這對「猪狩」來說這乃是意料中之事，反正現在有另二個籌碼在手。

此時中國、俄羅斯都向美國保證不會使用核子武器，美國同時警告北朝鮮勿再使用核子武器，但北朝鮮對此嗤之以鼻。

在同一時間，俄羅斯在壓倒性強勢的空軍掩護下，在北海道分三路登陸。「猪狩」一聽登時心中一涼：「完了！這隻北方巨熊不像美國人，只要給點利益什麼都可以慢慢談，俄國人不一樣，他們會直接伸手拿他們想要的利益，他們不用談的。這一切都是美國人害的，哼！什麼叫做『盟友』。」於是「猪狩」下定了決心，這決定影響了上百萬人的生命。

南韓在對馬登陸，沒有受到任何抵抗就占領了這個島嶼，並宣布將對馬併入南韓的領土，同時另派一萬七千名陸戰隊登陸長崎，這引起了激烈的抵抗，所以南韓便向長崎發射了四百八十枚南韓自製的短程地對地飛彈，這是從未料到有一天會用來對付日本的武器，然後又增派兩個陸軍特戰師以支援陸戰隊。

八月十九日凌晨一點整，「可以了。」接著「猪狩」下令發射，過了二分鐘又再下令發射第二枚，飛彈朝天上疾駛而去，兩枚飛彈都射向同一目標。

第一枚飛彈彈頭設定在到達目標前一百五十公里處爆炸，第二枚飛彈再趁虛而入，目標是舊金山。

在舊金山的舊金山港內，有美國為支援遠東地區作戰而集結的艦隊，內有兩艘CVN核子航空母艦，四艘巡洋艦，八艘驅逐艦及三十幾艘各式支援船艦。

「彈道飛彈來襲！有效發射。」北美防空司令部（NORAD）發出警報，「彈著預定地，舊金山。」

「到著時間二十二分鐘。」舊金山街道響起淒厲的警報聲，港內的戰艦忙著疏散，但在停俥狀態恐怕能做的不多了。街上一片混亂，大部分人無所適從。

現在只有靠兩套「愛國者P3」及港內四艘巡洋艦上的「神盾系統」，有人想這次彈道飛彈算是打到銅牆鐵壁了。

「飛彈距離五百公里、四百五十公里、四百公里、三百五十公里，攔截飛彈發射！二百五十公里、二百公里飛彈自爆！」接著全部銀幕馬上變成一片雪白。

遠在洛杉磯的雷達站通過光纖網路傳來驚呼：「第二枚飛彈距離六百公里、五百公里、四百公里……。」話未完時從神盾艦傳來：「我接手了，距離二百公里、一百五十公里、發射！」兩艘神盾艦連續發射了四枚標準飛彈，飛彈在離艦二公里後卻不受指揮地盲目飛行。

就這樣第二枚彈頭在舊金山上空二千五百公尺處爆炸了，火球從天而降，殺傷範圍約半徑十八公里。港內的兩艘核子航空母艦及二十二艘各式戰艦都起火燃燒，市內則是一片慘狀，共死傷軍民八十多萬人，著名的舊金山大橋斷成數節落入海中。

另一方面，俄羅斯在北海道真的踢到鐵板了，三路都遇到日本陸軍及空軍的激烈抵抗，俄羅斯又從海參崴調來八個陸軍裝甲師和四個步兵師準備登陸支援，連已經登陸的將達三十萬人。

好戲上場了。

北海道是日本現今所留最多、最完整作戰部隊的地方，有九個完整的裝甲師，六個步兵師，陸上自衛隊則有三個輕裝師，空軍和航空自衛隊則尚存作戰飛機五百架，海上自衛隊則有一個含有大型艦艇二十七艘的艦隊，本來大部分是要用於攻擊中國的。

俄軍首先碰到的是三個師的陸上自衛隊及航空自衛隊的六十架戰機，俄軍以為這三個師是日本的主力，遂又調來十個師，準備在登陸後一舉吞下日本這三個師，殊不知已有十五萬的日本精銳已自旭川兼程趕來，空軍與海上自衛隊也伺機而動。

二天過後，俄軍果然登陸了，一大堆人員、車輛、補給擠在三個登陸地點中最南的一個擁塞海灘，有俄軍參謀說：「這樣太危險了，如果現在來個空襲那就完了。」然後立即被同僚嘲笑：「日本還有什麼空軍？何況天上有四十八架Su－27在巡邏著，怕什麼？」

果真被他說中了，五十四架F－15J及二百架FSX蜂湧而來。

五十四架F－15J對付Su－27，其餘二百架FSX大肆轟炸，半小時過後，沙灘上已是哀鴻遍野，Su－27雖然造成四十二架F－15J機毀人亡，但也被擊中三十九架。俄軍第一梯次的登陸作業損失了一萬一千名登陸部隊，外加沈了四艘登陸艦。

在幾乎同一時間，北朝鮮又向日本發射第二枚彈道飛彈，這次用的是「大浦洞二號」，目標是高崎，這回用的是三十萬噸級。

俄國在二天前聽說美國海軍受到重創，所以加快腳步要在美國人之前占領北海道，造成既成事實。沒想到在第二次搶灘作業時就遭遇到日本人的激烈抵抗，增援作業時又遇到大規模空襲，所以俄軍從喀山調來三個師，經西伯利亞鐵路東來，目前的第二波及第三波登陸作業決定在最北方的灘頭一齊登陸。

在亡羊補牢的瘋狂找尋下，俄軍早在三小時前從衛星照相得知，在最北面灘頭東北方二十五公里處的丘陵後，有十萬日本戰車部隊埋伏著，另外也偵知東北方九十公里及東南方一百一十公里處各有一機場，停滿了升火待發的戰機，還有二百公里外有二十七艘日本戰艦。

俄國海軍在這片海域有「莫斯科」、「列寧格勒」兩艘直升機航艦率領其它一萬噸至二萬噸的各式船艦，包括從波羅的海和北海兩艦隊共調來四十八艘及十六艘核子攻擊潛艦和八艘「基洛級」潛艦。

日本則有二十七艘船艦，相較之下日艦顯然小得多了，最重要的是日本已無人造衛星可提供情報，也無預警機了，只有靠地面雷達偵測，所以對於海平面之外的事，皆一無所知。這在現代化的作戰來說，等於是蒙著眼與人打仗，因此俄軍調動了大批空軍飛機準備與海軍一起打場殲滅戰。

八月二十四日上午八點整，俄軍首先從海參崴、堪察加半島、庫頁島等地發射了一百零八枚陸攻巡弋飛彈，相隔十分鐘之後，再由海面的艦隊及潛艦發射一百零八枚巡弋飛彈，這兩批共二百一十六枚飛彈，目標都是那兩座機場。艦隊也同時對日本艦隊發射了一百二十八枚長程反艦飛彈，並有八艘「基洛級」潛艦正準備前往收拾剩餘的日本船艦。俄國空軍的六十架Su－25密接支援機與五十四架Su－27則以超低空飛行，以躲避日軍的雷達，在飛彈攻擊後空襲機場，連續三波同樣規模的空襲。

在大約同一時間，日軍正摩拳擦掌等著俄軍登陸，準備傾全力空襲俄軍上岸的部隊，再由日本艦隊全速往灘頭衝去，就像二戰沖繩之役的「大和號」一樣，陸軍最後再掃光灘頭的俄軍，就可以出一口氣了！這一次不會像七十多年前的「雷伊泰灣」一役般，未戰即逃了。

上午八點二十分，兩個機場同時響起空襲警報聲：「飛彈來襲！」不到二分鐘，天地變色，彈如雨下。俄國所用的巡弋飛彈大部分都裝載子母彈頭，兩機場各受到近萬發的次彈頭攻擊，另有數十枚高爆穿透彈頭，攻擊掩體及飛機庫。攻擊發生時，機場停放了大批掛滿武器準備出擊的飛機，正好被巡弋飛彈逮個正著，巡弋飛彈因有衛星即時定位，所以彈無虛發。

兩個機場被巡弋飛彈摧毀了三分之一的飛機，日本人心想：「還好，再十二小時就可再出擊了。」沒想到接著就是鋪天蓋地的空襲。因機場已被毀，無飛機升空應戰，地對空飛彈也被毀了十之八九，三波空襲的機群如入無人之地，肆意轟炸，幾乎把整個機場翻了過來。

另一方面，日本海軍艦隊遭受巡弋飛彈的飽和攻擊，損失一大半的船艦，八艘基洛級潛艦再在五十公里處發射三十二枚攻船飛彈，接著逼近以魚雷攻擊倖存的日本船艦，只留下二、三艘日本船艦，免得俄國海軍還要替他們救人。

現在剩下日本陸軍尚未解決，但他們可沒有翅膀，不會飛了。日本陸軍埋伏在這一片丘陵地已有二天了，一直等著俄軍登陸，等著等著好不容易俄軍登陸了，傳來的卻不是日本空軍將俄軍殲滅於灘頭的消息，而是日本空軍被摧毀的惡耗，同時海上自衛隊也傳來被滅的消息。

「算了，就算沒有他們，靠我們自己也可以把俄軍趕下海。」陸軍指揮官想。

上午十點整，從車里雅賓斯克的發射場發射六十四枚 SS-11洲際彈道飛彈，這是目前俄羅斯所僅有的。SS-11是一九六〇年代震懾西方國家的武器，二十年前已退役，自其中選出六十四枚改裝，減少燃料，加大彈頭酬載，當然更改良了鈍形散熱頭，如此便成了射程五千公里以內的傳統飛彈，專用於對付日本、韓國、中國，所以部署在西伯利亞的車里雅賓斯克。

這六十四枚飛彈在衛星精確定位下，準確地落在日本人的戰車集結地，造成大量的傷亡與驚恐。再來是二十四架Tu－22M各攜六枚俄製「高速反輻射飛彈」，自三十公里外發射，破壞了日軍的防空雷達。

接著由九十六架米格－29自十公里外投下滑翔式反裝甲子母彈。超過一萬枚反裝甲次彈頭落在日軍頭上，那是真正的彈如雨下，造成百分之七十五人員與車輛損傷，日軍基本上已無戰力。接下來自灘頭起飛四十八架Mi－25螺旋式戰鬥直升機與二十四架Mi－24雌鹿戰鬥直升機到日軍陣地清除殘餘。

再來等登陸部隊到達時，只需帶著屍袋即可。就這樣日本在北海道的精銳，大半折損在此役，海上、航空自衛隊更幾乎全軍覆沒，這仗大概也不用再打。自此俄軍陸續增兵北海道，如入無人之地，若遇殘餘日軍也如風捲殘雲一般吞了，一週之內登陸總數已逾三十萬人。

同時南韓也在長崎持續增兵。

北朝鮮又對日本發射了兩枚三十萬噸級日本自製核彈——「大浦洞二號」，至此北朝鮮仍有六顆核彈。他們要等日本人集中一地時再予以痛擊，以達最大的殺傷量。

在日夜不停的趕工之下，中國第四艘航空母艦成軍服役，命名為「河南號」。

「河南號」帶著二艘勇壯級驅逐艦、四艘江滬級巡防艦，以及兩艘青島級兩棲登陸艦，浩浩蕩蕩地出航了。它們這次是要加入在九州外海的中國航艦戰鬥群，加入後航艦戰鬥群就有四艘航空母艦及其它八十艘各式戰艦，成為西太平洋目前最強大的航艦戰鬥群。

美國三角洲部隊把臨時指揮部設在成田機場，當美國偵測到洲際彈道飛彈發射的地點就在房總半島時，立刻派三角洲部隊前往。到了之後，只發現兩具空了的飛彈發射管及十六具已淹水的飛彈發射管，卻不見人影。原來「猪狩」等人在飛彈發射後，立即從附近一條有迷彩偽裝的跑道，坐「猪狩」的專機一起逃往北海道了，三角洲部隊只好派人守住十六具被水淹的飛彈，等候專家前來拆除。

至於在華盛頓的眾人則吵翻天了，海軍部長說：「中情局早就知道日本有二百五十萬噸的巡弋飛彈，竟然不告知我們。日本的房總半島有十八座ＩＣＢＭ也沒有知會我們，使得海軍在東京灣及舊金山共損失了六艘航空母艦，那是超過我們擁有的一半，美國海軍從來沒有受過如此的屈辱挫敗，你們中情局到底是站在哪一邊？你們還有什麼沒說的？」

中情局局長被罵得啞口無言，美國總統出來打圓場：「一切都太遲了，現在大家看要怎麼收拾日本的殘局？」

經過一番爭論，決定第一，美國再派出二艘航空母艦，加上在珍珠港的「林肯號」共三艘航空母艦前往日本，並先取得中國不與我為敵的承諾。第二，繼續進行「東京湖」的調查行動，再增加五千名三角洲部隊到成田。第三，找一個人準備成為以後日本的領導人，目前人選是「上野香津子」。第四，為確保在日本的利益，美國派陸上第七輕裝師經空運到成田，支援三角洲部隊，並將成田機場做為臨時空軍前進指揮部，並派兩個中隊的戰機進駐，因為據報美軍的福生空軍基地已被日軍占領。第五，事已至此，美國對「猪狩」此人恨之入骨，遂下令懸賞兩千萬美金，不論死活都要找到他。

在日本，自東京核爆以來，日圓匯率在八月五日為一美元對三佰六十日圓，日本本土的金融市場已完全停止運作；八月七日中國對日本宣戰，八月八日日圓匯率為一美元對四佰五十日圓；八月十日中國核攻擊之後，全世界已不交易日圓；八月十一日以後，日本本土已完全停止一般民生的買賣，日圓已無用處，只有黃金尚可以物易物。

八月十日之前電力供應尚有百分之八十五，八月十一日以後，只剩不到百分之一。水及瓦斯也差不多，因為就算電廠能運作也沒有人會付電費了。一般大樓有自備發電機，但發電機需用油，一、二天後就沒油了。住在高層的人根本無法生活。這對一個本性自私、窮兇極惡的民族來說，正是展露本性的時機。

八月十二日開始就有警察先出來搶劫，接著是自衛隊、陸軍，再來就人人為匪，成為弱肉強食、強者為王的地方。到了八月十八日，日本全境已成無法地帶，只有小部分社區自組自衛團來自力保護自己。還有就是尚有十數個軍事基地，還保有實力，自成一國，反正他們暫時是油電無慮的，存糧也充足。

這天「猪狩」帶著「犬飼」坐上專用機直奔北海道名寄，「陸軍防疫中心」的主任「千馬」已在等他了。

「疫苗已經開發出來了。」

「千馬」一見面就告訴「猪狩」。

「好極了，這場仗還有得打呢，現在我們有了疫苗，將來就有談判籌碼。先從俄軍開刀吧。」「猪狩」說。

於是「猪狩」等人自己先注射了疫苗，然後命北海道方面軍總司令「鹿野」開始執行「末日行動」，將H9N9先在北海道到處散布，二天後再把病毒散布到東北、關東、關西、四國、九州，打算讓那些「占領軍」嚐點苦頭。

八月二十五日，南韓的軍隊拿下了長崎，至此以後日軍已完全潰散，南韓登陸了八萬名軍隊之後就此打住了，因為舉目所見，是一個殺戮血腥，野蠻殘酷的地獄，連他們自己的軍隊也怕。

而俄羅斯在北海道已有三十五萬兵力，目前日軍節節敗退，有些城市根本看不到一個日軍，整個城市就這樣送給俄軍。函館已經落入俄軍手中，俄軍另一路已逐漸靠近札幌，眼看北海道已是俄軍的囊中物。其實日軍只剩三個師還在苦撐，其它部隊都已散了，更有一些已落草為寇，北海道大部分地方已漸成無法地帶。

八月二十九日，俄軍終於攻下了札幌，千歲、旭川的陷落只是遲早的事，於是俄軍又增兵至四十二萬人，但突然間日本的抵抗全部停止了。

中國本來預定八月二十五日要登陸九州，但看到當地的樣子便暫時打住了，因為占領之後，接下來該怎麼處理成了一個大問題，結果這取消登陸九州的決定，讓中國避開了一場大災劫。

美國與中國、俄國、南韓共同宣布北海道周邊為俄國的勢力範圍；東北、關東而至神戶為美國的勢力範圍；由神戶下至四國與九州為中國的勢力範圍；自朝鮮半島延伸至長崎一線屬於南韓的勢力範圍。各國自行管制海、空交通，日本海那一面則是中立區。

美國海軍將於八月三十日重回東京灣，於是事先向俄羅斯提出一個條件，即共同對名寄的「陸軍防疫中心」進行一個聯合突襲行動，俄羅斯答應在八月三十一日聯合美國三角洲部隊一起行動。

八月三十日，日本全境已無任何有組織的抵抗行動了，倒是大小不等的土匪流竄於各地，不想被搶掠，只有加入搶掠的一方，到處姦淫燒殺。

同日，北朝鮮又對日本發射兩枚「大浦洞二號」飛彈，再度摧毀了沼津、姬路兩地。

八月三十一日俄羅斯因為占領地域越來越大，且日本已完全無秩序，遂增兵達六十萬。同時，美國也在名古屋與横濱登陸，美軍一登陸，大吃一驚，放眼所及已是一片無法地域，傳來一陣陣的屍臭味，因為沒人有閒暇去收屍和清理環境。

八月三十一日晚上九點整，藉著夜色的掩護，美國三角洲部隊和俄羅斯的特種部隊共組六十人的斥候小隊，靠近到北海道名寄的「陸軍防疫中心」大門一百公尺處，由夜視望遠鏡看去，裡面一片燈火通明，並不時傳來喧嘩之聲。最後斥候小隊判斷裡面有大約七十多名武裝的非軍事人員。指揮官用無線電下令：「攻擊前五分鐘！」五分鐘後聽到一陣旋翼聲，四架美製「魚鷹」及五架俄製「雌鹿」載著攻擊小組會合偵查小隊發起攻擊。二十分鐘後順利制服了那些盜匪，攻占了「陸軍防疫中心」。

兩國的鑑識人員找遍各處，發現所有資料、樣本已被破壞一空，從那批盜匪口中只知「陸軍防疫中心」在二天前已被放棄了，只因這裡有發電機及物資所以他們才將它占據。聯合突襲小組只各帶十名俘虜回去，分別帶到成田及海參崴詳加訊問。

三角洲部隊在初步偵訊了那十名日本人之後，又把其中五名送到「林肯號」作進一步偵訊。

九月二日，美國在關東、關西已有八萬軍人，但都不敢往內推進，因為一踏上陸地，迎面而來的是一陣中人欲嘔的屍臭味，放眼所及是一片烏鴉鴉的難民，大家都已經在瀕死邊緣。

登陸指揮官馬上要求運送救援物資及人員，並派偵察機及偵察小隊進入市區查探。偵察小隊在「中區」找到了核爆倖存的區長，他說自從停電以來，名古屋已成劫掠者的天堂，而劫掠者大都是原自衛隊和警察，想不到一發生災難就馬上擁槍自重，殺人放火。美國工兵人員把名古屋機場修復後的第二天，美國的C－5A與C－141絡繹不絕地運來人員和物資。

九月四日晚上十一點整，「羅曼諾夫」中士正要下哨，這是俄軍在北海道札幌的一處崗哨，他連打了三個噴嚏，忽然腦中一陣暈眩，眼冒金星，「該去給軍醫看病了。」他心想。

一到軍醫處，已有八個人和他一樣的症狀，正在排隊等候看病，第二天又有三十九人出現一樣的症狀，第三天又有七十五人也是一樣的症狀，第四天晚上「羅曼諾夫」中士及其他七人因肺衰竭死亡，當時在函館也發現了七個病例。九月八日驚動了俄羅斯遠東軍區司令部。因為司令部所在的海參崴，上次帶回的十名日本人全都剛剛發病了。

九月八日，「卡特」中校坐在C－141上，雙眼漸漸朦朧，他是美國海軍情報部西太平洋軍區的參謀，他親自在成田反覆偵訊那五名日本俘虜，得知「猪狩」的可能去向。「卡特」奉命搭乘空軍C－141到珍珠港向西太平洋總司令「金」上將做簡報，好組織一支追捕部隊，這是美軍列為最優先的任務。

飛機開始緩緩下降，「到了。」「卡特」打起精神，整理一下儀容，他馬上就要進行簡報，對像可是總司令呢！忽然間他打了三個噴嚏，腦中一陣暈眩，但他強打起精神，心想：「簡報完要休假了，這一趟日本之行真的太累了。」他不知道氣壓的變化，已在體內造成異變，加速了微生物的分裂。

「卡特」進入司令部，這是一座嶄新的大樓，全棟有中央空調，一進到裡面馬上涼意逼來，與外面炎夏的酷熱簡直是天壤之別。

一行十四人都在等著他了，他先和「金」上將握手，接著進入正題，簡報共花了一個半小時。會議中決定對香川作一次空襲行動，因為根據「卡特」帶來的情報，「猪狩」躲在香川，而四國雖是中國的勢力範圍，但中國軍隊尚未推進到香川，所以美國打算不告訴中國，打完就跑。

簡報期間「卡特」又打了九個噴嚏，臨走前，司令還特別交代：「五天假期一定要好好休息。」在「卡特」步出大樓前又打了六個噴嚏，回家之後他決定先睡一覺。

九月九日，美軍在西太平洋的防疫措施便有了一個漏網之魚。

九月十四日，「卡特」未銷假報到，參謀人員後來在他的海邊渡假小屋發現他時，已是一具冰冷的屍體。此時司令部緊張起來了，立刻進行全部人員的防疫篩檢，但已經太遲了。四天後，「金」上將連同上次一起在那棟大樓的十九人都發病了，而且發病後三至四天就死亡，死亡率百分之百。

在「林肯號」上的五名日本人也是一樣的命運（跟在成田的五人一樣），美國海軍啟動緊急防疫體制，但為時已晚，三天後成田已有十二名軍人發病。美軍研判是經由那十名日本人俘虜所感染。到了九月十二日，成田已有三百一十二名發病，四十五名死亡。「林肯號」上有一百八十五名感染，二十一名死亡。到了九月十三日，在名古屋及橫濱也有二百多名美軍受感染。

在長崎的南韓軍人也陸續有感染的消息傳出，到了九月十七日，俄軍在北海道地區及海參崴共有八千二百名受感染，二千一百名死亡。美國則共有二千一百名受感染，九百多名死亡。美、俄和南韓幾乎同時停止在日本的推進行動。

中國方面，九月四日，艦隊已在九州外海徘徊一個星期了，眼見九州內部也是一片哀鴻遍野，而且越來越嚴重，艦隊司令心想：「我們可不是來進行慈善活動的。」最後決定艦隊北移。

九月十日，中國艦隊改在四國開始登陸，因為根據偵查報告，四國大多數地方一切尚如常，而且沒有軍隊活動。偵查小隊並連結上了一些地方代表，他們都希望中國軍隊能早日登陸以維持治安。因為有些地區的日本軍人已經變成土匪開始搶劫了。

他們怕四國也像九州一樣變成人間煉獄，所以寧願被中國占領。而且最大的原因是四國目前尚有四座發電廠仍在運作，但再一星期後燃料就用完了。

他們還提供一個很重要的情報：「四國的日本軍機全部飛往關西了，有紀律的軍人也都離開四國，不知去向。」

中國軍隊順利在四國登陸，同時也負責治安的工作。

九月十三日，美軍對香川作手術式的空襲，中國得知後非常憤怒，但經軍事委員一致決議暫時忍讓。

中國在九月十五日已前進到九十多公里內陸，忽然傳來美、俄、韓受到生物武器攻擊的消息，只好暫時停止推進。但此時中國已在四國登陸了五萬多名軍隊及從「國境安全部」調來二萬四千多名人員，作為維持治安的警察。中國以高知作為占領軍指揮部，已有八萬多人登陸了。

九月十七日，在日本的美軍正為傳染病的事人人自危，卻不知真正的大禍就要臨頭。

美國這次派來了三艘航空母艦，現在正一字排開在本州外海。最北邊是「林肯號」，位於東京灣口，這次不敢進東京灣了。在靜岡縣外海則是「喬治．華盛頓號」。「湯馬士．傑弗遜號」則位於名古屋外海，三艘航母互相支援得到。

日本時間九月十七日早上四點三十分，日本人趁著空中沒有預警機的空隙，從大阪的釜室和名古屋的岐阜共起飛了三十六架ＦＳＸ，機上塗了五星旗，看起來就像中國海軍特有的殲－22，差別只在ＦＳＸ沒有前翼，但乍看之下難分真假。

機上塗了五星旗的ＦＳＸ用超低空突襲了名古屋機場及灘頭的橋頭堡，攻擊灘頭的戰機有三架掛著四具十二點七五㎜雙聯機槍莢艙，來回掃射，造成無掩蔽的軍人大量死傷。由於事出突然，竟會遭到空襲，美軍大出意料，空襲當時美軍並無空中掩護，所以短短十五分鐘，當敵機呼嘯而去後，留下的是滿目瘡痍，死傷枕藉。

美軍緊急商討應對方法，均認為中國毀約越界攻擊，美國已不能忍受。參謀聯席會指示說：「根據中情局的情報，日本已無空軍殘餘。」於是美國決定三艘在日本的航母各派十六架戰機還以顏色。

其實美軍正被疫情所困，大家在心浮氣躁之下，遂作出這一致命又錯誤的決定。

於是下午四點三十分，美軍四十八架Ｆ－18分由三艘航母起飛朝南而來，過了神戶五十公里已到中方的勢力範圍。Ｆ－18偵知南方五十公里處有一中國驅逐艦正在掃瞄Ｆ－18機群，Ｆ－18隨即對其發射三枚「魚叉飛彈」，又偵測到更南方十公里處有兩艘巡防艦，Ｆ－18再向其發射五枚「魚叉飛彈」，但就在同時又有六具空用射控雷達已鎖定Ｆ－18機群中的十二架，原來是中國航艦戰鬥群中六架正在執行戰鬥巡航的殲－15。

在中國艦隊方面，下午五點十分偵測到大批美機南來，便派在空中巡邏的六架殲－15前去查探，並又起飛三十架Su－35Ｋ前去支援。

殲－15見到美機竟然對中國驅逐艦開火，立即用射控雷達瞄準美機，等到進入八十公里在最大射程範圍邊緣，立即發射十二枚中程空對空飛彈，旋即加速右轉閃避。十秒鐘後，美機也發射六枚AMRAAM，但已失先機。

在同一時間，在北方六百多公里外，有一地叫「桐生」，這是一個山地城市，平常罕有人注意。這時突然從山間隱密的森林深處射出了二十四枚短程地對地飛彈，目標是成田機場。同時，又從桐生東北方的「那須高原」起飛十二架FSX向著成田機場飛來。

在房總半島，三角洲部隊控制了網走，因部隊人數有限，沒有向外擴大偵察。在網吉有一制高點上設有一座「愛國者P3」防空飛彈陣地，由於地勢高聳，所以沒有被水淹，祕密偽裝得很好，美軍並不知道它的存在。

下午五點三十分，「林肯號」上的E－2C，不知不覺飛近房總半島，忽然從「網吉」射出一枚愛國者飛彈，瞬間就擊落了E－2C，於是艦隊在接下來的一個小時內等於是盲目的。

E－2C會被擊落，主要是因為美軍輕敵及情報錯誤所致。

這時成田機場受到二十四枚帶著次彈頭的飛彈攻擊，戰機不是被炸毀就是受困在機場無法起飛，立刻向「林肯號」求救，「林肯號」馬上起飛十二架F－18來援。

十二架機上塗了五星旗的日機FSX先趕到成田機場，丟下炸彈就走，F－18隨後追趕，FSX加速往「那須高原」而去，F-18也加速追隨在後。

又同一時間，自館林、久喜、栗橋、赤城山、湯澤、甲府等地的祕密機場，日機共起飛了二架F-35、二十四架F-15J、六架P-3C及八十架FSX，用超低空向著「林肯號」而來。另有二十架直升機也從海岸飛出向著艦隊而來，「林肯號」驚覺成為攻擊目標時敵機已接近到九十公里內。緊急升空了僅有的二十四架F-18並向「喬治．華盛頓號」求救。

「喬治．華盛頓號」立刻派出十二架F-18，但是較「林肯號」的飛機慢了三十分鐘，沒想到二十分鐘後，「喬治．華盛頓號」便發現自己陷入求救無門的境地。

再回到四國戰場，殲-15所發射的十二枚飛彈擊中了三架F-18，F-18發射的六枚飛彈卻被殲-15躲過有效射程以外，這時F-18又被艦隊的防空飛彈擊落一架。二分鐘後三十架Su-35K已飛到一百公里處，全機群立即發射六十枚「白楊三」飛彈，然後回頭的那六架殲-15又掉頭朝F-18衝去。趁著F-18忙著躲避「白楊三」的間隙，又射出了十二枚飛彈。

最後F-18被擊落得只剩十八架，混戰中殲-15也被擊落一架。F-18眼見已寡不敵眾，便全速返航，回程時又被擊落二架。八枚「魚叉飛彈」最後有四枚擊沉中國二艘巡防艦並擊傷一艘驅逐艦。

無端受此災劫，中國航母戰鬥群司令火冒三丈，決定要立即報復，但又不想全面開戰，雖然這已是第二次了，給他們一點教訓吧。遂命艦隊中僅有的八艘勇壯級驅逐艦向美艦開去。三十五分鐘後，在距離美艦隊四百二十公里處一字排開，又從各航艦起飛共二十四架殲－15，各掛載二枚反艦飛彈，並起飛四架Su－35K護航，待殲－15從勇壯級驅逐艦頭上飛過，勇壯級一聲令下，發射了六十四枚「日炙」長程反艦飛彈。

另外大約同一時間，美艦「湯馬士．傑弗遜號」與「喬治．華盛頓號」都偵測到從本州內陸各地飛來近二百架戰機，遂派出兩艦僅有的四十八架F－18前往攔截。中國的二十四架殲－15飛到距「湯馬士．傑弗遜號」一百九十公里處，將四十八枚反艦飛彈發射出去後就打道回府了。過程中竟沒有遭受攔截。

再把戰況回到東京灣，十二架追逐FSX的F－18追到「那須高原」的那須町，忽然間雷達警報器大響，已受到多套防空飛彈射控雷達鎖定，原來已飛入四具「愛國者P3」的陷阱中。因為飛彈雷達等到飛機深入陣中心後才打開，所以每一架F－18要逃離陣地，都最少要躲得過二至三枚「愛國者」飛彈的追擊，最後僅有二架逃脫。

「林肯號」戰鬥群膽顫心驚地準備接戰一百多架敵機，突然從東京灣的邊緣海岸，有一個叫「三浦半島」的地方，竟有兩個岸基反艦飛彈陣地，又射出二十四枚反艦飛彈，原來日軍今日在東京灣及靜岡、名古屋外海周邊的戰局，都是由飛行在高崎上空的一架

E－3J統籌指揮。

二十四架F－18被二架F－35及二十四架F－15J纏住，所以八十架FSX及其它數十架飛機如入無人之境，艦隊只有靠神盾系統及各艦的近迫武器和電子干擾來自保。

八十架FSX兵分多路，自四面八方逼近艦隊，到了標準二型防空飛彈的射程內，美艦立即發射，但同時FSX也已到「魚叉飛彈」的攻擊範圍，FSX發射了七十枚「魚叉飛彈」後降低至掠海高度，以躲避標準二型防空飛彈。大部分FSX都躲過了，只有七架被擊落，FSX再度拉高機身，又發射第二輪「魚叉飛彈」五十枚及十六枚高速反輻射飛彈，此時距離最近的美艦已只有二十公里不到。

這時FSX又被標準二型防空飛彈擊落六架，之後FSX把剩餘十四枚「魚叉飛彈」向著「林肯號」發射過去，就都返航了，期間又被擊落七架。此時「喬治．華盛頓號」飛來的十二架F－18已趕到，但只能分頭追擊逃走的日機，又擊落三架FSX，沒想到日機又有六架P－3C從另外的方位發射十二枚「魚叉飛彈」。更料想不到的是，F－18有二架發現了四架直升機，把它們擊落後，卻沒發覺還有十六架直升機悄悄逼近艦隊外圍的艦隻，並發射MK－46輕型魚雷。

美艦隊可忙了，第一批襲來的七十枚「魚叉飛彈」費盡千辛萬苦，才把它們擊毀或誘走了六十枚，一艘巡防艦身中三枚飛彈隨即沈沒，三艘驅逐艦及二艘巡洋艦和一艘登陸艦中彈起火。

第二批來襲的飛彈因在至近距離發射，又因岸射的二十四枚飛彈已到達，艦隊手忙腳亂。最先到達的「高速反輻射飛彈」十六枚中有十四枚擊中包括「林肯號」及神盾艦在內的艦隻，共打瞎了八具射控、搜索雷達。接著二十四枚岸射飛彈又到來，擊中了十一枚，又打瞎了一具雷達。再來的五十枚「魚叉飛彈」便在這時衝入艦群中大肆蹂躪，共擊中了三十四枚，包括「林肯號」也中了一枚。

最後十四枚射向「林肯號」的「魚叉飛彈」由友艦射下一枚，「林肯號」上只剩一座「方陣快砲」及電子誘餌還在操作，終究難以躲過厄運，被八枚「魚叉飛彈」再度擊中，引發大火，最後一具「方陣」也被炸毀。船上不斷傳出爆炸聲，已難以搶救，但艦上官兵仍冒死灌救。

「屋漏偏逢連夜雨」，在艦隊東方又射來十二枚「魚叉飛彈」，直接攻入已無防禦能力的艦隻，共有十一枚擊中，其中更有一枚從「林肯號」的艦橋中央進入爆炸。美軍以為已經歷了慘無人道的無情攻擊，沒想到二十分鐘後，從十六架直升機所發射的 MK-46 魚雷，無聲無息地攻了過去，「林肯號」又挨了兩枚，這兩枚魚雷摧毀了「林肯號」的所有動力。其它各艦分別挨了九枚，有六艘受不起重覆重擊而迅速沈沒了，空戰也結束了，美軍十六架 F-18 換得日機十五架 F-15 J 與一架 F-35。

晚上七點三十分，日機又空襲了成田機場與陸戰隊的橫濱泊地，那真是如入無人之境，盡情地摧殘。

晚上六點二十分，在中部戰場，日本出動二十六架F－15J，一百三十架FSX，四十架MB－339（這是日本在一九九〇年代向巴西祕密購買的教練機，用來訓練空軍，亦可作為攻擊機），四架P－3C，從四面八方湧過來，美軍只好分四路先去攔截看起來威脅較大的機群。

「喬治．華盛頓號」傾其所有起飛了十八架F－18，其中還要分出兩架去東面保護E－2C；「湯馬士．傑弗遜號」則起飛三十架F－18，其中兩架也是派到東南護航E－2C，所以美軍根本兵分力薄。

先是靜岡外海，二架日軍的F－15J高速向二百公里外的E－2C衝去，再來名古屋外海又有三架FSX搭配空戰裝備逼向第二架E－2C，最後結局是二架F－15J及三架FSX都被擊落，但二架E－2C及三架F－18也被擊落入海。

其它的二十架F－15J牽制住十六架F－18，好讓其餘的FSX與MB－339直衝美艦，「湯馬士．傑弗遜號」剛起飛完戰機（還先讓十六架返航的飛機降落），傳來E－2C緊急呼叫：「西南飛彈來襲，大量超低空來襲！」

接下來就是一陣忙亂，這是美國人的天真所致，竟以為打了人家八顆飛彈就此沒事了，不知中國的報復來得這麼快又強力！

美軍此時已知上了日本的當了，但卻為時已晚。

MB－339分兩路各由兩架F－15J率領，分別攻擊美軍兩個航母群，吸引了兩路的F－18，剩餘一百二十多架FSX則無阻礙地直闖兩個美軍艦群，等到F－18犧牲了大半衝回戰鬥群時，FSX已在戰鬥群的防空管制圈內，只好由艦隊自己抵禦。

中國發射的一百一十二枚反艦飛彈被擊落九十一枚，有兩枚擊中「湯馬士．傑弗遜號」，引發甲板大火；有七枚擊中兩艘「提康德羅加級」神盾巡洋艦，其它十二枚分別擊中各艦，這使得艦隊的防空火力減少三分之一，等到日機來攻時就顯得力不從心了。

美艦共擊落十七架FSX（回程時又被F－18擊落十一架），但本身卻挨了四十七枚「魚叉飛彈」，最後艦隊幾乎全滅，只有航艦尚浮著，艦身冒著大火並不時傳出爆炸聲，另有一艘驅逐艦、一艘巡防艦拖著受創的身影，在海上搜尋倖存者。

這一路的F－15J和FSX被擊落一大半，倖存者潰散而去，但他們的目的已經達到了。

同一時間，F－18發現在東南方又有兩架敵機慢速靠近「湯馬士．傑弗遜號」，兩架F－18立刻趕去在敵機距離航艦二十五公里時將它們擊落，但是有兩枚「魚叉飛彈」已發射，直朝航艦而來，最後雙雙擊中甲板，引燃甲板上的飛機，使得甲板陷入全面大火。

「喬治．華盛頓號」的遭遇也好不了多少，兩架F－15J及二十架MB－339將七架F－18誘到北面，F－15J趁F－18忙於對付MB－339時，打出四枚AMRAAM擊落兩架F－18，接下來的混戰結束後，兩架F－15J、十八架MB－339被擊落，但F－18也只剩三架。

兩架MB－339，一架逃走，一架向艦隊飛去，在忙亂中沒人注意到。其它六十多架FSX在衝向艦隊的途中被F－18擊落六架，剩餘的FSX都進到艦隊的防禦圈，在艦隊的第一波防空飛彈到達前，FSX已射出五十二枚「魚叉飛彈」，之後FSX被擊毀十一架，艦隊再來就忙著對付飛彈；第二輪三十六枚「魚叉飛彈」又射出時，已到二十公里外。

第一輪的五十二枚「魚叉飛彈」有一枚擊中「喬治．華盛頓號」的艦尾，強大的爆炸威力把二十㎜方陣機砲的砲座整個掀飛，另有十二枚擊中各艦；第二輪三十六枚「魚叉飛彈」有二十枚擊中各艦，其中二枚又擊中「喬治．華盛頓號」，把第二座二十㎜方陣機砲摧毀了，另外的十八枚「魚叉飛彈」擊沈了一艘神盾艦、二艘驅逐艦、一艘巡防艦，並使得艦隊大部分艦隻起火燃燒。

FSX在逃回的途中被擊落八架，F－18也在西方海域擊落兩架P－3C，五分鐘後那架漏網的MB－339卻突然自東方高速飛出，直接撞上「喬治．華盛頓號」的艦橋。

原來四十架MB-339中有八架載著六百公斤炸藥，準備「一機換一艦，名垂千古」。「喬治．華盛頓號」受此一撞，艦橋全毀，艦長「費茨拉德」少將當場殞命，「喬治．華盛頓號」的蒸氣彈射跑道全毀，只剩一條降落用跑道勉強可使用。包括從東京灣返回的F-18，加上關西戰場返回的F-18，共四十七架，就靠著這條跑道排隊降落，有兩架因等不及降落而墜海，飛行員彈射獲救。

日軍經此一役，損失慘重，且已用盡所有的「魚叉飛彈」。

「林肯號」自從動力全失後，已完全無法進行滅火作業，眼看大火即將燒到彈藥庫，只好棄船，人員由巡洋艦「舊金山號」靠近救起。「湯馬士．傑弗遜號」也是同病相憐，連續被反艦飛彈擊中，艦上的大火一直無法撲滅。「喬治．華盛頓號」只勉強能達到十六節的航速，美國海軍在日本基本上已如俎上肉。目前在日本的美國殘餘，大概只有中國能救了。

九月十七日，中國由瀨戶內海側自海路登陸高松這個四國第一大城市，接著便控制阻絕了四國與本州的交通往來。

九月十七日，晚上十一點整，「林肯號」的彈藥庫爆炸了，彷彿在為美國艦隊奏哀歌，聲音大得連在岸上都聽得到。這一日美軍總計傷亡四萬五千多人，自這天起美國海軍已不再是世界第一了。

美國東部時間九月十七日，下午四點整，在華盛頓白宮地下室，一場會議正在進行，有兩件事正在討論中。一是夏威夷及日本遠征軍正為H9N9苦惱，而且疫情有擴大之勢。幸好九月十五日已緊急把夏威夷及日本隔離起來，現正加緊研究疫苗的開發；二是剛傳回艦隊潰敗的消息。

美國海軍部長憤怒地說：「這條帳跟你們中情局沒完沒了，海軍的『金』上將、『福特號』的『貝德』少將、『喬治．華盛頓號』的『費茨拉德』少將、陸戰隊第一遠征師的『羅傑』少將都殉職了，這是誰害的？你們到底還隱瞞多少事？我們究竟登陸日本做什麼？」

海軍部長接著又說：「這次美國不是丟臉而已，我真想學日本人切腹自殺，現在海軍已剩三分之一了，而敵人所花的代價竟是不到三百人，我們再也派不出航艦了，日本有H9N9，還有大規模的空軍，這些都被中情局隱瞞，麻煩你給我好好解釋！」

中情局長用求救的眼神望向國家安全顧問，國家安全顧問「哈克」說：「這牽涉到美國的重大國家利益，目前事已至此，大家想辦法收拾為優先。」

海軍部長又說：「最倒楣的便是聽中情局的話，把中國當做第一敵人，什麼要『先發制人』，見鬼了，你們中情局自己去擺平中國的糾紛，畢竟是我們先攻擊人家的。」

就在此時，最新的衛星影像分析報告送到了，內容讓大家坐立難安，原來偵照發現，日本有大批裝甲車輛分四路向著「東京湖」、成田機場、橫濱、名古屋而來。估計兩日內可進行攻堅，四路的裝甲車輛共約三千輛，兵員約十多萬名。

現在美軍距離最近的基地是南韓的大坵空軍基地，再來就是沖繩的名護基地，還有關島。

「現在已無力派出飛機做密接支援了，難道叫他們自生自滅？那裡可是有我們九萬的弟兄。」海軍部長說。

海軍幕僚提出，另有航母「雷根號」與巡洋艦「藍領號」等一行艦隊，要去印度洋的途中，現正經台灣東方九百公里處。大家絞盡腦汁商議如何解決目前的困難，海軍部長說：「又要叫他們去送死嗎？」

同一時間，在中國中南海已開完會議，大家一致要主席與美國總統談一談，說是一致，其實是經過一番激辯，最後是在主席的一席話下才定案：「要表現我們泱泱大國的風範，這是千載難逢的機會，想起不可一世的美國也有求我們的一天，大家是否略為消消火氣？」之後主席進了自己的辦公室，拿起電話。

「那你們要什麼呢？」美國總統最後說。

「只要你們不要一直把我們當敵人看就好，其它的就算了，包括八枚飛彈的事。」

美國總統羞愧得無地自容。

美國總統立即在會議中宣布已與中國達成協議，共同進行一個聯合作戰行動。於是下令「雷根號」轉向日本全速駛去，預計四十小時可進入攻擊圈，其餘各人忙著去下令執行自己的分內任務。

中國、美國七十年來首次聯合作戰行動就此開始。

首先二十四架F－22猛禽戰鬥機進駐名護（當然事先得到中國的默許），大坵也進駐了十二架B－1B槍騎兵超音速轟炸機，並在關島也準備了十六架。再來由於「東京湖」的防線太分散，所以美軍命三角洲部隊撤退至成田機場。

另外到了九月十九日，美軍在日本戰區已有一萬一千人感染H9N9，夏威夷則有九千人感染，而疫苗尚未研發成功。另外俄羅斯在北海道與海參崴則有一萬八千人感染，仍是沒有疫苗。南韓的感染人數已升高至一萬三千人，所以南韓已下令在日本的部隊不可踏入南韓本土。

中國則是兩架主桅二、六十四架Su－27、九十架殲－12進駐高知。艦隊在補充消耗品後，個個士氣高昂，人人準備大幹一場。「東風十八型」飛彈一百二十枚也已蓄勢待發了。

九月十八日下午三點整，日軍已沒有「魚叉飛彈」可用，便再派六架MB－339對「湯馬士．傑弗遜號」及「喬治．華盛頓號」作自殺式攻擊，這兩艘命運多舛的航艦終於在爆炸聲中連帶五十多架停放在甲板的飛機一起沈入大海。

這是美國海軍最恥辱的一役，這次日本可是光明正大地就把美國三艘航艦給擊沈了。

中美兩國的衛星偵照經過兩國反覆的細查，已知日軍尚有十二個機場仍在操作。分別是那須、湯澤、甲府、館林、赤城山、駿河灣、燒津、岐阜、奈良、中百舌鳥、釜室、西中島。

美國海軍陸戰隊又祭出祕密武器，有六十架AV－8B獵兔犬垂直起飛地面攻擊機到成田機場及橫濱。並由「魚鷹」運來彈藥。這一舉全然出乎日軍的意料，日軍以為美軍已無地面支援機。大坵則準備了八十架F－15及四架KC－10空中加油機和二架E－3C。美軍也對地面部隊增援了八十四架AH－64阿帕契及RAH－66柯曼契攻擊直升機。

九月二十日上午八點整，在關東上空已有兩架E－3C及八十架F－15，在關西上空也有中國的主桅二與Su－27在巡邏監視，完全掌握制空權，讓日機不敢起飛。

上午八點三十分，中國自瀋陽發射一百二十枚「東風十八型」飛彈，直射日軍的十二座機場。

上午九點整，二十八架B－1B飛到，朝日軍的北三路進攻部隊丟下三百三十六顆子母彈，上空有二十四架F－22護航。再來自「雷根號」上起飛的五十四架F－18飛到，也向北三路投下子母彈，之後北三路又遭AV－8B及AH－64和RAH－66用導引式武器連番往覆攻擊，等到下午五點整，美軍的地面部隊到達時（穿著生化防護衣），除了收屍之外能做的已不多。

日軍南路（名古屋）的遭遇並沒有好到哪裡去，中國用Su－27護航九十架殲－12，滿掛反裝甲武器，對著日軍地面部隊無情轟炸，接著自航艦戰鬥群飛來的殲－15也來湊上一腳，等空襲結束，地面部隊也已不再能稱為「部隊」。

美國地面部隊穿著生化防護衣到達，俘虜了三百多名日軍，遂逐一隔離篩檢。兩日後篩檢結果出來，有二十三人是陽性，但卻不會傳染人，再經五天的觀察，都沒有發病。美軍把這一消息傳回美國疾病控制與預防中心（CDC），判定日軍都有注射疫苗，於是從日軍身上分離出抗體再複製疫苗，終於結束了此一恐怖的生物浩劫，但已經是十月二日的事了。

美國、俄羅斯、南韓總受感染死亡人數將近九萬人，日本人更是這個數目的百倍以上，因為要花更多的時間去製造並運送疫苗。總共花了三個月才使日本百分之六十的地區分配到疫苗。

九月二十一日，一整天中F－15及F－22針對日本殘存的十二座機場逐一作澈底的轟炸，把它們炸得一機不剩。自九月二十二日起，日本才真正被解除武裝，但還有為數不少的武裝土匪盤踞各地。

但「猪狩」到哪裡去了？

美國一直把逮捕「猪狩」列為第一要務。其實「猪、犬、馬、鹿」四將一直躲在越後湯澤。自攻擊美艦到集結地面部隊想捕捉美軍作為籌碼，都是他們四大魔頭策劃的。雖然美軍的逆襲大出他們的意料，而使日本最後一支軍隊被澈底瓦解，四個人卻一點都不擔心自己的未來，因為菲律賓已在等著他們，然後再一站，「斐濟」才是他們的最終目的地。在他們身後二公里處停放著「猪狩」的專機，裡面還有二億歐元，他們隨時可以出發。

九月二十三日，美軍自日本俘虜口中問出「猪狩」的所在，消息回報華盛頓，參謀聯席會馬上決定派三角洲部隊前往突襲。

於是九月二十四日四百名三角洲部隊乘UH-60直升機在晚上十一點三十分突襲了越後湯澤。不幸的是，越後湯澤全境大部分是崎嶇不平的山地，直升機難以降落，又無確切的目的地所在地圖，所以大家摸黑上山，已失去突擊的先機。

等他們找到情報所載的「猪狩」巢穴時，「猪狩」等人已在九月二十四日晚上十一點五十分搭專機逃走了。

「猪狩」的專機沿著信越山麓南下，利用山陰的掩護直到九州再轉東南，由鹿兒島出海，先往東南飛八百公里再轉向正南，直飛第一站——菲律賓的巴丹群島。

美軍撲空之後，當預警機發現到東南方八百公里處有可疑的飛機時，已經無法攔截檢查了。依那架可疑飛機目前的航向，再五十分鐘即進入台灣飛航情報區的東緣，而二天前美軍已撤出在沖繩名護的空軍，這是與中國約定好的，現在只有請台灣空軍協助了。

十五分鐘後，自佳山基地起飛兩架F－16，加掛副油箱，朝東北飛去。在花蓮上空並有一架E－2T監控，目標此時突然轉向西南，直指菲律賓的巴丹群島，其時目標位於花蓮東北方九百公里處，隨著這麼一轉，反而越來越靠近台灣。

「美國只說要我們幫忙攔截檢查，又不說明要攔截的是什麼？只說要我們把它押到台中，交給AIT的人。」台灣當局心想事有蹊蹺，越想越不對，遂又派了四架匿踪戰機跟去。

四十分鐘後，F－16在台東東北方五百公里處，攔截到目標，用國際頻道呼叫，要對方隨著指示西飛。

同一時間，美國中情局認為「猪狩」身上可能有極機密資料，既知他要飛往菲律賓（本以為他會飛去其它美國所無法管控的國家），立刻通知在「克拉克」空軍基地的兩架F－22火速前往攔截。這兩架F－22是美軍在「橫須賀核爆事件」後祕密進駐到菲律賓這個美軍基地。

F－22起飛後以二點一馬赫快速前往九百公里外攔截，「猪狩」在受到中華民國空軍攔截時又試圖逃跑（就剩最後的七百公里了），於是「猪狩」下令飛機繼續往南飛，不理會警告。就這樣又拖了十五分鐘，直到F－16從機頭前方發射二十㎜砲彈才使得「猪狩」乖乖聽話轉西飛行，一行到離台東二百五十公里處時，E－2T傳來：「西南一百五十公里有二架不明飛機高速接近！」又過二分鐘，從F－16駕駛的耳機傳來英語：「這是美國空軍，接下來由我們接手。」

「所請否定，請直接與台灣當局交涉。請勿停留在航道上。」

這時台灣的四架「匿蹤戰機」已到達現場，介於F－16與F－22之間。F－22忙請示指揮部，指揮部看現場位於國際空域，遂令F－22用武力奪取。

「敬酒不吃吃罰酒！可別怪我們心狠手辣。」

美國人心想，在國際空域殺起人來，神不知鬼不覺，而美國也會否認這兩架F－22的存在。

於是F－22的駕駛浮現一抹陰狠的微笑，由長機對二架F－16在八十公里距離各發射一枚FB－1長程空對空飛彈。

E－2T首先發出警告，然後又指揮二架F－16及目標機躲入四架「匿蹤戰機」的雷達陰影後。結果二枚FB－1皆因找不到目標而墜海。這時F－22已到四十五公里處。

F－22是目前世上已知最優異的「匿蹤戰機」，但這次卻在西太平洋遇上真正「匿蹤」的戰機。台灣二架「匿蹤戰機」迎上去在距離十五公里處各發射兩枚「箭四型」飛彈，輕鬆地把二架F－22擊落。

F-16把目標機押到蘭嶼降落，大家都當今天的空戰從未發生過。F-22發射了飛彈，然後F-16與目標機突然在雷達上消失，跟著二分鐘後F-22也從雷達上消失了。事後從衛星記錄中隱約看到有四架疑似飛碟的物體曾出現，因為飛碟形物體在紅外線攝影下並無噴射尾跡，所以美國人只能把它歸類為「不明飛行物」（UFO）。

日本至九月二十五日等於全面戰敗，距八月四日偷襲台灣以來，只撐了五十二日，開戰到戰敗都無宣告，這是只有日本人才做得出來的事。

一個原有一億多人口的國家，短短五十二天就只剩不到三分之一，造成台灣死傷七萬人；中國死傷七十萬人；南韓死傷八十萬人；北朝鮮死傷四十二萬人；俄羅斯死傷九萬人；美國人死傷一百萬人，

其中最倒楣的莫過於美國，「公親變事主」，距離最遠最沒有威脅性，毫無利益可得，卻遭到最慘重的人員與財產損失。事後不但無人可索賠，可能還要負擔日本重建的費用，但是這次沒有人說要「以德報怨」了。

第二十二章　結局

二〇二〇年十月三十一日，在紐約聯合國大會，各國討論日本的善後事宜。日本此次自製的H9N9，以日本人自己的肉體為武器，造成日本已有五分之二的人口死亡，疫情至今仍未解除，尤其是本州疫情還在擴散中，美、中兩國正加緊生產疫苗，希望在人道上多救一些日本人。各受害國皆出席大會，連台灣也受邀前往這個睽違了四十多年的國際組織。

首先大會要安撫各受害國，聽取他們的條件以確認停火，因為現在已不是打仗，再來就只是屠殺，世界各先進國家不會容許屠殺發生，尤其歐盟自己未參戰，如今更能大聲疾呼「和平」。

俄羅斯的條件是將占領的北海道劃入俄羅斯的版圖，以免除俄羅斯東面被強敵包圍。

南韓的條件是九州劃入南韓的領土。

台灣的條件是只要釣魚台群島正式劃入台灣所有。

北朝鮮沒有興趣增加領土，只要把剩餘四枚核彈再發射到日本就算了。

而中國的條件則是：

一、「沖繩」劃還中國。

二、本州及九州不准住人，中國將在東北、北信越、關西和九州投下四顆各一千萬噸級的核彈。

三、世界上不准再有「日本」存在，但中國基於人道立場允許日本人在四國居住，並由國際託管。

四、中國境內的日本僑民，不得享有人權，未來其待遇中國尚在考慮中。

美國無任何條件提出，因為美國已無力再派海軍干涉遠東事務，而日本也無賠償的能力。但是美國對其它五國的條件，除了台灣勉強可以同意之外，其它四國所提出的條件斷然不能同意。美國絕不同意各國瓜分日本領土，更絕不允許再有核子攻擊的事發生，也不能容忍北朝鮮坐擁核武。可是對被害國總要滿足他們某種程度的需求，而更重要的是，美國已不再能對各國說三道四了，尤其是對中國，因此美國聯合歐盟力圖化解這個僵局。

第一日的談判觸礁，美國心急如焚，各種檯面下的交易正如火如荼地進行中。

聯合國談判觸礁的事傳開了，美國的輿論分歧，百分之二十的人認為美國應該負起世界警察的責任，對日本被各國瓜分一事不可袖手旁觀；百分之七十卻認為美國不要再派子弟出去為別國送死；百分之十的人甚至認為美國應該加入瓜分的行列，以補償美國所受的損失。

在這樣的輿論壓力下，第二天的大會讓美國代表舉步維艱，結果一到了聯合國大廈，發覺每一個代表手上都拿著一個大信封袋，美國代表看到自己的桌上也有一個，打開一看，是由中國、台灣、北朝鮮聯合認證過的文件及照片，內容是日本自一九七〇年代所做的勾當、二〇〇二年開始的生物戰到二〇〇九年的法航恐怖攻擊事件，以及今年橫須賀核爆、偷襲台灣和中國、在中國放置八十枚核彈和企圖炸毀汙染三峽大壩等，還有以IRBM數次攻擊中國、台灣、南韓、北朝鮮，再來是以巡弋飛彈攻擊美國艦隊、ICBM攻擊舊金山，以及對未經宣戰的美國發動全面的海上攻擊等等，全部是國際性的國家級恐怖攻擊，再來是用日本自己的人民身體作工具啟動生物戰，資料中並附上台灣俘虜的「猪、犬、馬、鹿」四將及「上岸」等人的供詞，還有中國捕獲三峽大壩核彈投放者及北朝鮮在鴨綠江畔所俘虜人員的詳細證供。

資料最後又說：「如果有任何一個國家容許這種恐怖行為，請公開站出來。」

「完了。」美國代表看完資料，嘆一口氣。

會場一片嘩然，主席只好宣布暫時休會，讓各國代表請示本國，二天後再議。

這份文件的公開，造成天下大亂，世人對原來日本人是這麼禽獸不如，交相撻伐，甚至有些國家的某些地方，開始發生對日本僑民的私刑處決事件。在中國鄭州就有二十八個男女老幼的日本人，被吊死在市郊的樹上，在漢口則發生十九個日本人在街上被活活打死。在南韓更發生了日本人學校有七十六名學生被綁架，生死不明。還有，在美國洛杉磯有日本人的社區遭縱火，以及全美各地都開始傳出在光天化日之下，有日本人被搶而警察卻不管。僅僅二天，事態已快要失控，排日已是世界性運動，這是真正的「烽火四起」。

美國總統只好再去和中國領導人談：「現在只好先解決一個算一個了，請你也協助一下吧。」

中國領導人說：「那你負責南韓，北朝鮮就讓我去談，但中國的條件一步不讓。」

第三次的聯合國會議，南韓同意撤兵，只占領對他們有著歷史意義的對馬，成為第二個妥協的受害國。再來是北朝鮮，同意交出三枚二百萬噸級及四枚三十萬噸級的核彈，換取聯合國五佰億美金的災後重建援助，並要求美國解除一切經濟制裁。

其實朝鮮的問題最難解決，北朝鮮受核攻擊，國力損失約百分之五，而南韓則是作為政經中心的首爾受到核攻擊，加上長崎之役失利，南韓國力已損失百分之三十五。最重要的是，唯一的靠山「美國」，已無力再插手遠東的事務了。更有甚者，北朝鮮尚有七顆核彈，在鴨綠江又接收了日本的大量彈藥及油料，要統一南北韓，此時正是最好的機會。中國費了九牛二虎之力，又說服南韓私下提出四佰億美金的重建支援金給北朝鮮，這才讓北朝鮮打消了統一之念。對此，美國非常感謝中國。

解決了三個受害國，再下來就比較簡單了。

到了第十天，俄羅斯終於談定了，其可以占領北海道，條件是：

一、永遠不可駐軍及建立軍事基地。

二、同意北海道現有居民三個月內自由決定去留，決定留下的就成為俄羅斯公民。

中國則同意將條件改變為：

一、永遠占領沖繩。

二、本州三個月後封鎖，與九州暫由中國與美國共同管理，並由中國派海軍封鎖，嚴禁任何人出入，確實執行「無人化計劃」，不願離開的人會遭到只准出不准入的封鎖，前日本人可選擇住在四國，由中國託管，以中文為官方語言，名為「百合之鄉」，永遠不能立國。

從此世上不再有「日本」，也不再有教日文，日本人也因為H9N9而死了約五千萬人，所以人口只剩一千多萬人，這算是日本自作自受，自食惡果，美國只能接受中國的條件，全世界永遠都會記得這個教訓。

各國代表在聯合國見證了這一個歷史性的條約，聯合國祕書長最後在演說結尾說：「希望世人從這次的經驗，能深刻體會到核子戰爭的可怕，大家共同的希望是『希望這是最後一次了』。」

還有一件事，就是關於戰犯的審判，中國、台灣、美國、北朝鮮決定把一千戰犯帶到國際法庭審理。戰犯有：「猪狩」、「犬飼」、「千馬」、「鹿野」、「上岸」，及一行春潮級一號艦的俘虜，和春潮級四號艦的俘虜，以及日本駐華使館、領事參與恐怖攻擊的人員，和日軍的俘虜、中國食品連鎖商店的台籍兄弟檔老闆（在台灣被捕）、中國電子代工廠的台籍老闆（逃到阿根廷後，被中國引渡回來）等等。

俄羅斯拒絕交出在北海道所俘虜的十五萬日本軍民，堅持把他們直接送往西伯利亞當奴工。這一點沒人敢異議，因為俄羅斯折損了九萬人，況且日本人若留在北海道，命運猶在未定之天。

十一月三十日，國際戰犯審判大會在北京舉行。共有高階軍官十二人，低階軍官二千零九十人，士兵一萬四千一百零五人，平民九十五人。經以中國為主的各國代表投票表決，判死罪的有「猪狩」為首的軍官共一千一百零九人及台灣籍電子代工廠老闆，和台籍食品連鎖商店的兄弟檔老闆等平民十九人，其餘全判終身監禁，由中國執行。

這一次戰爭，澈底改變了世界的局勢，俄羅斯從此有了在西太平洋的出口，從此逐漸將軍事重心東移。

美國經歷這次戰爭後，國力已損失百分之二十，尤其是海軍，一次損失了八艘航空母艦，其它艦艇共一百萬噸。堪稱損失超過三分之二。即使美國願意拿一條天文數字的經費來重建，要恢復舊觀，至少也需十年。再加上舊金山的核災，美國總計損失數兆美金。今年美國的ＧＤＰ成負成長，再來的二、三年情況也不樂觀。今後不但無力軍事干涉亞洲的事務，同時也要考慮國內的輿論。美國民眾一面倒地支持「少管別人的事，尤其別動不動就派自己的年輕人去送死。」

從此美國集中精力在大西洋兩岸，在實務上已無力再干預東亞事務了。

反觀中國，這次戰爭所損失不到百分之零點零五，又取得沖繩，且在多次的戰役中得到許多無價的實戰經驗，自此以後在政治上成為國際第一大國，任何國際事務都不能將中國排除在外。在軍事上，已被世人公認可與美國分庭抗禮，尤其在東方，更是無人能與之抗衡。

而中國不像美國，巴爾幹半島、中東、北非、地中海、印度洋、太平洋，一有事就自居為國際警察而疲於奔命，中國不理別人家的事，中國的ＧＤＰ一直維持「保七」，再這樣下去，不出八年中國必將超越美國，成為世界第一經濟體。

另外，中國對國內的日本僑民，一律財產充公，不論年歲，皆先送勞改營二年，再逐回「百合之鄉」。世界上有很多國家都效法中國，美國也不得不向輿論低頭，將境內所有的日本僑民驅逐到「百合之鄉」。

對「虎」來說，日本在一九九五年與二〇一一年已因一念之差而兩次逃過死劫，一九九五年「虎」把日本生產毒氣的消息公開而使日本臨時打退堂鼓，二〇一〇年十月「虎」受日本人攻擊而致重傷，本來「天雷」會在二〇一一年四月二十日爆發，但三月十一日「虎」看到日本海嘯的慘狀，油然心生側隱之心，便抱病延後了「天雷」的設定，以致日本又逃過一劫。而第三次日本終究動手了，但也造成日本國毀家破的下場。

三十年的任務終於完成了，今後只剩「泰山計畫」，「虎」要幫「楊少將」圓滿達成，只剩最後的兩年多了。

注釋　武器原理說明

1 黑火藥

硝石（硝酸鉀或硝酸鈉）、炭和硫磺以適當比例混合而成，其催化劑為「AO2」（「A」為某種常見的金屬）。黑火藥是人類軍武史上最重要的發明，它因為威力平和，故若要製造炸彈，需要用堅固的容器包裹著，所以目前它都被用作推進藥。

2 爆震彈

利用高速及低速兩種炸藥做成炸彈，當第一層炸藥炸出，第二層再炸出，因第二次爆炸時壓力已較高，密度變大，所以速度變快，第二層爆炸聲追上第一層爆炸聲時，便會產生震爆效應。

3 箭式飛彈：

(1) 採用複合式三層壓炸噴射法，在一點二秒內將彈體加速至三點五馬赫，再點燃第三層火藥在三秒內再加速至五馬赫，到了箭四型已可加速至八馬赫的終端速度。

(2)最複雜的導引在本型中卻把它最簡單化，用四片CdS就可解決，四方之中目標最多只會出現在二個方塊，利用它來驅動方向翼，使彈體在不斷的修正中飛向目標。

(3)一次錄影比對法：先讓發射器作一次錄影，再傳到彈中的小型計算IC，即可分離出太陽及其它固定熱源，避免受自然環境干擾。

「抗EMP反彈道飛彈系統」的終端火箭就是一枚箭五型。

現役的箭二型、箭三型都是無彈頭。箭五型用傘骨節碰撞式，只有箭四型是用近發引信高爆彈頭。

4 「X金屬」

在日常生活常見的金屬中，「X金屬」是比重最小的一種，在自然界「X金屬」含有極微量的同位素X-5、X-7、X-13。其同位素經融合後可成為原子序為兩倍的新原子。在融合的過程中會放出多餘的中子及消耗一些質量，因而釋放出大量的能量。要利用「X金屬」做武器，須先克服萃取的困難，因為它的含量實在太少了。

「X金屬」融合需要數千萬度的高溫，只有在核分裂及核融合才能到達這個高溫，而它在融合時更會產生數億度的高溫，在這樣的高溫下，所有金屬都會變成電漿。

5 主動匿踪

一般所謂的「匿踪」指的是在雷達上不會現踪，目前所用的技術有兩種。

(1) 讓機體外緣產生離子層，以中和雷達波。
(2) 盡量減低機身的雷達截面，及在機身的材料上動腦筋，以折射雷達波或吸收雷達波。

「虎」試用第三種方法。以「D-M」波段的電波來全面干擾雷達波，那就剩下一個問題，如何使自己的「D-M」波段不會像探照燈般被敵方偵知。經過鍥而不舍的研究，終於發現了「π形波」可隨時間而急速衰竭，到零點零零一毫秒之後，全部衰竭殆盡，以此做為「匿踪戰機」的基礎原理，「匿踪戰機」的唯一缺點就是未裝雷達。

6 狼群戰術

新型E-2T加裝激光通訊網路系統，可同時指揮多群戰機，從不同的象限、不同高度，低空則可利用地形掩護，關閉自身的雷達、自身的識別器，無聲無息的靠近敵機發起攻擊，所發射的飛彈甚至可由E-2T導引。

7 二十七㎜守門員第二代近迫系統

改良自「守門員防砲系統」，除了改進偵測、鎖定的「計算CPU」自三十二位元改成一百二十八位元。最主要的是武裝部分，推進藥改成機密的「HMV」先進火藥，使得彈藥大幅減少，彈徑前後一致，威力不減反增。

此系統用在：
(1)「守門員第二代防砲系統」。
(2) 海軍的「守門員第二代近迫系統」。

(3)「匿踪戰機」的機砲。

它採用八管蓋特林旋轉機砲設計，每分鐘可發射六千三百發砲彈，採衰變鈾脫殼穿甲彈，可直接擊穿如M1的主裝甲。

8 核爆與EMP

美國在一九六八年將核彈頭裝上反彈道飛彈，在太空引爆後，才發現所產生的電磁脈衝（EMP）會使得地面的電子儀器全部失效，當時美國的反彈道飛彈有著名的「勝利女神飛毛腿」飛彈、「勝利女神宙斯」飛彈，都裝有核子彈頭。蘇聯則有「橡皮套鞋飛彈」（Galosh），也是使用核子彈頭，但這些飛彈後來都無後繼機型。現在的反彈道飛彈，都是採用傳統彈頭或用碰撞式彈頭。而這些其實只是聊備一格而已，因為真正的美蘇核戰，雙方都知道只要第一枚核彈先在敵人上空引爆，接下來的慣性導航飛彈便可如入無人之地，這是列強間不能說的祕密。

目前世上只有「抗EMP反彈道飛彈系統」能擔此重任。因為「抗EMP反彈道飛彈系統」全程採被動，無使用電磁波。

帝國末日

作　　者　T.W.虎

發 行 人　林敬彬
主　　編　楊安瑜
副 編 輯　黃谷光
責任編輯　黃谷光
內頁編排　詹雅卉（帛格有限公司）
封面設計　王雋琈
編輯協力　陳于雯、曾國堯

出　　版　大旗出版社
發　　行　大都會文化事業有限公司
11051台北市信義區基隆路一段432號4樓之9
讀者服務專線：(02)27235216
讀者服務傳真：(02)27235220
電子郵件信箱：metro@ms21.hinet.net
網　　　址：www.metrobook.com.tw

郵政劃撥　14050529 大都會文化事業有限公司
出版日期　2016年05月初版一刷
定　　價　300元
I S B N　978-986-6234-97-2
書　　號　Story-24

First published in Taiwan in 2016 by Banner Publishing,
a division of Metropolitan Culture Enterprise Co., Ltd.

4F-9, Double Hero Bldg., 432, Keelung Rd., Sec. 1, Taipei 11051, Taiwan
Tel: +886-2-2723-5216　Fax: +886-2-2723-5220
Web-site: www.metrobook.com.tw
E-mail: metro@ms21.hinet.net

Contents Photography: from USDoD.

國家圖書館出版品預行編目(CIP)資料

帝國末日 / T.W.虎著. -- 初版. -- 臺北市 : 大旗出版 :
大都會文化發行, 2016.05
288 面 ; 21×14.8 公分. --（Story-24）

ISBN 978-986-6234-97-2（平裝）

857.7　　105004101